Heibonsha Library

[増補]バフチン

平凡社ライブラリー

Heibonsha Library

［増補］バフチン

カーニヴァル・対話・笑い

桑野隆

平凡社

本著作は二〇一一年一二月に刊行された平凡社新書版を増補改訂したものです。

目次

はじめに——エピステーメーの転換

ミハイル・バフチン（一八九五—一九七五）は、文学関係だけでなく、美学、哲学、言語学、記号論、心理学など、多岐にわたって著作を残している。にもかかわらず、バフチンといえば、まずもってドストエフスキイ論やラブレー論を思い浮かべるひとが、いまなお少なくない。バフチンの名が一躍世界に知られるようになったのが、一九六〇年代前半に刊行されたドストエフスキイ論とラブレー論をとおしてであったことからすれば、そのこと自体なんら不思議はない。

ただ、そのさい忘れてはならないのは、バフチンはいわゆる「文学研究者」ではなかったということである。なるほど文学研究にもたずさわったが、それは個々の作家や作品を論じるためではない。そのことを等閑視して、「バフチンはドストエフスキイやラブレーという作家についてどこまで正確に論じているか」という点にいちばんの関心がそそがれるとなれば、それは少なくともバフチン自身の意図からは外れている。

たとえば、論文「リアリズム史上におけるフランソワ・ラブレー」（一九四〇）の審査（一九四六年一一月一五日）のさい、バフチンは、「文学における古典的形式のような、出来合いの完成した存在の形式」とはちがって「民衆の非公式の文学」においてはまったく別の形式、いわばグロテスクな形式が優勢であることを強調しつつ、つぎのように述べていた。

ラブレーはこのような世界のもっとも完璧な表現者であり、また肝心なことに、わたしたちにとってもっとも明快で理解しやすい表現者なのです。わたしは、ラブレーを専門的研究の対象とすることに決めていました。しかし、ラブレーはわが主人公にはなりませんでした。ラブレーは、わたしにとって、このような世界のもっとも明快で理解しやすい表現者であるにすぎませんでした。そのようなしだいで、本研究の主人公となっているのはラブレーではなくて、これらの民衆的で祝祭的かつグロテスクな形式なのです。

「リアリズム史上におけるフランソワ・ラブレー」の主人公はラブレー（一四八三？―一五五三）ではない、とことわっているのである。

事実、当時は存在すら広く知られずにおわったこの論文が、完成後二〇年以上を経た一九六五年に単行本として日の目を見たとき、書名も『フランソワ・ラブレーの作品と中世・ルネサンスの民衆文化』というふうに変わっていた。当初の題名がどのような意図のもとに選ばれたかはさておき、たしかに、元のタイトルは実際の内容と齟齬があり、その点を当時の審査委員からも指摘されている。

要するに、バフチンのいちばんの狙いは、既成の文学観、さらには既成の文化観とは別の文学観、文化観がありうることを説くとともに、この「もうひとつの」文学・文化を考慮にいれずしては正当に理解できないような現象があることを立証することにあった。既成の解釈パラダイム（バフチンのいう「近代化解釈」）そのものの転換を要求していたのである。「リアリズム史上におけるフランソワ・ラブレー」の冒頭近くには、以下のようなくだりがある。

ラブレーは世界の文学のすべての大作家のなかでもっとも難解である。なぜなら、ラブレーを理解するためには、わたしたちの芸術的・イデオロギー的知覚力を根本的に再構築しなければならないし、深く根づいている文学的趣味の基準の多くと手を切ることができねばならず、また多くの概念を再検討しなければならないからである。だがもっとも重要なのは、ラブレーを理解するには、民衆の**笑いによる創造**〔……〕という、ほとんど研究されていない、しかも表面的にしか研究されていない領域に深くはいっていかねばならないということである。

バフチンのこうした姿勢は、エピステーメー（思考の場、知の枠組）を問題にしたミシェル・フーコー（一九二六―八四）をほうふつとさせなくもない。もともとバフチンには初期の著作から、既成の思考パラダイムそのものへの批判的姿勢が顕著である。「もうひとつの」パラダイムを活かさずしては、近代の限界は乗り越えられないと考えていた。

おそらく、『ドストエフスキイの創作の問題』（一九二九、増補改訂版『ドストエフスキイの詩学の問題』一九六三）にしても、ドストエフスキイ（一八二一―八一）が「主人公」であると決めつけないほうがよさそうだ。『ドストエフスキイの詩学の問題』の冒頭には、つぎのように書かれている。

ドストエフスキイは、芸術形式の領域における最大の革新者のひとりとみなすことができる。ドストエフスキイは、本書ではとりあえず**ポリフォニー**と名づけておいた、まったく新しいタイプの芸術思想をうちたてたのである。このタイプの芸術思想は、ドストエフスキイの長篇小説のなかに表現されているわけだが、その意義は小説創作の枠を超えでており、ヨーロッパ美学の根本原理のいくつかにまで及んでいる。ドストエフスキイは古い芸術形式の基本的要素の多くを根本的に変容させてしまうような、いわば新しい芸術的な世界モデルを生みだした、といっても過言ではない。

ポリフォニーとは、ある種のタイプの小説の特徴であるにとどまらず、「新しい世界モデル」でもあるというのである。同書の結語からも一節を引用してみよう。

> ポリフォニー小説の創造は、小説的な芸術的散文の発展、つまり小説の軌道上に展開していくあらゆるジャンルの発展にとってのみならず、人類の**芸術的思考**の発展全般にとっても、大いなる前進の一歩であったといえよう。すなわち、小説というジャンルの枠を超えた独特な**ポリフォニー的芸術思考**までも問題にしてよいように思われる。こうした思考は、**モノローグ的な立場**からは**芸術的**にとらえることが不可能な人間の諸側面、とりわけ**思考する人間の意識とそうした意識の対話的存在圏**を把握することができる。

ここからもうかがえるように、バフチンにとっては、ドストエフスキイもまた（ラブレーと同様）、みずからが説こうとする新しいエピステーメーのひとつ――ポリフォニー・対話原理――の具現化の一例でしかなかったといえよう。もちろん、ドストエフスキイに勝るほど「明快で理解しやすい表現者」はいなかったのだが。

ちなみに、バフチン自身は、一九七三年に受けたインタヴューのなかで、しいていえば自分は「哲学者ないし思想家」であると答えている。

ただし、覚書「テクストの問題」（一九五九―六〇）において、つぎのような言い方をしていることも見逃せない。


この分析を哲学的と名づけるのは、まず第一に、ネガティヴな性格を考慮にいれてのことである。すなわち、これは言語学的でも文献学的でも文学研究的でもない、あるいはまたなにか別の専門的な分析（研究）でもないからである。これをポジティヴにいうならば、わたしたちの研究は境界的な諸領域、つまりいまあげたすべての学問どうしの境界上、それらが接合し交差するところを動いている、ということになろうか。


つまり、狭義の哲学とはいささか趣を異にしていた。このことは、バフチンの読者であれば十分に納得のいくところであろう。ともあれ、まさにこのような「境界」重視こそ、バフチンの活動全体をつらぬく特徴であった。

カーニヴァルやポリフォニーへの関心も、むろんこのこととけっして無関係ではない。

また、こうした立場は、著作のみならず、サークルとしての活動にもあらわれている。

以下のところでは、こうしたバフチンの思想の展開を、時代背景ともかさねあわせながら追っていくことにするが、じつは、すぐれた思想家の多くがそうであったように、バフチンの著作もまたつねに時代との（場合によっては隠れた）「対話」になっている。

そして、その相手はスターリン体制や全体主義にかぎらない。わたしたち各人もまたそのなかのひとりである。その意味では、バフチンが文学や美学について語っている言葉は、日々のわたしたちの生き方に関する言葉ととっても、なんら問題はない。むしろそれこそ、バフチンがめざしていたことなのである。

第一章　不可欠な他者

ポリフォニーとテクスト相互連関性

バフチンは、七〇歳を超えるまでロシアの外では無名に近かった。いや、もっと正確にいえば、ロシア内でもほとんど忘れ去られていた。それが一躍世界的な注目をあつめるようになったのは、ジュリア・クリステヴァ（一九四一—）に依るところが大きい。とくに一九六七年四月の『クリティック』誌に掲載された論文「言葉　対話　小説」が重要な役割を果たすことになった。

バフチンの『ドストエフスキイの詩学の問題』（一九六三）と『フランソワ・ラブレーの作品と中世・ルネサンスの民衆文化』（一九六五）をもとに展開したこの論文は、クリステヴァがブルガリアからフランスに移って間もないころに書かれている。これによって、バフチンの名は西欧に一挙に広がった。

インタヴューに答えているところによれば、クリステヴァがバフチンのこの二つの著書を読んだのは、まだブルガリアにいて大学生のときであった。当時のブルガリアの知識人にとってはバフチンの著書はまさに革命であった、と述べている。だが、一九六五年末にフランスに留学してみて気づいたことに、バフチンは名すら西欧で知られていなかった。

ジェラール・ジュネットとロラン・バルトに出会ったとき、わたしがどのような研究をしようとしているか、たずねられました。そこでわたしとしてはバフチンの名をあげたのですが、それは二人にとっては初耳の人物でした。そのあと、バフチンについてバルトと話す機会があり、しばらくして、バルトはゼミでバフチンの著作について報告するよう勧めてくれました。このようにして、「バフチン——言葉　対話　小説」というテクストが誕生し、さらにそのあと、雑誌『クリティック』に掲載されたのです。

インタヴューに答えるバフチン（1973年）

この論文でクリステヴァは、「どのようなテクストもさまざまな引用のモザイクとして形成され、テクストはすべて、もうひとつの別なテクストの吸収と変形にほかならない」ことをバフチンが発見したとしている。その結果、「相互主体性という考え方に代わって、テクスト相互連関性」という考え方が定着したというのである。

クリステヴァによれば、この「テクスト相互連関性」とか「間テクスト性」と訳されている intertextualité という考えの先駆けが、バフチンのいう〈ポリフォニー〉（や対話原理）であった。

ただし、ここで再確認しておかねばならないのは、このインタヴューでもクリステヴァが「自分の課題は、バフチンを〈紹介する〉と同時に、わたし自身の思索のコンテクストのなかにバフチンを〈書きこむ〉ことにありました。そのため、〈対話〉や〈対話原理〉のあとにいくつかの新しい概念、たとえば〈intertextualité〉を導入する必要がありました。〈intertextualité〉は、わたしとしては、バフチンのいくつかの見解を発展させたものと思っています」と述べていることである。

クリステヴァ

要するに、intertextualité は、バフチンのいうポリフォニー（や対話原理）を活かしている部分があるにしても、両者は完全に同一というわけではない。「相互主体性」が「相互テクスト性」に置き換えられているのである。

にもかかわらず、クリステヴァ以後、バフチンのいうポリフォニーはテクスト相互連関性の先駆として扱われがちである。バフチン的ポリフォニーがやや誤解されているわけである。バフチン自身は、『ドストエフスキイの創作の問題』（一九二九）の冒頭近くでつぎのように述べている。

自立しており融合していない複数の声や意識、すなわち十全な価値をもった声たちの真のポリフォニーは、実際、ドストエフスキイの長篇小説の基本的特徴となっている。作品のなかでくりひろげられているのは、ただひとつの作者の意識に照らされたただひとつの客体的世界における複数の運命や生ではない。そうではなく、ここでは、自分たちの世界をもった複数の対等な意識こそが、みずからの非融合状態を保ちながら組み合わさって、ある出来事という統一体をなしているのである。実際、ドストエフスキイの主人公たちは、ほかならぬ芸術家の創作構想のなかで、作者の言葉の客体であるだけでなく、直接に意味をおびた自分自身の言葉の主体にもなっているのである。

ここで明確に述べられているように、バフチンのいうポリフォニーの第一の特徴は、たんに声や意識、ましてやテクストが「複数」あるということにはない。重要なのは、作者と主人公という主体どうしが「対等な」関係にあること、かれらの声が「融合していない」こと、そしてそうした声や意識が組み合わさって出来事という動的な統一体をなしているということである。

よりたいせつなのは、声の複数性ではなく、作者と主人公のあいだの距離のとり方なのである。

増補改訂版の『ドストエフスキイの詩学の問題』では、さらに、「ドストエフスキイは〔……〕声なき奴隷たちを創造したのではなく、みずからの創造者と並び立っていて、創造者に同意せず、反抗さえもしかねない力を持った自由な人間たちを創造したのである」と追加がなされている。

「対等」、「非融合」に、新たに「自由」が付けくわえられており、主たる登場人物（たち）の自立性がいっそう強調されている。

こうしたポリフォニー論の基礎には、これまたバフチン特有の対話原理があった。『ドストエフスキイの詩学の問題』では、ポリフォニー小説が「完結不可能な」ものであることを繰り返し述べる一方で、ポリフォニーこそがもっとも対話的であることも強調している。

ドストエフスキイのポリフォニー小説における、主人公にたいする作者の新しい芸術的立場とは、真摯に実現され最後まで推し進められた対話的立場であり、こうした立場が主人公の自立性、内的自由、未完結性、未決定性を保証している。

すなわち、ポリフォニーでは、いわゆるフランス現代思想のように「作者の死」が生じるのではなく、むしろポリフォニーにおいてこそ作者はひときわ「能動的」なのである。むろん、それは、作者が主人公を一方通行的に性格づけるようなモノローグ的能動性ではなく、作者が主人公を決定づけないよう気配りした「対話的能動性」であり、それだけに作者は並外れた緊張を要する。

そうした作者の能動性、気遣いが弱まるやいなや、主人公は硬直化しモノ化しはじめる。「ポリフォニー小説の作者に要求されるのは、自分自身や自分の意識を捨てることではなく、その意識を（ただし、一定の方向においてであるが）とてつもなく広げ、深め、つくりかえて、他者の十全な権利を持った意識たちを収容できるようにすることなのである」。

以下、この章と次章では、このような対話原理とポリフォニー小説論が確立するまでの前史をたどることにしよう。

ネーヴェリ

一八九五年一一月一六日（旧暦一一月四日）にモスクワの南南西三六〇キロにある地方都市オリョールで生まれたミハイル・ミハイロヴィチ・バフチンは、一九一三年にノヴォロシア大学（現オデッサ大学）の文学部に入学、一六年にペトログラード大学（現サンクト・ペテルブルグ大学）に転校している（この都市は、一九一四年途中までサンクト・ペテルブルグと呼ばれていたが、一九一四―二四年はペトログラード、一九二四年途中からレニングラード、そして一九九一年にはまたサンクト・ペテルブルグと改称している。「サンクト」を付さずに使うことも多い）。

もっとも、いずれの大学の在籍名簿にもバフチンの名は残っていない。聴講していたのは確かであり、学生証も残っているのだが、卒業証書を受けとっていない。じつは、そのまえのギムナジウムの卒業を証明するものもない。

大学では、古典学者F・F・ゼリンスキイ（一八五九―一九四四）の講義からカーニヴァル論の示唆を得たとか、何々の講義にでていた、誰々と出会ったなどの断片的な情報はあるが、全体として何を学んでいたのかは定かでない。ただ、ギムナジウム時代もふくめ、哲学関係を中心にかなりの文献に親しんでいたことは想像できる。どうやら、基本的には独学家であったようだ。

その後一九一八年夏には、ペトログラードの飢えと寒さを逃れて、ネーヴェリにやってきている。

ネーヴェリは、元ヴィテプスク県（現プスコフ州）の小さな都市である。ペトログラードからは鉄道で南へ約五〇〇キロであった。森に囲まれ、大きな美しいネーヴェリ湖の岸辺に市は位置していた。人口は約一万、農業が中心であった。ここでバフチンは市ソヴィエトの仕事に就くとともに、統一労働者学校や教員セミナーで歴史や社会学、ロシア語を教えている。
一九一八—一九年には、音楽・文学研究者V・N・ヴォロシノフ（一八九五—一九三六）、文学研究者L・V・プンピャンスキイ（一八九一—一九四〇）、詩人B・M・ズバーキン（一八九四—一九三七）、（のちに有名なピアニストになる）M・V・ユージナ（一八九九—一九七〇）、哲学者M・I・カガーン（一八八九—一九三七）らとともに、サークルをつくった。いちばん年上は二九歳のカガーンで、すでに哲学論文をドイツの学術誌に発表していた。いちばん年下は一九歳のユージナであった。いわゆる「バフチン・サー

上：左からバフチン、二人おいてプンピャンスキイ、カガーン（ネーヴェリ、1920年）
下：ユージナ、1910年代末

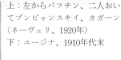

クル」の始まりである。この時期は「カント・セミナー」と呼ばれていた。中心となったのは、カガーン、バフチン、プンピャンスキイであった。
バフチンは晩年につぎのように回想している。

わたしたちはよく遠出をしたものです。ネーヴェリやその近郊はとてもすばらしいところでした。町も美しかった。〔……〕わたしたち、つまり、わたしとユージナ、プンピャンスキイは、ときおりほかの者もくわわって、遠くまで逍遥していました――その道すがら、話しあうのです。いまもおぼえていますが、わたしは、自分の道徳哲学の基礎について語ったこともあります。湖畔に腰をおろしてです。ネーヴェリから一〇キロほどはなれていたにちがいありません。この湖をわたしたちは「道徳的現実の湖」と名づけたくらいです（うす笑いを浮かべる）。〔……〕そこでは、宗教的テーマや神学的テーマをめぐっても語りあいましたが、中心テーマとなると哲学でした。もちろん、わたしが哲学、まず第一に新カント派タイプの哲学

道徳的現実の湖

に関心をいだいていたためです。

同様の回想は、ユージナも残している。

芸術と責任

そのほか、バフチンは、地域住民向けの講義を受けもったり、創作サークルや教育サークルも指導していた。

一九一八年一二月三日の『モーロト（槌）』紙は、一一月二七日に市の人民会館で「神と社会主義」というテーマの討論会が開かれたことを伝えている。

宗教家たちはあらわれず、登場したのは宗教家たちとさほど考えを異にしていないプンピャンスキイとバフチンであった。口火を切ったのはプンピャンスキイである。自分は社会主義者ではなく正教徒だと述べた。〔……〕四人目はバフチン〔……〕

バフチンは、発言のなかでときおり社会主義を認め評価しながらも、このほかならぬ社会主義が死者のことをまったく意に介していないことを嘆き、気にかけるとともに、いずれ民衆はこのことを許しはしまいと述べていた〔……〕。いずれ民衆は「許しはしまい」

と述べたのである。それは一〇〇年後なのか、あるいはもっとさきか？　民衆が現在よりも一〇〇倍啓蒙されたときか。「そんなことは起こらないだろう」と、誰かがバフチンに応じた。総じて、バフチンの発言を聞いていると、墓のなかに横たわり朽ちている敵の大群がいますぐにでも立ちあがり復活して、共産主義者全員とかれらがおこなっている社会主義を、地表から掃き清めるかに思えた。

このように、若きバフチンは、当時目立っていた「戦闘的無神論」のイデオローグたちによる宗教攻撃に与していなかった。また、そうした立場を率直に口にだせた環境が（少なくともこの時期、この場所には）あった。

翌一九年も種々のテーマの討論会にバフチンは参加しているが、五月には、ソポクレス（紀元前四九六頃—紀元前四〇六頃）の悲劇『コロノスのオイディプス』（紀元前四〇一）の野外上演を、プンピャンスキイとともに指揮している。市や郡の労働者学校の生徒五〇〇人以上が上演に関わったという。一九一七年の十月革命直後何年間かのロシアでは、広場や街頭で野外演劇がさかんにおこなわれていた。

また、同年九月七日の『モーロト』には、ヨーロッパの実証科学、古典哲学、精神文化を研究する諸サークルの組織化に関する知らせが載っているが、そこには指導者のひとりとしてバ

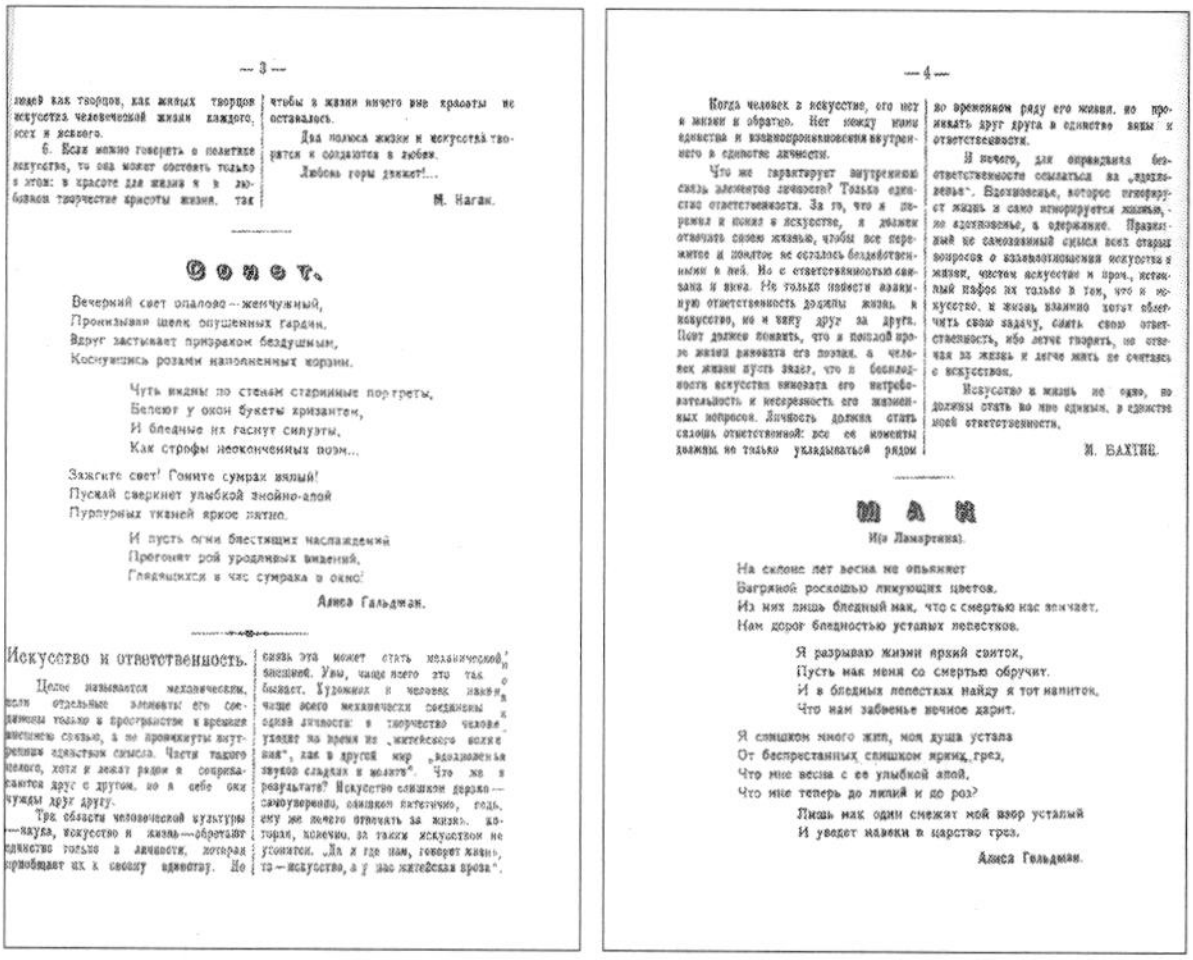
— 3 —

людей как творцов, как живых творцов искусства человеческой жизни каждого, всех и всякого.

6. Если можно говорить о политике искусства, то она может состоять только в этом: в красоте для жизни и в любовном творчестве красоты жизни, так чтобы в жизни ничего вне красоты не оставалось.

Два полюса жизни и искусства творятся и создаются в любви.

Любовь горы движет!...

М. Каган.

Сонет.

Вечерний свет опалово-жемчужный,
Пронизывая шелк опущенных гардин,
Вдруг застывает призраком бездушным,
Коснувшись розами наполненных корзин.

Чуть видны по стенам старинные портреты,
Белеют у окон букеты хризантем,
И бледные их гаснут силуэты,
Как строфы неоконченных поэм...

Зажгите свет! Гоните сумрак вялый!
Пускай сверкнет улыбкой знойно-алой
Пурпурных тканей яркое пятно.

И пусть огни блестящих наслаждений
Прогонят рой уродливых видений,
Глядящихся в час сумрака в окно!

Алиса Гальдман.

Искусство и ответственность.

Целое называется механическим, если отдельные элементы его соединены только в пространстве и времени внешнею связью, а не проникнуты внутренним единством смысла. Части такого целого, хотя и лежат рядом и соприкасаются друг с другом, но в себе они чужды друг другу.

Три области человеческой культуры — наука, искусство и жизнь — обретают единство только в личности, которая приобщает их к своему единству. Но связь эта может стать механической, внешней. Увы, чаще всего это так бывает. Художник и человек наивно, чаще всего механически соединены в одной личности: в творчество человек уходит на время из „житейского волнения“, как в другой мир „вдохновенья, звуков сладких и молитв“. Что же в результате? Искусство слишком дерзко-самоуверенно, слишком патетично, ведь ему же нечего отвечать за жизнь, которая, конечно, за таким искусством не угонится. „Да и где нам, говорит жизнь, то — искусство, а у нас житейская проза“.

— 4 —

Когда человек в искусстве, его нет в жизни и обратно. Нет между ними единства и взаимопроникновения внутреннего в единстве личности.

Что же гарантирует внутреннюю связь элементов личности? Только единство ответственности. За то, что я пережил и понял в искусстве, я должен отвечать своею жизнью, чтобы все пережитое и понятое не осталось бездейственным в ней. Но с ответственностью связана и вина. Не только понести взаимную ответственность должны жизнь и искусство, но и вину друг за друга. Поэт должен помнить, что в пошлой прозе жизни виновата его поэзия, а человек жизни пусть знает, что в бесплодности искусства виновата его нетребовательность и несерьезность его жизненных вопросов. Личность должна стать сплошь ответственной: все ее моменты должны не только укладываться рядом во временном ряду ее жизни, но проникать друг друга в единстве вины и ответственности.

И нечего, для оправдания безответственности ссылаться на „вдохновенье“. Вдохновенье, которое игнорирует жизнь и само игнорируется жизнью, не вдохновенье, а одержание. Правильный не самозванный смысл всех старых вопросов о взаимоотношении искусства и жизни, чистом искусстве и проч., истинный пафос их только в том, что и искусство, и жизнь взаимно хотят облегчить свою задачу, снять свою ответственность, ибо легче творить, не отвечая за жизнь, и легче жить, не считаясь с искусством.

Искусство и жизнь не одно, но должны стать во мне единым, в единстве моей ответственности.

М. БАХТИН.

Мак.

Из Ламартина.

На склоне лет весна не опьяняет
Багряной роскошью ликующих цветов.
Из них лишь бледный мак, что с смертью нас венчает,
Нам дорог бледностью усталых лепестков.

Я разрываю жизни яркий свиток,
Пусть мак меня со смертью обручит.
И в бледных лепестках найду я тот напиток,
Что нам забвенье вечное дарит.

Я слишком много жил, моя душа устала
От беспрестанных слишком ярких грез,
Что мне весна с ее улыбкой алой,
Что мне теперь до лилий и до роз?
Лишь мак один смежит мой взор усталый
И уведет навеки в царство грез.

Алиса Гельдман.

新聞『芸術の日』（1919年９月13日付）に掲載されたバフチンのエッセイ「芸術と責任」

フチンの名があった。

　そして同月の一三日には、当地の新聞『芸術の日』に、バフチンの著作活動の出発点となったエッセイ「芸術と責任」が掲載される。

　そこには、「芸術と生活は同一のものではないが、わたしのなか、わたしの責任という統一性のなかで、ひとつにならねばならない」と記されている。芸術と生活は「内的に相互浸透」しているべきである一方、このような「内的な結びつきを保証している」のは「わたしの責任という統一性」であるという。この「わたし」の「責任」の果たし方こそ、バフチンの生涯の課題であった。

　十月革命後の高揚した気分のなか、こ

うした姿勢は当時の多くの若者に共有されていたものであったが、バフチンの場合は、その後の時代がどのように変わり、また自身がいかに過酷な運命にさらされようとも、「わたしの責任」を果たしつづけることになる。それも、芸術と生活を「内的に相互浸透」させるかたちをとって。

その意味では、日本語訳にして一五〇〇字にも満たないこのエッセイ「芸術と責任」は、バフチンのその後の仕事を理解するうえできわめて重要な位置を占めているといえよう。「ひとが芸術のなかにあるときは生活のなかになく、逆に生活のなかにあるときは芸術のなかにない」と批判するバフチンの姿勢は、その後の著作にも当然反映されており、哲学、美学、文学、言語学、その他、テーマはなんであれ、それらは「理論」の展開であると同時に、日々の「実践」の書にもなっていることに、わたしたちも容易に気づくことになろう。

ちなみに、バフチンの未刊の著作や草稿、メモにはかなり難解な表現も見られる。それにたいして、公刊された著作のほうは、当人が了解したうえで一九七五年にでた『文学と美学の問題』に所収の論考（「言語芸術作品における内容・素材・形式の問題」、「小説のなかの言葉」、「小説における時間とクロノトポスの形式」、「小説の言葉の前史より」、「ラブレーとゴーゴリ」）もふくめ、基本的に明快な叙述になっている。これもまた、右記のような責任の果たし方と無関係ではあるまい。

文化活動家

また、同月の『モーロト』には、文学と芸術の問題に関する連続講義が公示されていた。「カガーンが美学の講義をおこない〔……〕同志バフチンが戯曲上演と文学史について」語ること、「バフチン指導下での文学・芸術講座が開かれる」こと、そのほか、バフチンが教育・芸術関係組合員のためにロシア語の連続講義をおこなったことなども記されている。

これらからあきらかなように、バフチンはじつに多彩な（見方によっては雑多な）活動にたずさわっていた。

公開討論のテーマなども、「芸術と社会主義」、「キリスト教と批判」、「生の意味について」、「愛の意味について」等々と多様であるだけでなく、講義・講演の内容も「芸術について」、「文学や哲学におけるロシアの民族性」、ニーチェとキリスト教、レオナルド・ダ・ヴィンチの世界観、チェーホフ、その他といった具合に、すこぶる多岐にわたっていた。

すでにこの時点で、その後のバフチンの特徴ともいえる脱領域性がきわだっている。と同時に、一九二〇年代のバフチンには「文化活動家」とでも呼ぶべき側面があったことにも気づかれよう。

バフチンが世界に知られるようになったのは、当人が七〇歳を超えてのことであり、また、写真なども年老いてからの姿しか知られずにあった期間がかなりつづいた。それにくわえて、バフチンをまるで聖人であるかのようにみなす傾向もあった。そのため、はなはだスタティックなバフチン像ができあがってしまっていたが、実際のバフチンはすこぶる「能動的」であり、あとでも見るように、自他ともに認める「変わり者」なのである。

さて、ネーヴェリの「カント・セミナー」が当初のかたちのままであったのは一九一九年末までである。ユージナはペトログラードの音楽院にもどり、プンピャンスキイはヴィテプスクに発ち、ズバーキンはスモレンスクに移った。

ヴィテプスク

一九二〇年秋に、バフチンはヴィテプスク市（現在はベラルーシに所属）に移っている。当時、ヴィテプスクは十月革命後のロシアの文化の中心地のひとつであり、シャガール（一八八七―一九八五）、マレーヴィチ（一八七八―一九三五）、リシツキイ（一八九〇―一九四一）のようなアヴァンギャルド画家たちもいた。かれらは、革命記念日にヴィテプスクの街頭や広場を自分たちのスケッチした絵や看板で飾っていた。

シャガールとは、バフチンは出会っていない。シャガールは、この年の六月にすでにヴィテプスクをあとにしていた。他方、マレーヴィチやリシツキイとは交流があり、とくにマレーヴィチとは親しくしていた。マレーヴィチの学校をはじめて訪れたときの様子をつぎのように回想している。

マレーヴィチは彫刻らしき表現のところに近づいていって、こういいました。「さて、これが彫刻的表現です。ここにあるのはいわば三次元です、つまり……」。こういった調子でつぎつぎと案内してくれました。それだけでなく、かれには何であれ具体的に示す能力がそなわっていました。「ところで、ほらここに、わたし、これをつくった芸術家がいます――わたしがいるのはどこでしょうか？　なにしろ、わたしは、自分が表現したまさにこの三次元の外にいるのですから。わたしだって三次元のなかにいるではないですか、とあなたはおっしゃるかもしれません。けれども、これらの三次元はまったくべつものなので

革命一周年にシャガールが描いたエスキス《プロムナード》

学生を指導するマレーヴィチ（黒板のそばに立っている）

す。わたしはこれら三次元を観照しています。観照する芸術家として、自分のまなざしを三次元の彼方にすえています。もし算術的に数えるならば、四次元といったところです。けれどもそれは算術的に数えることはできません。三次元とはいえないのです。それらは三三、三三三等々であって、果てしがないのです。まさにこうした次元、世界的次元、宇宙的次元のなかに、画家であるわたしはまなざしをすえているのです。ただそれだけです」。

　バフチンは、「マレーヴィチはこうしたことを心底から確信していました。偏執狂の気味がありました」としめくくっている。たしかに、アヴァンギャルド画家とバフチンとでは、芸術観がかなり異なっていたであろう。とはいえ、バフチンはマレーヴィチの真摯な姿勢が気に入ったらしく、家族ぐるみで付き合っている。

ヴィテプスクでは、画家だけでなく音楽家たちの活動も盛んであり、ヴォロシノフが組織した室内アンサンブルも人気を博していた。

ネーヴェリ時代の友人のひとりヴォロシノフは、ここの県政治教育局で人民教育・県支部芸術部門副主任をつとめており、バフチンはそのおかげもあって活動の場を得ることができた。二〇年一〇月一日に、ヴィテプスク国立教育大学に世界文学の講師として採用され、また一二月一日からは、ヴィテプスク音楽院に音楽の歴史と哲学（音楽美学）の講師としても採用されている。

ほかにもいくつかの教育機関で講義を持ったほか、相変わらず公開講義の類も数多くおこなっている。「文化における道徳的要素」、「言葉について」、「新しいロシア詩」、「ヴャチェスラフ・イヴァノフの詩」、「ニーチェ哲学」、「トルストイの道徳思想」、「新しいロシア文学におけるシンボリズム」、中世文学、一八世紀フランス文学、哲学・美学の新傾向などが、テーマであった。

一一月にようやく二五歳になる若者にしては、随分とさまざまなテーマに手をだしているかのように思われるが、じつはこれらのテーマのほとんどはその後のバフチンの著作のなかに活かされている。

ヴィテプスクにおけるバフチン夫妻

そして、ヴィテプスクでもやはりサークルができた。今度の「バフチン・サークル」には、ヴォロシノフのほかに、文学研究者メドヴェジェフ（一八九二—一九三八）、音楽家ソレルチンスキイ（一八九二—一九四四）などが加わった。また、プンピャンスキイはヴィテプスクからペトログラードに引っ越していたが、そこからひんぱんに通っていた。メドヴェジェフは、県執行委員会の重要ポストを占めていた。種々の文化教育機関で積極的に講義をおこなうかたわら、機関の組織化にもかかわっており、バフチンをもそこに引きいれている。

なお、バフチンはすでにこのころから多発性骨髄炎に苦しんでおり、一九二一年二月には入院している。この頃から歩行に不自由することも多くなった。この病はついに完治することはなく、四二歳のときには右足の切除を余儀なくされ、晩年には残る左足も自由に動かなくなるなど、生涯、病魔と闘わねばならなかった。精力的な活動の陰にこうした「闘い」があったことも、見逃せない。

一方、七月一六日には、地元の女性エレーナ・アレクサンドロヴナ・オコロヴィチと結婚している。彼女は最期までバフチンを心身ともに支えていく。

この年の秋にカガーンに宛てた手紙にはつぎのようにある。

「道徳の主体と法の主体」を書きはじめた。近いうちにまとめたいと思っている。これはわたしの道徳哲学論の序になる予定だ。しかし、完成させるにはコーエンの美学が欠かせない。〔……〕モスクワで見つけて送ってくれるとありがたい。ことによるとカントも。『カントの倫理学の基礎付け』。ヴィテプスクには何もない。

ここからは、倫理的社会主義を展開していたヘルマン・コーエン（一八四二―一九一八）に着目していたことがうかがえる。おそらく、この時期のバフチンがめざしていたものに近かったのであろう。

また、一九二二年一月一八日のカガーン宛ての手紙では、「元気に暮らしている〔……〕いまはドストエフスキイ論を書いており、まもなくおえられそう。「道徳の主体と法の主体」は延期」とある。

このドストエフスキイ論に関しては、『芸術生活』（一九二二年八月二二―二八日号）に、完成予告がでている。ただし、このとき書いていたものが一九二九年の『ドストエフスキイの創作の問題』とどのような関係にあるのかは、草稿が残っていないため、不明である。推測するに、「作者と主人公」の関係などに関してはかなりの程度展開されていた一方、「言葉」についてはまだほとんど触れられていなかったであろう。

このほか、一九二〇年代前半には「行為の哲学によせて」と「美的活動における作者と主人公」に取り組んでいたこともわかっている。

一九二四年五月にはレニングラードに移るが、この二四年あたりまでを「初期バフチン」とみなしてよいであろう。

参加的思考

さて、没後に公刊された二つの未完の草稿「行為の哲学によせて」(一九一八—二四?)と「美的活動における作者と主人公」(一九二一—二四?)であるが、いずれも題はバフチン当人がつけたものではなく、編者が仮につけたものである。執筆時期も正確なところはわかっていない。

「行為の哲学によせて」で目を引くのは、「理論的」と「参加的」の対置である。

バフチンは、「理論的」世界は「生きた唯一の歴史性とは無縁の」抽象的で自己法則的な世界であるばかりか、この「理論的認識の対象としての世界は、みずからが世界全体であるかに装おうとする。抽象的で単一の存在であるだけでなく、その考えられうる全体のなかで具体的な唯一の存在でもあるかに装う」と批判する。

抽象的な「理論主義」自体もむろん認められないが、それと同時に、いやそれ以上に問題なのは、理論的世界が「全体のなかで具体的な唯一の存在でもあるかに装う」ことであった。これにたいしてバフチンは、「参加的」な意識こそが、「唯一の存在である出来事」へと人をかかわらせるという。ただし、ここでいう「参加」は、溶融集団と化すような参加ではなく、個々人の「唯一性」を認めたうえでの参加であり、バフチンはつぎのような言い方をしている。

唯一無二の価値をもった個人的世界が多数あるということは、内容面で一定していて既成のものであり凝固しているものとしての存在を破壊してしまうはずなのだが、しかしまさにこの多数性があってはじめて、単一の出来事がつくりだされるのである。

個々の「唯一性」は、他者との出来事的関係のなかにある。人びとは個々の独自性を確保しつつも、たがいに動的な関係をつくっているというのである。この見解は、さきに見たポリフォニーの定義、「自立しており融合していない複数の声や意識、すなわち十全な価値をもった声たちの真のポリフォニー」に相通じる面を有しているといえよう。

また、注目すべきことに、ここでバフチンが強調している「行為」はきわめて能動的であり、身体的、運動的でもある。たとえば、「理論的な認識や、美的な直観は、いずれも、出来事という唯一の現実的存在へのアプローチを欠いている。というのも、意味づけたり見たりするさいに、参加者としての自身を原則的に捨象しているために、意味内容——所産——と、行動——現実的、歴史的な遂行——とのあいだに、統一性や相互浸透がないからである」と述べ、「出来事」への現実的参加の必要性を強調している。

出来事

「出来事（sobytie）」は、その後のバフチンの著作にもほぼ一貫して見られるキーワードのひとつである。英語には通常 event と訳されている。

その用例は、「芸術的出来事の参加者としての作者と主人公」、「生きた出来事としてのイデー」、「交通と闘争という出来事」、「声どうしの相互作用という出来事」、「対話的出来事としての発話」、「理解という出来事」、「出来事としての対話」、「出来事としての言葉」、「出来事としての真理」等々といった具合に、枚挙にいとまがない。この名詞から派生した形容詞も、「出来事的」関係といったようにひんぱんに使われている。ひとつ例をあげておこう。

また、ある者たちは、直接的なイデオロギーの魅力に屈しない代わりに、主人公たちの十全な価値をもつ意識を、客体としてとらえられ事物あつかいされた心理に変えてしまい、ドストエフスキイの世界を、社会・心理を描いたヨーロッパのリアリズム小説のような通常の世界とみなしていた。十全な価値をもつ意識の相互作用という**出来事**の代わりに、前者では哲学的モノローグが生じ、後者では作者だけの単一の意識と相関関係にある、モノローグ的に解された客体世界が生じていた。〔……〕［弁証法や二律背反における］論理的な結びつきというものはすべて、個々の意識の枠内にとどまるものであって、個々の意識どうしの**出来事的な**相互関係を支配するものではない。ドストエフスキイの世界は、きわめて人格主義的なのである。（強調は桑野）

なお、「行為の哲学によせて」では、「出来事（sobytie《ソブィチエ》）としての存在（bytie《ブィチエ》）」とか「存在という出来事」という言い方もしているが、この場合は語源を念頭においている可能性もある。ロシア語のsobytieという語は、語源的にはso「ともに」＋bytie「存在」と分解可能なため、「出来事」という語自体が、「ともに在ること」という語源的意味を秘めており、おのずと人格と人格の相互関係の重視を表現している。こうした語源的意味をバフチンがドイツ語の

Mitsein（共同存在）とかさねあわせていたことも考えられなくないが、確たる裏付けはない。ともあれ、バフチンによれば、世界のなかにその一部として出来事があるのではなく、個々の人格の貴重な唯一無二の世界どうしの相互作用として世界はある。

バフチンは当時のソヴィエト型「史的唯物論」に与してはいないもの、それとは別のかたちで「責任」をまっとうする、すなわち社会とかかわり、「出来事に参加」することをめざしていた。当時の西欧の思想に特徴的な「理論主義」の閉鎖性を批判する一方、「参加的な思考とは、出来事としての存在を、具体的な唯一性において、存在におけるアリバイなしにもとづき情動的・意志的に理解することにほかならない。つまり、行為する思考である」と主張している。

存在におけるアリバイなし

ここでバフチンがもちいている「アリバイ」は、法律用語の場合とはやや異なる。バフチンは、「存在におけるアリバイなし」という言い方でもって、人間的なるものは存在という出来事、存在という行為に参加していることを強調していた。そして、「存在におけるアリバイなしだけが、空虚な可能態を、責任を持った現実的行為に変える」といったように、「責任」と関係づけてもちいている。

たとえば思想も、「出来事という存在の単一で唯一のコンテクスト」に関係づけられることによってはじめて、「わたしの責任を持った行為」となる。「わたしの個々の動き、身振り、体験、思考、感情」すべてがそのようになるべきであって、「このような条件のもとではじめて、わたしは現実に生き、現実的存在の存在論的根っこからみずからを引きはなさずにすむのである。逃げ場のない現実の世界にいるのであって、偶然的な可能態の世界にいるのではない」。

このように、「責任」感を持って「現実的・歴史的に」能動的に「行為する」方向が探られていた。ただそのさいバフチンにおいては、向きはあくまでも「自分の内側」からであった。

自分の内側から生きることとは、自分のために生きることを意味するのではなく、それは、自分の内側から責任を持って参加しており、否応なしに現実に自分が存在にアリバイなしであることを是認することを意味する。

この「自己の唯一性」へのこだわりは、作者と主人公との対等な対話的関係を説いたポリフォニー小説論の首唱のあとも変わってはいない。というか、「自己の唯一性」をたがいに尊重してはじめてポリフォニーも可能となる。

語そのものはほとんど使われていないものの、ここにはすでにバフチン特有の対話原理の萌芽も見てとれる。ことに後者では、芸術作品の作者と主人公の関係をとおして、その点が鮮明にうちだされている。

不可欠な他者

なお、「行為の哲学によせて」や「美的活動における作者と主人公」では、〈対話〉という用

ただひとりの参加者のもとでは、美的な出来事はありえない。みずからを超越する何ものも持たず、また外部にあって外部から限定するものを何ひとつ持たない絶対的な意識は、美的なものとはなりえない。〔……〕美的な出来事は、二人の参加者があってはじめて実現するのであり、二つの一致することのない意識が前提となる。

主人公と作者が一致していたり、おたがい、共通の価値をまえにして並んでいるだけであったり、あるいはまた敵どうしであったりする場合には、美的な出来事はおわり、倫理的な出来事（諷刺記事、宣言、弾劾演説、賛辞、謝辞、悪罵、自己弁明の告白等々）がはじまる。また主人公が、潜在的なものとしてさえも全然存在しない場合には、認識的な出来事（論文、論説、講義）となる。さらにはまた、もうひとつの意識が、神の包括的な意識である場合には、宗教的な出来事（祈り、礼拝、儀式）が生じる。

このように「美的な出来事」あるいは「創造的な出来事」には〈他者〉が欠かせないとする考えは、バフチンのその後の全著作をつらぬいている。またそれは、美学や哲学だけでなく、「バフチン・サークル」等に具体化されているような実生活にも及ぶものであった。

作者は自分自身にたいして他者となり、他人の眼で自分を見なければならない。実際のところ、実生活でもわたしたちは絶えずそうしており、他人の観点から自分を評価し、他人をとおして、みずからの意識を超えた契機を理解し、考慮しようとしている。

それと同時にバフチンは、この〈他者〉はわたしと一体化するようなものであってはならないことを強調する。わたしが見聞きしたことだけを見聞きしたり、おなじことを繰り返すだけなら、それは〈他者〉ではないのである。自己の限界を脱けでるのに必要なのは、「わたしのほかにもうひとり、事実上、おなじような人間（二人の人間）がいるということではなく、その者がわたしにとって別の人間であるということである」。

そもそも〈他者〉を欠いては、わたしを意味づけることはできない。むろん、あなたも同様である。ということは、〈他者〉たりうることは「特権」であるということでもある。そうした特権を能動的に活かすことにより、芸術的出来事は展開される。

ひとつの意識だけの平面上では展開するのが原理的に不可能であり、融合しない二つの意識を前提としている出来事、ある意識が別の意識にまさしく他者として関係することを本質的な構成契機とする出来事がある。新しきものをもたらす、唯一で不可逆的な創造的出来事とは、すべてこのようなものである。

芸術的出来事

バフチンにとって、「芸術作品とは、客体——出来事としての意義や価値的な重みを欠いた、純粋に理論的な認識の対象——ではなくて、生きた芸術的出来事」であり、そのさい、出来事となり、意義あるものとなるのは、素材《マテリアル》にたいする作者の関係ではなくて、主人公にたいする作者の関係である。作品という芸術的出来事に参加しているのは、主人公と作者なのである。主人公を抜きにして素材に向けられた作者の能動性は、純粋に技術的な活動と化してしまうという。

このような立場からすれば、当時のロシアできわだっていたフォルマリズム的な美学は、生きた価値を素材に帰せしめ、主人公を失い、芸術家の創造を技術的な一方通行的行為とみなしているものとして、当然批判の対象となる。

当時、ロシア・フォルマリズムの重鎮のひとりヤコブソン（一八九六―一九八二）は、「文学に関する学問が対象とするのは文学ではなく、文学性、すなわちある作品をして文学作品たらしめるもの」であり、「文学に関する学問が真の学問たらんと欲するなら、〈手法〉を自分の唯一の〈主人公〉と認めなければならない」と述べていた。

手法、技法をこそ、まず第一に問題にすべきであるというのである。

また、もうひとりの重鎮シクロフスキイ（一八九三―一九八四）も、「文学作品とは純粋な形式である。それはモノでも素材でもなく、素材のつくりだす関係である。〔……〕作品の規模、作品の分母と分子の算術的値はどうでもよい。重要なのはそれらの関係である。滑稽な作品、悲劇的な作品、世界的な作品、室内的な作品、それらはたがいに対等であり、世界と世界を対置しようが猫と石を対置しようが、なんら変わりはない」と挑発していた。

アルヒテクトニカ

これにたいして、この時期のバフチンはarkhitektonika《アルヒテクトニカ》（英語ではarchitectonic［s］）を重視している。ギリシア語で「建築術、建築物」を意味するarchitektonikē に由来する言葉で、カント（一七二四―一八〇四）の『純粋理性批判』（一七八一）では「純粋理性の建築術」（岩波文庫）

といったように、そのまま「建築術」と訳されている。

カントによれば、「建築術とは、〔学的〕体系を構成する技術のこと」であり、「体系全体が有機的に構成されている(articulatio)のであって、偶然的に集積されている(coacervatio)のではない」。

哲学関係では、「知識体系論」という訳語もある。また、一九世紀末から二〇世紀初頭あたりの西欧では芸術理論の分野でよく使われ、日本語には「結構」とも訳されていた。

ただし、バフチンはこの用語を、カントやその後の西欧の美学者の場合とほぼおなじ意味で使っているときもあれば、やや別の意味で使っているときもある。また、そうした特有の使い方には、やはり理論主義や抽象性にたいする批判が顕著にあらわれている。

とくに目立つのは、この用語を、主人公をとりかこむ世界の「完結」のさせ方を意味して使っているケースである。バフチンによれば、本来、世界あるいはわたしたちには「完結」などありえないのだが、芸術家の場合は「仮に完結させる」ことが許されている。それだけに責任も重い。となれば、アルヒテクトニカ、すなわち「具体的で唯一無二の諸部分や諸契機を目に見えるかたちで必然的に配置し、完結したひとまとまりの全体へとむすびあわせるもの」が欠かせない。

この点からすれば、フォルマリストが扱っているようなコンポジションや手法は、まさにアルヒテクトニカと対蹠的な位置にあることになる。一九二四年一一月頃に書かれ、メドヴェジェフ名ででた「学問のサリエーリ主義」（一九二五）では、「フォルマリズムが知っているのはコンポジションであって、芸術作品のアルヒテクトニカではない。建設の問題を、フォルマリズムは煉瓦の積み方の問題に置き換えている」と批判している。

アルヒテクトニカにとって重要なのは、小説の章、詩の連その他といったコンポジションに関係する形式のような「外面」ではなく、主人公、タイプ、性格、完結法、その他の形式であり、しかも「仮に完結させる」ことが許されている芸術家には重い責任がともなっている。

外在性

そうした責任を果たすにあたり欠かせないのが、〈外在性〉（外部に位置していること）の自覚である。さきにも見たように、バフチンは、「みずからを超越する何ものも持たず、また外部にあって外部から限定するものを何ひとつ持たない絶対的な意識は、美的なものとはなりえない」と述べていた。

晩年の「『ノーヴィ・ミール（新世界）』誌編集部の質問にたいする回答――より大胆に可能性を利用せよ」（一九七〇）でも、以下のように述べられている。

他者の文化をよりよく理解するためにはいわばその文化のなかに移り住み、自分の文化を忘れて世界を他者の文化の眼で眺める必要があるといった、きわめて根強いものの、一面的で、それゆえにまちがっている考えが存在している。〔……〕理解にとってきわめて重要なのは、理解者が、自分が創造的に理解しようと望んでいることにたいして——時間、空間、文化において——**外部に位置している**ことである。自分自身の外貌ですら本人は真に眼にし全体を意味づけることはできないのであり、いかなる鏡や写真も役立たないのである。その者の真の外貌を眼にし理解できるのはほかの人びとだけであり、それはその人々が空間的に外に位置しているおかげであり、かれらが**他者**であるおかげなのである。

このようにバフチンは、文化というものは他者の文化のまなざしに照らされてはじめて、みずからをあきらかにすることを、強調していた。

「美的活動における作者と主人公」には、この〈外在性〉という用語が頻出する。「作者の外在性」、「時間的外在性」、「空間的外在性」、「意味的外在性」、「価値的外在性」、「美的外在性」、「倫理的外在性」、その他である。

バフチンによれば、芸術家というものは、責任を持って生にたいする外側からのアプローチを見出すことを課題としている。そうすることによって、芸術家および芸術一般は、世界にたいするまったく新しい見方や、まったく新しい世界像をつくりだすという。こうした〈外在性〉の重視は、〈余剰〉という特権をいかに行使するかという問題にもつながる。「一九六一年・覚書」には、つぎのような箇所がある。

他者との融合ではなく、**外在性**というみずからの立場、およびそれとむすびついている視覚と理解の余剰の保持。しかし問題は、この余剰をドストエフスキイがいかに利用しているかにある。この余剰のいちばん重要な契機は、愛であり〔……〕、さらには承認、許し〔……〕、あるいはまた（複製でない）能動的な理解や聴取である。
こうした余剰は、待ち伏せや、立ち寄り背後から攻撃するためにもちいられたりはしない。これは、対話的に他者にあきらかにされている公開の誠実な余剰であり、本人不在ではなく直に向けられた言葉で表現されうる余剰なのである。

実際、こうした〈余剰〉をわたしたちは日常どの程度意識しているものであろうか。ここでいわれているのは、〈余剰〉が「愛」にでもなれば、「攻撃」にもなるということである。そうとなれば、この危険性をふせぐにはひたすら「対話能力」を高めるほかない。〈余剰〉は、創造的に行使することがけっして容易でないばかりか、危うい特権にもなってしまう、まさに諸刃の剣なのである。

＊

この時期、すなわち一九二〇年代前半のバフチンの見解でもっとも興味深いのは、「他者」のみがもたらしうる意味生成とそれにともなう責任の強調である。

たとえば「感情移入」なるものに、バフチンはきわめて否定的であった。「貧窮化」とすら呼んでいる。ただ感情移入するだけでは、二人（以上）が出会った意味がない。〈他者〉として出会うのでなければ、両者のあいだに新たな意味が生まれうる貴重な機会がみすみす失われるばかりか、当人の自己喪失にもつながりかねない、という。感情移入する者は自分に責任を持っていないというわけだ。

バフチンのこうした姿勢からは、ハンナ・アーレント（一九〇六―七五）の「暗い時代の人間性について」（一九五九）が思い起こされる。アーレントは、政治空間においては〈同情〉は〈距離〉を廃棄し、その結果〈多元性〉をも破壊するため、他者にたいする相互承認の基礎たりえないと考えていた。〈同情〉は〈連帯〉とはちがうというのである。バフチンもまた〈同情〉ではなく〈友情〉を、〈統一〉ではなく〈連帯〉を志向していたといえよう。

第二章　交通のなかの記号

「行為の哲学によせて」と「美的活動における作者と主人公」の両論考ともかなり完成に近づいていたと想定されるにもかかわらず、結局は未完におわってしまっていることに関しては、当時のロシア国内のイデオロギー状況、文芸政策の変化を理由にあげる者もいる。たしかに、ソヴィエト型マルクス主義の圧力がしだいに強まってきていた。

ただその一方、晩年のバフチンにこれらの論考を完成させようとしていた様子が見られなかったことも、無視できない。まだ「修業時代」のエチュードとみなしていたのか、あるいはもはやアクチュアリティに乏しいとみたのか、あるいはまた別の理由があったのか、事情は定かでない。

レニングラード

いずれにせよ、ここまで見たかぎりでのバフチンは、新カント学派やキェルケゴール(一八一三—五五)、シェーラー(一八七四—一九二八)その他の思想を自分なりに「読み替え」ようとしているものの、いまだ独創的な思想家にはなりえていない。それが大きく変化しはじめるのが、一九二〇年代後半、すなわち三〇歳前後の時期である。

バフチンは一九二四年五月にレニングラードへ移っている。当人の言によれば、そのあと一九三〇年までは、当初はロシア国立芸術史研究所の職員、またのちにはレニングラード出版所

前列左からユージナ、バフチン、プンピャンスキイ、メドヴェジェフ、ヴァギノフ夫人、後列左からヴォロシノフ夫人、ヴォロシノフ、バフチン夫人、ヴァギノフ、最前方の横向きの顔の人物は不明（1924年10月）

の編集者として働いていたとのことであるが、どの程度まで関与していたかはあきらかでない。どうやら非常勤職員であったようだ。

ロシア国立芸術史研究所の公式文書には、バフチンの名は一回しかでてこない。それによれば、二四年八月に一般芸術学の問題に関する委員会の会議で、「文学作品における主人公の問題」という題の報告をおこなっている。

一方、レニングラード出版所との関係という点では、この出版所がだしていた『トルストイ全集』の一一巻と一三巻の序を一九二九年に書いていることがあげられる。

レニングラードに移ってのちも、「バフチン・サークル」はつづいた。ユージナ、ソレルチンスキイがこの地に住んでいたほか、二二年にヴォロシノフもレニングラードにもどってきていた。プンピャンスキイもメドヴェジェフもいた。カガーンもモスクワからよく来ていた。さらには、新たに東洋学者M・I・トゥビャンスキイ（一八九三―一九三七）、生物学者I・I・カナエフ（一八九三―一九八四）、作家K・K・ヴァギノフ（一八九九―一九三四）らもくわわった。

カナエフは、バフチンを生活面でも助けていたとのことである。

この時期のバフチンが生活費にも事欠く厳しい状況にあったことは、いくつか証言があるが、たとえばヴィテプスク時代から「バフチンのファン」であり、一五、六歳の頃から講義によく顔をだしていたR・M・ミルキナ（一九〇六―八七）は、つぎのように記している。


あるとき、バフチンはわたしたち姉妹を、有名なピアニストのユージナの家でおこなわれる文学講義に招いてくれました。ユージナのコンサートは、まだヴィテプスクにいたころに聴いたことがありました。〔……〕広間の中央には何列か椅子が並べられていました。たくさんの聴講者がいました。〔……〕講義は慈善目的でおこなわれました。入場料は聴講者自身が特別な箱のなかに入れていました。金額は当人任せです。聴講者たちのまえのテーブル脇には、フード付きの黒いマントをまとったバフチンが立っていました。おそらく、てかてかした普段着で聴講者のまえにあらわれるのは、気まずかったのでしょう。マントを着たバフチンはかなり奇妙でしたが、ロマンティックであり、ムィシキン公爵にますます似てきていました。

この時期のレニングラードにはいくつものサークルがあった。そうしたなかで「バフチン・サークル」が主たるテーマとしていたのは、ネーヴェリ以来、新カント学派であったが、ただ二〇年代半ば近くにはテーマも広がっており、宗教哲学や道徳のほか、西欧哲学全般の動きにも関心を寄せ、コーエンのような新カント学派だけでなく、フッサール（一八五九―一九三八）、シェーラー、ベルクソン（一八五九―一九四一）、シュペングラー（一八八〇―一九三六）なども とりあげている。

また、研究所の職員とはいえ定職なきにひとしかったバフチンは、相変わらずいろいろな機関や個人宅で講義をおこなっている。カント、ニーチェ（一八四四―一九〇〇）、フッサール、シェーラー、フロイト（一八五六―一九三九）、フロイト主義者、ドストエフスキイ、トルストイ（一八二八―一九一〇）、詩人チュッチェフ（一八〇三―七三）、詩人・哲学者イヴァノフ（一八六六―一九四九）、象徴派詩人たち、その他をとりあげている。宗教哲学や美学の問題も扱った。

このように人名をあげると、バフチンが扱うテーマはますます分散化してきているように見えるかもしれないが、その一方で、バフチンはこれらの人物のほとんどから（批判的にではあるが）かならず何かを学んでいる。そのことは読書歴からもうかがえる。メドヴェジェフ名でだした『文学研究における形式的方法』(一九二八)のなかで、「悪しき味方よりも良き敵をはるかに高く評価すべきである」としてフォルマリズムを内在的に批判しているように、こうした「対話的な」批判的学習はバフチンの一貫した特徴であった。

ヴォロシノフ名で公刊されることになる『フロイト主義——批判的概説』(一九二七)、あるいはこの本のなかで予告されながらでなかった『現代西欧の哲学思想』などは、この時期の講義を活かしたものと思われる。

そのほか、図書館で新本の案内にもたずさわっている。

バフチン(1925年)

この間、一九二四年には『ロシアの同時代人』誌の依頼により、「言語作品の美学の方法論の問題によせて1 言語芸術作品における形式・内容・素材の問題」を執筆しているが、雑誌自体の廃刊のため公刊されずじまいであった。

この論考は、「美的対象とは、創造者と内容の双方の相互行為が実現された出来事」であるとの立場から、ロシア・フォルマリズムの詩学もふくむ「素材の美学」を批判すると同時に、個別芸術を「文化全体」のなかに位置づける必要性を説いたものであり、全体として「美的活動における作者と主人公」の応用篇になっている。

一九二四―二五年には、似たような題の連続講義「芸術作品における主人公と作者」もおこなっている。

こうしたなか、きわめて注目すべきである一方、いまだ不明な点を残しているのは、サークルのメンバー名義でいくつも著書や論文がでていることである。

仲間名義の著作

当人名ではでていないが実際にはバフチンが書いた著作、あるいは基本的にはバフチンのものとみなされている著作を列挙しておこう。

一九二五年　メドヴェジェフ「学問のサリエーリ主義――形式的（形態学的）方法について」（『ズヴェズダー［星］』三号）
ヴォロシノフ「社会的なるものの彼方に――フロイト主義について」（『ズヴェズダー』五号）
一九二六年　メドヴェジェフ「社会学なき社会学主義――サクーリンの方法論的著作について」（『ズヴェズダー』二号）

ヴォロシノフ「生活のなかの言葉と詩のなかの言葉——社会学的詩学の問題によせて」（『ズヴェズダー』六号）

カナエフ「現代の生気論」（『人間と自然』一号、二号）

一九二七年　ヴォロシノフ『フロイト主義——批判的概説』

一九二八年　メドヴェジェフ『文学研究における形式的方法——社会学的詩学への批判的序説』

ヴォロシノフ「西欧における最新言語学思潮」（『文学とマルクス主義』五号）

一九二九年　ヴォロシノフ『マルクス主義と言語哲学——言語に関する学における社会学的方法の基本的問題』

一九三〇年　ヴォロシノフ「詩学と言語学の境界について」（『文学研究におけるマルクス主義のための闘い』）

ヴォロシノフ「芸術のことばの文体論1　言語とは何か」（『文学学習』二号）

ヴォロシノフ「芸術のことばの文体論2　発話の構成」（『文学学習』三号）

ヴォロシノフ「芸術のことばの文体論3　言葉とその社会的機能」（『文学学習』五号）

このうち「現代の生気論」だけは、バフチンに書いてもらったことをカナエフ当人が認めているが、残りの著作に関してはバフチンの「関与度」の解釈が分かれている。内容からすると、「生活のなかの言葉と詩のなかの言葉——社会学的詩学の問題によせて」、『フロイト主義——批判的概説』、『文学研究における形式的方法——社会学的詩学への批判的序説』、「西欧における最新言語学思潮」、『マルクス主義と言語哲学——言語に関する学における社会学的方法の基本的問題』などは、バフチン名での著作との共通性が目立つ。

ただし、この問題はいまも決着を見ていない。たとえば、メドヴェジェフの親族が編纂した『P・N・メドヴェジェフ　著作集』全二巻（二〇一八）には、右記のメドヴェジェフ名の著作がすべて収録されている。

こうした背景には、「バフチン・サークル」そのものが持っていた共同制作精神が関係している可能性があるだけでなく、バフチンの生活状況や当時の文化状況もあったものと推測される。すなわち、一九二五年頃には、マルクス主義的な「仮面」をかぶったものでないかぎり、出版はむずかしくなってきており、バフチンもまた、基本的にはそうした立場から表現するようになる。あるべき「社会学的方法」をめぐる論を、二〇年代後半に仲間名義で次々と発表していった。

ちなみに、前記の「言語作品の美学の方法論の問題によせて1　言語芸術作品における形式・内容・素材の問題」の時点では、当時目立ちはじめていた社会学方法について、学問的には意義があるものの、「本来の美学的分析の枠を超えている」としていた。

独自の「社会学的方法」

バフチンがどこまでマルクス主義的であったかはさておき、一九二〇年代後半のバフチンの著作には――『ドストエフスキイの創作の問題』もふくめて――「社会学的」立場の強調が目立つ。たとえば一九二九年の『ドストエフスキイの創作の問題』(以下では原則として『ドストエフスキイ論〔二九年〕』と表記)の序のつぎのような一節は、一九六三年の増補改訂版『ドストエフスキイの詩学の問題』(以下では原則として『ドストエフスキイ論〔六三年〕』と表記)では消えている。

本書における分析の基礎にあるのは、いかなる文学作品も内的、内在的に社会学的であるとの確信である。文学作品のなかでは、生きた社会的諸力が交錯しており、作品の形式の各要素は生きた社会的評価に貫かれている。したがって、形式のみの分析であっても、芸術的構造の各要素を、生きた社会的諸力の屈折点とみなさねばならない。

ここで使われている「内的、内在的に社会学的」という言い回しは、前記のヴォロシノフ、メドヴェジェフの名ででた著作にも見られる。なお、こうした言い回しがもちいられているのは、一九二〇年代後半から三〇年代前半の著作にほぼかぎられる。たとえば『ドストエフスキイ論（六三年）』では、「内在的に社会学的」や「社会的」といった表現が削除されたり、言い換えられている。「社会的かつ出来事的」が「出来事的」のみになっていたり、「社会的性格」が「伝統的性格」に代えられたりしている。

ともあれ、「社会学的」は、当時のソ連で著作を公刊するためには必須の用語であったが、その前に「内的」ないし「内在的」を添えるのはバフチンならではの特徴であり、それが独自の「言語交通論」と組み合わされていた。この背景には、文学や芸術を社会と直接に関係づけ

ヴォロシノフ

メドヴェジェフ

ることを要求しはじめていたイデオロギー状況があった。ここでいう「社会学的」とは、「社会学の方法にそった」という意味ではなく、「社会と関係づける」、より正確には「社会からの影響を考慮する」という意味である。

サクーリンとトロツキイ

バフチンが文学研究における社会学的方法についてはじめて明快に論じたのは、「生活のなかの言葉と詩のなかの言葉」(一九二六)である。きっかけになったのは、すでに同年の「社会学なき社会学主義」でとりあげていたサクーリン(一八六八―一九三〇)の『文学研究における社会学的方法』(一九二五)であった。

サクーリンは、教条主義的な「社会学主義者」たちが目立ってくる状況下ではむしろ例外的存在であり、フォルマリズムにも一定の理解を示していた。「詩的形式の要素(音、言葉、イメージ、リズム、構成、ジャンル)、詩的テーマ、全体としての芸術的スタイル――これらすべては、理論詩学が心理学・美学・言語学に立脚して練りあげた方法、とりわけいわゆる形式的方法によって目下実践されている方法の助けを借りて、まえもって内在的に研究されるのである」としていた。

つまり、社会学的方法の迫りえない文学の「内在的本質」なるものと、文学にたいする外的な社会的要因の影響とを対置させていた。

「社会学的方法が研究しうるのは、文学と、それをとりまく非芸術的な社会的環境との因果的な相互作用だけである。しかも、文学の本質とその内的、自律的な法則性の内在的な（社会学的ではない）分析が、社会学的な分析にさきだっておこなわれるべきである」というのであった。

こうした姿勢は、フォルマリズムの成果を条件付きで評価する一方、その思想的基盤には批判をくわえていたトロツキイ（一八七九―一九四〇）にも見られた。『文学と革命』（一九二四）ではつぎのように述べられている。

マルクス主義の原理にのみのっとって、芸術作品を受け入れるべきか否かを判断すべきではないというのは、まったくそのとおりである。芸術的創造の所産は、まず第一に、それ本来の法則、つまり芸術の法則にのっとって判断されるべきである。しかし、所与の時代に所与の芸術流派がなぜあらわれたか、つまり、ほかならぬこのような芸術形式にたいする需要を誰が何故に示したのかという問題を解明しうるのは、マルクス主義だけである。

しかし、バフチンからすれば、サクーリンやトロツキイの見解は、フォルマリズムの長所を認める点ではある程度評価できるとしても、「芸術の法則」そのものをつらぬく社会性を理解していなかった。

芸術的交通

バフチンによれば、そもそも芸術とは、宗教、学問、道徳等々のような「他のイデオロギー的形成物」と同様、「内在的に社会学的なのであり」、一元論的アプローチを可能とするものであった。

当時、フォルマリズムにたいするマルクス主義の攻撃が勢いを増していたが、バフチンの視点から見直してみた場合、両者には似かよった点があった。「客観的アプローチ」を競い合う両者とも、創造者の意図や観照者の反応を軽視しているのである。

これにたいしバフチンは、マルクス主義を直接批判するのは避ける一方、モノとしての作品の構造のみを研究対象とする（フォルマリズムに支配的な）立場と、創作者ないし観照者の個人的な心理のみを研究対象とする立場の双方に批判をくわえていた。

全体としての〈芸術的なるもの〉は、モノのなかや、周囲から切りはなしてとりだした作家の心理のなか、あるいはまた観照者の心理のなかにあるのではない。〈芸術的なるもの〉は、これら三つの契機をすべてふくんでいるのである。それは、**芸術作品のなかにとどめられた、創造者と観照者の相互関係の独特な形式**なのである。

この**芸術的交通**は、他の社会的形式と共通の土台から育ってくる。だがそのさい、他の形式とおなじく、その独自性を保っている。それは独自なタイプの交通であり、それのみに固有の形式を持っている。**芸術作品の素材のなかに実現され、とどめられた社会的交通のこの独特な形式を理解することこそ、社会学的詩学の課題である。**

ここでは、作者と主人公との〈出来事〉的関係のなかに、新たに観照者・読者が一目瞭然なかたちでくわえられている点が注目されよう。

さきに見た「美的活動における作者と主人公」では、読者の問題がほとんど論じられていないばかりか、そこでは、「作者は、読者にとって権威的で不可欠であり、読者は作者を、人物、別の人間、主人公、存在のひとつなどとみなすのではなく、したがうべき原理とみなす」と述べられていた。「作者は、なによりもまず、作品という出来事の内部で、出来事の参加者として、そして出来事のなかにおける読者の権威的指導者として理解されねばならない」とされていた。

聞き手の役割

ところが「生活のなかの言葉と詩のなかの言葉」では、つぎのように述べられている。

聞き手の自立した役割を無視することほど、美学にとって致命的なことはない。聞き手は技法を差し引いた作者にひとしいとみなすべきであるとか、通の聞き手の立場は作者の立場のたんなる再現であるべきだといった、すこぶる広く普及している見解がある。だが実際には、それはただしくない。むしろ、逆の命題を立てることができよう。つまり、聞き手はけっして作者とひとしくない。聞き手は、芸術的創造という出来事における独自のかけがえのない場所を持っている。聞き手はこの出来事のなかで特殊な、しかも——作者にたいしてと主人公にたいしてという——二方向的な立場を占めなければならず、こうした立場が発話の文体を規定している。

このように聞き手・読者の役割を積極的に組みこむことによって、バフチンの〈芸術交通論〉は動的性格をいっそう増すことになる。

あとでも見るように、その後のバフチンは読者の能動性、あるいはまた言語に関しても聞き手の能動性を、繰り返し強調することになる。『マルクス主義と言語哲学』では、「言葉とは、わたしと他者のあいだに渡された架け橋である。その架け橋の片方の端をわたしが支えているとすれば、他方の端は話し相手が支えている」と記されている。

三者の相互関係のなかの言葉

バフチンは、このような基本的立場を主張したうえで、まずは、言葉の真のありようを問題にする。「生活のなかの言葉と詩のなかの言葉」以降、バフチンは言葉について本格的に論じるようになり、それはほぼ最後までつづいていくことになるが、その背景には、フォルマリズム詩学が言語学にかなり依存していたこと、さらには当時の哲学一般に広く見られた言語哲学的傾向があった。

二年後の「西欧における最新言語学思潮」では、「最近、西欧では、言語哲学の問題が解決を急がれる根本的な問題となっている。現代のブルジョア哲学は**言葉**を旗印として展開しはじめている〔……〕〈言葉〉とそれが哲学体系上に占める位置をめぐって活発な闘いがおこなわれており、その規模は中世の実在論、唯名論、概念論のあいだの論争に匹敵する」と述べている。

他方、この「生活のなかの言葉と詩のなかの言葉」の段階ではバフチンは、フォルマリズムがいだいている言語観を主なる批判の対象としつつも、やがては独自の〈発話〉論にいたる独特な言語論をすでに開陳している。

辞書のなかにまどろんでいるのではなく、実際に発せられた（あるいは意味を持って書かれた）**あらゆる言葉は、話し手**（作者）、**聞き手**（読者）、**話題の対象**（主人公）**という三者の社会的相互作用の表現であり所産なのである。**言葉とは、社会的出来事なのであり、それは抽象的・言語学的なものとして自足してはおらず、また、孤立してとりだした話し手の主観的意識から心理学的に導きだすこともできない。まさにそれゆえに、心理学や形式的な言語学にもとづいたアプローチは、おなじように的を外している。まさに言葉を真実のものや虚偽のもの、下品なものや高貴なもの、必要なものや不必要なものとする、言葉の具体的な社会的本質が、これら双方の観点からは理解もアプローチもできないままにある。

言葉を実際に使用する場合に「何が生じているのか」が、まず第一に重要だというのである。バフチンによれば、それは三者のあいだの「社会的出来事」なのであり、そうとなれば、「出来事」にさいして重要なのは語義だけではない。むしろ、言葉の「価値」こそが重要なのだ。生活のなかの言葉だけでなく、詩のなかの言葉に関しても、本質的にはこれとおなじである。（なお、ここではバフチンは、「詩」という言葉を、実際には「文芸一般」の意味でもちいている）。

詩をふくむ「美的出来事」の場合は、つぎの三契機を考慮にいれなければならない。

(1) 主人公は何者なのか。主人公と作者の社会的ヒエラルキーの違いの有無。

(2) 作者と主人公との親近度。作者は主人公をどのように感じているのか。呼びかけ方。

(3) 読者。読者と作者の相互関係。読者と主人公の相互関係。

バフチンは、こうした三つの契機において、芸術外の現実の社会的な力が詩そのものに（すなわち「内在的に」）はいりこんでいることを強調する。

このようにして、すでにこの「生活のなかの言葉と詩のなかの言葉」の時点で、話し手（作者）、聞き手（読者）、語られる誰か・何か（主人公）といった三者の相互関係を問題にすべきであると述べるとともに、こうした社会的交通の場における言葉をまえにしたときに一般の言語学が無力であることを鋭く衝いていた。

交通

この〈交通〉とか〈相互作用〉は、ヴォロシノフ名ででた『フロイト主義』と『マルクス主義と言語哲学』、メドヴェジェフ名ででた『文学研究における形式的方法』、さらにはバフチン名ででた『ドストエフスキイ論（二九年）』に共通するキーワードでもある。

それぞれから例を引いておこう。たとえば、同時代の心理学者L・S・ヴィゴツキイ（一八九六―一九三四）の内言論ともかさなりあう面を持つ『フロイト主義』では、フロイト主義が「生物学主義」の一種であり、被験者の言語反応に頼りつつも、言葉の社会性を理解していないと批判する。

言葉とは、それが生まれたところのごく身近な交通の「**シナリオ**」のようなものである。この交通は、話し手が属している社会的グループのもっと広汎な交通の一契機となっている。**シナリオ**を解するためには、複雑な社会的相互関係をそっくり復元しなければならない。これらの相互関係がイデオロギー的に屈折したものが、発話なのである。

外言の代わりに内言をとりあげても、事情は変わらない。内言もまた潜在的な聞き手を前提としており、その者に向けられている。内言もまた、外言とおなじように社会的交通の所産であり表現である。

言葉は、「外言→内言」、あるいはヴィゴツキイふうにいうならば「外言→自己中心言語→内言」という順に発生していくのである。

『マルクス主義と言語哲学』では、ソシュール（一八五七―一九一三）に代表される「抽象的客観論」と、フォスラー（一八七二―一九四九）に代表される「個人的主観論」の双方が、交通論的立場から批判される。

あらゆる発話は、それがいかに意味を持ち完結したものであれ、**絶えまなき言語的交通**（生活・文学・認識・政治等における交通）**の一契機にすぎない。**しかしこの絶えまなき言語的交通自体もまた、所与の社会的集団の絶えまなき全面的生成の一契機にすぎない。〔……〕**言語が生き歴史的に生成していくのは、まさにここ、具体的な言語的交通のなかであって、言語諸形態の抽象的言語学的体系のなかや話し手たちの個人心理のなかにおいてではない。**

『文学研究における形式的方法』では、たちおくれている「イデオロギー学」の課題のひとつとして、「イデオロギー的交通の形式とタイプの問題」が立てられている。

イデオロギー的交通の形式とタイプは、今日までほとんど研究されていない。〔……〕たとえばコンサートホールや絵画展のように〔……〕直接的な交通の形式は、ある種の芸術ジャンルにのみ本質的であるにすぎない。学問の形式にとって本質的な学問的交通が学会であるなどと考えるのはばかげていよう。〔……〕芸術的交通の形式も、これにおとらず複雑で繊細である。サロンで朗読する抒情詩人にとっての親密な「聴衆」から、悲劇作家や小説家にとっての厖大な「大衆」にいたるまでの、じつに多様な分化した形式が存在する。

『ドストエフスキイ論（二九年）』では、言葉が基本的に「二声」的なものであることを強調するさいに、つぎのように述べられている（ちなみに、この箇所も『ドストエフスキイ論［六三年］』では削除されている）。

他者の言葉 slovo《スローヴォ》 へのことば rech《レーチ》 の定位という問題は、社会学的にもっとも重要な意義を有している。言葉は本性からして社会的なのである。言葉とは事物ではなく、社会的交通の永遠に動的で、永遠に変化しやすい環境である。それはひとつの意識、ひとつの声で充足することはけっしてない。

じつは、次章で見るように『ドストエフスキイ論（二九年）』においては、〈交通〉よりも〈対話〉という用語のほうが優勢なのだが、〈交通〉は一九三〇年代以降もバフチンの著作をつらぬく重要なキーワードとなっている。

〈交通〉は、各文化領域に見られる、内にこもった隔離的アプローチを、もろもろの関係のなかにうちひらく一方、外側からの一方的決定づけにもあらがう、バフチン特有の一元論を支える重要概念であった。

前列左からバフチン、ユージナ、カナエフ、プンピャンスキイ、メドヴェジェフ、後列左からヴォロシノフ夫人、バフチン夫人、不明

「言葉」と「ことば」

ちなみに、すぐまえの引用では、「ことば」にはrech、「言葉」にはslovoという原語（ロシア語をローマナイズした表記）を添えておいた。以下の引用箇所では、このようにrechには「ことば」、slovoには「言葉」という訳語をあてることにする。

拙訳にかぎらずバフチンの著作の日本語訳の多くは、基本的にこのように訳し分けているのだが、実際には、この引用箇所のようにいずれか片方で代表させても誤読は生じないことが少なくない。しかも、バフチン自身による使い分けも、時期や著作によって揺れがあり、どこまで意識的に使い分けているかが不明な場合がある。となれば、思い切っていずれかの訳語でとおしてしまうのもひとつの選択肢であるが、本書では慣例にしたがい、訳し分けておくことにする。

ただ、大まかな傾向について述べておくならば、まず slovo は、(1)言語学の対象である言語体系《ラング》と対置させて、「具体的で生きた総体としての言葉」を指して使われていることが多い。この場合、英訳では通常 discourse があてられている。(2)「語、単語」の意味で使われている場合もある。

これにたいして rech は、もともと(1)言語（能力）、(2)（言語のさまざまな）スタイル、(3)パロール、(4)話、会話、(5)演説、スピーチ、(6)音声言語、(7)話法など、さまざまな語義を持っており、バフチン自身も何通りかの意味でもちいている。なかでも、実際に使われた状況下での言葉遣いを指しているケースが多い。

また、本書では「発話」と訳しておいた vyskazyvanie も、英語の utterance と同様、「発話行為」あるいは「発話内容」を指している場合が多いものの、かならずしも一義的ではない。たとえば、ソシュールのいう「パロール」にたいして、rech 以外に、vyskazyvanie があてられている場合も見られる。

抽象的客観論批判

さて、その「パロール」であるが、バフチンは『マルクス主義と言語哲学』において、ソシュールのいうパロールも実際にはすでに間主体的なものであり、したがってまた社会的なものであることを力説している。さきにも述べたように、そもそも言葉にはつねに他者の能動的な応答がともなっているのだ、というのがバフチンの持論である。

パロール・発話は、社会的に組織された二人の人間のあいだにうちたてられるのであり、たとえ現実の話し相手がいないばあいでも、話し手が属している社会グループのいわば標準的な代表者というものが話し相手として前提とされている。**言葉は話し相手に向けられている。**〔……〕言葉が話し相手に向けられているということの意味は、きわめて大きい。実際、**言葉とは二面的な行為なのである。**それは誰のものであるかということと、誰のためのものであるかということの二つに同等に規定されている。それは、言葉として、まさしく**話し手と聞き手の相互関係の所産**なのである。

他方、ソシュール言語学が研究対象として優先したラングに関しては、このように「規範的に同一な言語諸形態の体系」として言語をとらえる立場はデカルト（一五九六―一六五〇）に端を発しており、ライプニッツ（一六四六―一七一六）の普遍文法構想を経て、やがてソシュールにいたったものとみなしている。そこにはつぎのような共通する特徴が認められるという。

合理主義全体に特徴的なのは、**言語とは社会慣習的で、恣意性なものであるという考え**であり、また言語体系と数学的記号の体系との対照も、特徴のひとつである。記号がそれが反映する現実あるいはそれを生みだす個人にたいして有する関係ではなくて、すでに受け入れられ認められている**閉じた体系内での記号対記号の関係**が、数学的思考法の合理主義者たちの関心を引いている。言い換えれば、かれらの興味をそそるのは、代数学のばあいと同様、記号を満たしているイデオロギー的意味とはまったく関係なくとられた**記号体系そのものの内的論理**にすぎない。

これにたいしてバフチンは、イデオロギー的なコンテクストという相互主体的な場にあり、それゆえにイデオロギーや能動的な応答をともなっている何かをこそ、対象とすべきであると主張していた。そのような言語的交通の現実の「単位」が、バフチンのいう〈発話〉（ないし〈言表〉）である。

発話

たとえばロシア語のtak《タ―ク》（英語の間投詞wellに近い）という一語すらも、つぎのような場面では〈発話〉——誰かに向けられた、ひとまとまりの意味の表現——たりうる、とバフチンはいう。

二人が部屋にいる。黙りこくっている。ひとりが話す、「tak!」と。もうひとりは何も答えない。

話の最中に部屋にいないわれわれにとっては、この「会話」はまったく理解できない。それだけを孤立させてとらえた発話「tak」は空虚であり、まったく意味がない。だがにもかかわらず〔……〕わずか一語からなる、二人のこの独特なやりとりは、十分に意味に満ちており、十分に完結している。

このやりとりの意味をあきらかにするには、これを分析する必要がある。だが実際、われわれはこの場合何を分析に付すことができるのであろうか。発話の純粋に言語的な部分にいかにかかりきりになろうとも、また「tak」という言葉の音声学的要素、形態論的要素、意味論的要素をいかに繊細に定義づけようとも、やりとりの総体的意味の理解には一歩たりとも近づきはしないであろう。

この言葉が発せられたときの――憤然として非難しているものの一種のユーモアでやわらげられている――イントネーションもわかっていると仮定しよう。このことは、「tak」の意味の空白をいくらかおぎなってくれるが、それでもやはり全体の意味はあきらかにしてくれない。

いったい何が不足しているのであろうか。それは、「tak」という言葉が聴き手にとって意味をもってひびいていた「**言語外のコンテクスト**」である。

バフチンによれば、この場面での「tak」は、すでに表情豊かなイントネーションをともない、意味に満ちた〈発話〉となっている。

だが、この〈発話〉は、音声学的、形態論的、意味論的にいかに細かく分析したとしても、十分には理解されえない。仮にイントネーションまでわかっていたとしても、やはり不十分である。言葉をとりかこんでいるコンテクストが欠けているかぎり、理解は不十分なままである。

バフチンは、このコンテクストの要因としてつぎの三点をあげている。

(1)話し手たちに**共通の空間的視野**(眼に見えているものが一致していること――部屋、窓、その他)。(2)**状況にたいする知識や理解が双方に共通していること**。(3)この状況にたいする評価が共通していること。

やりとりの瞬間、双方の話し手は窓の外を見やり、雪がふりだしたのに気づいた。双方とも、もう五月であり、とっくに春になるはずだということを知っている。さらに、双方とも、長引く冬にうんざりしている。双方とも、春を待ち望み、双方とも季節はずれの降雪にがっかりしている。こうしたことすべて――「ともに見えているもの」（窓の外に舞い散る雪）、「ともに知っていること」（時は五月）、「評価が一致しているもの」（うんざりする冬、待ち遠しい春）――に、発話は直接に立脚しており、こうしたことすべてが発話の生きた動的な意味によってとらえられ、発話のなかにすいこまれているのだが、ただしこの場合、言葉で示されたり発せられたりはしないままになっている。雪は窓の外に残り、日付は暦の紙片上に残り、評価は話し手の心理のなかに残っているが、こうしたことすべては「tak」という言葉によって言外に示されている。

こうした〈言外に示されているもの〉を知ってはじめて、「tak」という発話の意味も十分に理解できるし、イントネーションも理解できるというわけである。

このように、バフチンのいう〈発話〉は、言語学で通常念頭におかれているものとはかなり異なっている。そればかりか、「日常生活の対話の短い（一語からなる）やりとりから、大部の長篇小説、あるいは科学論文までも」ひとつの〈発話〉たりうる。

ただし、この〈発話〉に境界がないのかといえば、むろんそうではない。「言語的交通の単位としてのそれぞれの具体的な発話の境界は、ことばの主体の交替、つまり話し手の交替によって定められる」。

ことばのジャンル

バフチンは、一九五〇年代にはこうした発話論を「ことばのジャンル」論とむすびつけ、「個々の発話それぞれは個人的なものであるが、言語使用の各範囲が発話の相対的に安定したタイプをつくりあげているのであり、それらを〈ことばのジャンル〉と呼ぶことにしたい」と述べている。

ただし、〈ことばのジャンル〉の重視自体はすでに一九二〇年代後半に見られ、「劇場・コンサート・さまざまな社会的集いでの非公式の会話や意見交換、たんなる偶然の雑談、日常生活のふるまいにたいする言語的反応の仕方、自分自身や社会的地位などを認識するための内言、等々」が例示されていた。バフチンによれば、「社会心理」と呼ばれているものは、「じつにさまざまな形式の〈発話〉——いまだまったく研究されていない内的・外的双方の**ことばの小ジャンル**——というかたちをとって存在している」のであった。

このように一九二〇年代から念頭におかれていた〈ことばのジャンル〉は、一九五三年から五四年にかけて書かれたとされている草稿「ことばのジャンルの問題」では、つぎのように二分されている。

第一次ジャンル——日常生活の簡単な会話、手紙、実務文書、ジャーナリズムの評論などのような比較的単純なもの。たとえば会話にしても、そのテーマや状況、参加者いかんでさまざまである（サロンの会話、無遠慮な会話、家庭内での会話、グループ内での会話、社会政治的会話、哲学的会話）。

第二次ジャンル——小説、戯曲、学術論文、社会政治評論その他のような複雑なもの。

人間の活動の多様性と関連した、こうした〈ことばのジャンル〉の豊かさや多様性をまったく考慮にいれないまま文体分類がなされることに、バフチンは批判的であった。「言語学的研究のどの分野であれ、発話の本質を無視したり、ことばのさまざまなジャンルの特性にたいして無頓着であると、形式主義や過度の抽象化を招き、研究の歴史的性格をそこない、言語と生活の結びつきを弱めてしまう」というのである。

ちなみに、この草稿「ことばのジャンルの問題」は、マール言語学からの解放として歓迎された、一九五〇年のスターリン論文（いわゆる「スターリン言語学」）への応答——暗黙裡の批判——であると同時に、ソシュール以後の「自律言語学」への批判にもなっていた。

たしかに、「言語は上部構造であり、社会構造の交替に応じて変化する」、「言語は階級的である」などと主張したマール言語学の長年の支配に終止符を打った点では、スターリン言語学はひとまず評価すべきものではあった。しかし、スターリン言語学あるいはそれを歓迎する言語学者たちは、抽象的な言語体系を主たる研究対象としていた。生きた発話や多様な〈ことばのジャンル〉をこそとりあげるべきとするバフチンからすれば、結局、スターリン言語学なるものはいわばモノローグ言語学であって、対話的な場でことばを扱っていなかった。

もっとも、バフチンも、発話重視の言語学がそう容易に成立するとは考えていない。にもかかわらず、発話や、発話の類型の多様性を軽視して一挙に抽象的な文体分類を引きだす動きには、批判的たらざるをえなかった。

『文学研究における形式的方法』と『フォルマリズムとフォルマリスト』

こうした「ことばのジャンル」論との関連でいうならば、じつは、『文学研究における形式的方法』とその改訂版ともいえる『フォルマリズムとフォルマリスト』(一九三四)のいちばんの相違点も、ジャンル論にある(ただし、後者は、まぎれもなくメドヴェジェフ当人の著書である)。

『フォルマリズムとフォルマリスト』では、ジャンルとは、客観的現実をその階級や社会的グループに典型的なかたちで知覚し意味づけたものを反映した芸術的形式であるとされている。ところが六年まえの『文学研究における形式的方法』では、ジャンルはもっと複雑で動的なものとされていた。

それによれば、「詩学は、ジャンルにこそ立脚しなければならない」。作品を構成する各要素（主人公、筋、プロット、その他）が持つ意義も、ジャンルとの関連においてはじめて理解可能となる。ジャンルには、〈全体〉をきずき、まとめあげる独自の型がそなわっている。

そして、こうしたジャンルは、現実のなかで二重に定位している。すなわち、「聴衆や受け手に向けられている」と同時に、「テーマ内容によって方向づけられて」もおり、各ジャンルのテーマは一定している。

バフチンは後者の点をとくに強調している。「各ジャンルには、現実の一定の側面のみをとらえることが可能であり、ジャンルしだいで、現実を選択するための原則、現実を見たり聞いたりするための形式、浸透力の広さや深さは異なってくる」。たとえば絵画と線画をくらべてみても、そのことは理解されよう。

つまり、各ジャンルは、「現実を見たり理解するために、それぞれに独自の方法・手段を持っている」。したがって、たとえば長篇小説の誕生には、当然のことながら、世界にたいする新しい見方が関係していることになる。それは、フォルマリストのいうような、短篇小説のつなぎ合わせから発展したものではない。

長篇小説をつくりだすためには、生活が長篇小説の筋となりうるように、生活を眼にすることを学び、大きな規模で生活の新しい、より深く広い連関や行程を眼にすることを学ぶことが、必要である。偶然的な生活状態といった孤立した統一体を把持する能力と、時代全体の統一性と内的論理を理解する能力とのあいだには、深淵がある。したがって、一口ばなし《アネクドート》と長篇小説のあいだにも深淵がある。だが、時代のある局面——世態風俗的局面、社会的局面、心理的局面——の把握は、それを表現する方法、つまりジャンル的組立の基本的可能性とつねにむすびついておこなわれる。

長篇小説的構成の論理によって、現実の新たな側面の独特な論理をとらえることが可能となる。

バフチンは、むろんおなじように画家は画家、学者は学者でやはり独自の生活の切り口、見方を有していると述べるとともに、この新たな世界理解そのものは、イデオロギー的な社会的交通の過程で生成することをもしきりに強調している。

だが、このような「バフチン・サークル」特有の動的なジャンル論が、『フォルマリズムとフォルマリスト』では、無残なまでに単純化されてしまっている。

ジャンルの記憶

しかし、バフチン自身がいかにジャンルを重視していたかは、最晩年の文章からも十分にうかがわれる。

とくに重要な意義を持っているのはジャンルである。（文学やことばの）ジャンルには、それらが生きてきた幾世紀もの間に、世界の一定の側面を眼にし意味づけるための形式が蓄積されている。創意のない作家にとってはジャンルは表面的な紋切型でしかないが、大芸術家の場合は、そこに詰められている意味面での可能性を目覚めさせる。シェイクスピアは、かれの時代には十分にあきらかにされえず意識されないままにあった潜在的意味の巨大な宝庫を利用し、自分の作品のなかにとりいれた。

この関係で興味深いのは、『ドストエフスキイ論（二九年）』の段階では「ジャンル」に言及されていないのにたいし、『ドストエフスキイ論（六三年）』では「ジャンル」がひときわ強調されていることである。この背景には、一九三〇年代以降バフチンが本格的に取り組んでいく文学史研究があった。

『ドストエフスキイ論（六三年）』でとくに注目されるのは、ジャンルの「記憶」という問題の提起である。「ジャンルは現在を生きているが、つねにみずからの過去、みずからの起源を**記憶している**。ジャンルとは文学の発展過程における創造的記憶の代表者である。それだからこそジャンルは、文学発展の**統一性**と**連続性**を保証する力を持つのである」として、バフチンはジャンルの根源にまでさかのぼろうとしている。

それによれば、小説は、叙事詩、弁論術、カーニヴァル文学という三つの起源を持っている。このうち最後のケース、すなわちカーニヴァル文学の出発点となっているのが、ギリシア時代の〈真面目な笑い話〉という分野である。そこには次のような特徴が共通に見られるという。

(1) 真面目な（ただし同時に滑稽でもある）描写の対象が、同時代のレヴェルで、生きた同時代人とじかにぶしつけなほど馴れなれしく触れ合うような空間におかれている。

(2) 伝説からほぼ完全に解放され、経験と自由な空想に依拠した形象が登場する。

(3) 意図的に複数の文体、多様な声をふくんでおり、文体上の統一性（単文体性）を拒否している。高尚なものと低俗なもの、真面目なものと滑稽なものの混合を特徴としている。描写する言葉とならんで、描写された言葉も出現する。ジャンルによっては、二声の言葉が主導的役割を担っている。

そしてバフチンは、〈真面目な笑い話〉のうちの二つの代表的なジャンル、すなわち〈ソクラテスの対話〉と〈メニッペア〉にとりわけ関心をそそいでいる。これについては、第六章でとりあげることとしたい。

イデオロギー学としての記号学

さて、時代を一九二〇年代後半にもどすならば、この時期のバフチンの仕事でもうひとつあげておかねばならないのは、主として『マルクス主義と言語哲学』で展開されている「イデオロギー学としての記号学」である。『マルクス主義と言語哲学』が「マルクス主義的記号学のプロレゴメナ」とも評価されているように、バフチンは記号学の先駆者のひとりでもあった。

一九二八年頃に、バフチンは〈言葉〉をさらに広げ、〈言葉〉もふくめた〈記号〉一般をとらえる学の必要を前面におしだしてくる。〈言葉〉から〈記号〉一般へのこの拡張は、当時としてはかなりまれな貴重な試みであったといえよう。もとよりバフチンには、有意味なこと・ものはすべて、外部になんらかのかたちで姿を見せるとの信念のようなものがあった。

「マルクス主義の文献のなかに、イデオロギー現象という特殊な現象にたいするまとまった公認の定義がいまだ存在しない」というバフチンは、このイデオロギーの世界を、記号の世界としてとらえようとする。

あらゆるイデオロギー的所産は、自然の物体、生産用具あるいは消費財のように――自然および社会の――現実の一部分であるだけではない。それだけではなく、列挙したような現象とは異なり、他の、その外部に存在する現実を反映し、かつ屈折させるのである。すべてのイデオロギー的なるものには、**意味**がそなわっている。つまり、それは、その外部にある何かを表示し、描き、それに取って代わる、いうなれば**記号**なのである。**記号のないところには、イデオロギーもない。**

こういった記号とモノの区別は、その後のバフチンの仕事に一貫して見られることになる。別の箇所では、ディルタイ（一八三三―一九一一）やリッケルト（一八六三―一九三六）とおなじように、自然科学と人文科学（精神科学）を画然と区別し、前者はモノにたずさわるのにたいして後者は記号にたずさわるといった言い方もしている。つまり、当時支配的であった〈モノの美学〉、〈素材の美学〉に対抗するものとして、記号学がうちだされていた。

モノと記号

それと同時に、バフチンは、モノと記号の境界が動的であることも指摘している。「自然・技術・消費のいかなる事物も、記号となりうる」。

生産用具もイデオロギー的記号に変わることがある。たとえばわが国の紋章に描かれた鎌と槌などのばあいは、すでに純粋にイデオロギー的な意味がそなわっている。〔……〕おなじように、消費財もイデオロギー的記号となりうる。たとえば、パンとぶどう酒はキリスト教の聖餐において宗教的シンボルとなる。

ただし、記号となったとき、(言葉と同様)それらには「イデオロギー的評価の基準(虚偽、真実、正当、公平、善、その他)がそえられている」。記号とは、現実を反映・屈折させるものであり、つねに〈社会的評価〉をともなっている、というわけである。

この点で、記号は信号とは決定的に異なる。「了解のプロセスは、どんなことがあろうとも、再認のプロセスととりちがえてはならない。それらはまったく別のプロセスなのである。了解されるのは記号だけであって、信号のほうは再認される」。

ひとつの記号にひとつの意味、それも既成の意味しか見出さない立場に徹底して批判的であったバフチンによれば、記号との出会いは、同一性の再認ではなく、能動的な了解、新たな意味づけであった。世界は、規範を反復する不変の世界ではなく、絶えまなく意味生成をつづける未完成の動的な世界である。信号とは異なり、記号には、使用者が能動的に介入する余地がつねに残されている。

バフチンは、記号がこのように動的なものであると同時に、有形のものであることも強調する。「あらゆる記号的・イデオロギー的現象は、音、物体、色、動作、その他としてなんらかの物質のなかに具体化されている。この意味で、記号の現実性は十分に客観的なものであり、単一の一元論的な客観的方法で研究することができる。記号とは、外的世界の現象なのである」。まさにこの点が、イデオロギー学の出発点とならねばならないというわけである。

とかく客観的な方法では把持不可能とみなされがちなイデオロギー（観念形成体の世界）も、〈記号〉という概念の導入によって、客観的なアプローチが可能になるとしている。

世界観や信仰、あるいはいまだ不安定なイデオロギー的気分でさえも、人びとの体内や頭や〈魂〉のなかにあるのではない。それらは、言葉、行為、衣裳、作法、人びとやモノの組織体、要するになんらかの記号的素材のなかに実現されてはじめて、イデオロギー的現実となる。

闘争のなかの記号

こうした記号観、とくにいま引用したばかりの箇所からすると、バフチンはパース（一八三九―一九一四）のような「記号主義者」とさして変わらないように思われるかもしれない。しかし、似ているのはここまでである。バフチンはつぎのように述べている。

記号に反映されている存在は、ただに反映されているのではなく、記号のなかで**屈折させられている**。イデオロギー的記号におけるこの屈折は、何に起因しているのであろうか。それは、ある記号的集団の枠内におけるさまざまな方向の社会的利害の交差、つまり**階級闘争**に起因している。

階級は、記号的集団、つまりイデオロギー的交通のためにおなじ記号を使用する集団とは一致しない。たとえば、同一言語をさまざまな階級がもちいる。このため、**それぞれのイデオロギー的記号のなかで多方向のアクセントが交差している**。記号は階級闘争の舞台となっている。

このようにバフチンは、記号に孕まれた多様性、論争的性格を強調する。「イデオロギー的記号のこの社会的な**アクセントの多様性**は、記号のきわめて重要な契機である。実際、このアクセントの交差によってはじめて、記号は生き、動的なものとなり、発達することができる」という。

にもかかわらずまるで闘争などないかのように記号を扱うのは、記号学というよりは信号学であるということになろう。

支配階級は、イデオロギー的記号に超階級的な永遠の性格を添え、そのなかでおこなわれているもろもろの社会的評価の闘争を鎮め、内部に追いやり、記号を単一アクセントのものにしようとする。

だが実際には、あらゆる生きたイデオロギー的記号は、ヤヌスのように二つの顔を持っている。広くもちいられているどんな罵言も称賛の言葉となりうるし、通用しているどんな真理も他の多くの人びとにとっては不可避的にたいへんな虚言にひびくにちがいない。**記号内部のこの弁証法的性質**は、社会的危機や革命的変動の時代にのみ徹底的に暴かれる。社会生活のふだんの状態のもとでは、各イデオロギー的記号に詰められた矛盾は、完全にはあきらかにされえない。というのも、確立し支配的となっているイデオロギーのなかでは、イデオロギー的記号はつねにいくらか反動的なものであり、いわば、社会生成の弁証法的流れにおける先行する契機を安定化させ、昨日の真実を今日の真実のごとくにアクセントづけようと図るからである。

ここに端的に示されているように、バフチンの記号学は、クリステヴァなどのそれと同様、もっぱら記号批判としての記号学であった。

また、バフチンの場合は、そうした批判にとどまることなく、「社会的危機」や「革命的変動」のさいの「カーニヴァル的転倒」をも視野に入れている。すなわち、既成の秩序の転換にまでいたる可能性を孕んだものとして〈記号の世界〉をとらえていた。

逮捕

一九二〇年代後半のバフチンは、「社会学的方法」を展開したこうした著作を相次いで発表していったが、そのようななか、一九二八年一二月二四日にかけての深夜に逮捕されている。ヴォロシノフやメドヴェジェフが逮捕されていないことからすれば、理由は独自の「社会学的方法」にあったわけではなさそうだ。合同国家保安部が家宅捜査をおこない、草稿、手紙、写真、本なども押収した。

じつは、バフチン自身、逮捕はある程度予想していた。この留置所にはつい最近（幸いにも短かったが）友人プンピャンスキイが入っていただけでなく、ほかにも知人が収容されていた

バフチン（1928年8月13日）

からである。

逮捕理由は、サークル〈ヴォスクレセニエ（復活）〉とのかかわりであった。この年の五月あたりから、教会その他への批判キャンペーンが本格化しており、一二月には〈ヴォスクレセニエ〉事件でおなじ留置所に二〇〇人近くが収容されていた。

この〈ヴォスクレセニエ〉は、一九一七年末にメイエル（一八八二—一九三九）の主宰でできたサークルである。

革命運動ゆえに何度か逮捕、流刑されたことのあるメイエルは、今度は〈ヴォスクレセニエ〉事件で、一九二八年一二月一五日に逮捕された。メイエルは、当初は社会主義とキリスト教をむすびつけようとしており、ロシア革命後もしばらくは、正教教会を本来のキリスト教からはなれているとして批判する一方、社会主義に期待をよせていた。しかし、まもなくボリシェヴィキの政策に失望し、またみずからの構想のユートピア性にも見切りをつけ、もっぱら宗教に可能性を求めるようになる。

〈ヴォスクレセニエ〉には、プンピャンスキイやユージナも参加していた。

最初の尋問

バフチンにたいする最初の尋問は、逮捕の二日後の一二月二六日におこなわれた。調書の「政治信条」欄には「革命的マルクス主義者。ソヴィエト権力に忠実。宗教的」と記されている。また、尋問にたいするバフチンのつぎのような発言が記録されている。

自宅では哲学的テーマや宗教哲学的テーマについて座談の場がもたれていました。出席していたのはヴォロシノフ、メドヴェジェフ、ユージナ、プンピャンスキイ、ルゲヴィチ〔……〕、その他多くの人たちです。

中心になって報告をおこなっていたのはプンピャンスキイです。わたしはほかの家でも報告しました。〔……〕マックス・シェーラーについて報告しました。〔……〕

奇妙なことに、バフチンが〈ヴォスクレセニエ〉のメンバーであるかどうかは尋ねられていない。バフチンも、〈ヴォスクレセニエ〉との関係についてはまったく述べていない。

晩年のインタヴューでバフチンは、メイエルを人物としては絶賛しつつも、思想的見解は異にしていたと語っている。

公的には、メイエルの一件にからんでわたしは逮捕すらされたことになっています。あくまでも公的にはですけれど。でも、実際には、わたしはメイエルの路線を支持していなかったのです。けれども、メイエルのことはよく知っていましたし、かれもわが家に何度かきています（わたしのほうはかれのところにいったことはありません）が、かれとは見解を異にしていました。ともあれ、公的には、何かにかこつける必要があったわけで、実際そうされてしまいました。とにかく、当時は、真偽のほどはどうでもよかったのです。

二回目の尋問

一二月二八日には二回目の尋問があった。この四年間の活動について、前回より細かな尋問がなされている。

1　自宅では、聴き手は六、七人でした。授業の主要テーマはフロイトの「精神分析」です。フロイト自身や後継者たちの重要著作の概要について報告されました。おもな報告者はプンピャンスキイです。聴講していたのは親しい友人たち（トゥビャンスキイ、メドヴエジェフ、ヴォロシノフ、ルゲヴィチ）と一、二人のたまたま出席した知人です。
2 ユージナの家では、二〇人から二五人ほど出席していました。現代詩（ブローク、イヴァノフ、クリュエフ等）の連続講義がおこなわれました。報告者はプンピャンスキイ、メドヴェジェフに、わたしです。聴衆は、ときおり顔を見せる人たちでした。
3 ルゲヴィチの家では〔……〕ドストエフスキイ（バフチン）、精神分析〔……〕
6 ナザロヴァの家ではわたしがマックス・シェーラー――現代ドイツの現象学哲学者――について概要の報告を二回おこないました。最初のは告白についてです。告白は、シェーラーによれば、他者を前にしての自己開示であり、非社会的で言語化できない限界（「(原) 罪」）に向かっていて人間の内的世界のなかで孤立し生き延びている異種の身体であったものを、社会的なもの（言葉）にします。二回目は復活に関するものでした。生が復活するのは、生それ自体のためではなく、愛によってのみ生のなかに開示される価値のためである、というのが骨子でした。
報告のひとつをめぐる討論には、メイエル〔……〕が参加しました。

報告のひとつには、グーリイ神父ともう一人か二人の聖職者がいました。残りの聴衆は年配のご婦人方で、たまたまこられたようでした。主教たちによる教会内でのいさかいが、もっぱら話題になっていました。〔……〕

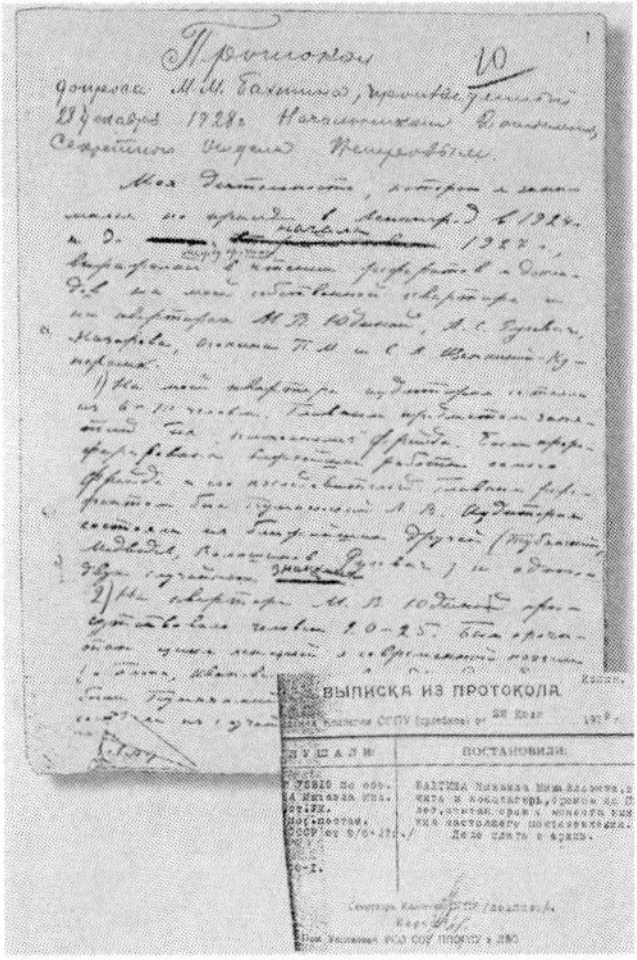

1928年12月28日の尋問の記録と、強制収容所送りの決定

この尋問では、外国とバフチンとの関係についても尋ねられている。しかし、フランスの亡命者グループとの非合法的関係を裏づけるようないかなる文書もでてこなかった。

二回にわたる尋問からは、社会・政治体制の転覆をねらっている活動はあきらかにされず、尋問した側も、バフチンが知的労働者であり、宗教哲学や文学の問題にたずさわっている学者であることを認めざるをえなかった。

にもかかわらず、一九二九年一月初めには、「反ソヴィエト非合法組織に属していた」との判断が下されている。ただし、監視下に自宅待機ということになった。保釈の理由は明記されていないものの、牢獄に余裕がなかったためとの推測がある。あるいはまた、バフチンの病状からみて逃亡の恐れなしと判断したのではないかとの見方もある。

三回目の尋問

三月一三日には三回目の尋問がおこなわれた。

調書には、「自宅に集まったのは多くて月に一回。〔……〕カント、フッサール、シェーラーなどについて講義をしました。教会とソ連政府との関係をめぐる討論にはくわわりませんでした。（このサークルは）キリストを社会主義者とみなしていました」とある。

ここでいわれている「サークル」は、〈ヴォスクレセニエ〉ではなく、よりロシア正教的な〈聖セラフィム兄弟団〉のことである。

結局、バフチンは起訴されてしまう。起訴状の文面の一部を見ておこう。

バフチン、ミハイル・ミハイロヴィチ。三三歳、銀行員の息子、ノヴォロシア大学文学部を卒業。何年かにわたり種々のサークルにおいて反ソヴィエト的精神で報告をおこなっていた。有名な君主制主義者である兄ニコライ・ミハイロヴィチ・バフチンは、現在外国にいて、ソ連との武装闘争と復古の積極的な唱道者となっている。ミハイル・バフチンは、政治信条に関しては、修正主義マルクス主義者を自称している。〔……〕既婚。労働不能者〔……〕

しかし、三度にわたる尋問の調書には、バフチンの講義や報告が「反ソヴィエト的精神」であったとの言及はないし、兄の名もあがっていない。

この兄ニコライ・バフチン（一八九四—一九五〇）について手短に述べておくと、一九一八年に白軍に参加し、やがてロシアを去り、紆余曲折を経たのち、一九三五年にはイギリスのサザンプトンでカレッジの古典の准講師に任命されている。そして三九年にはバーミンガム大学の古典の講師となり、四六年にはそこに言語学部を開設している。その頃にはすでにニコライはコミュニストに転じていた。仕事としては、プラトン研究、近代ギリシア語研究、ロシア文学論等を残しており、ヴィトゲンシュタインに影響をおよぼした可能性も云々されている。

判決

じつは、この間もバフチンは自宅で執筆をつづけており、一九二九年四月には、トルストイ『復活』の序文に取りかかっている。もう一巻の序文もこの頃に書かれた。すなわち、一九二九年の前半は自宅、後半は病院にて執筆していたことになる。ただ、いずれの序文も、ドストエフスキイ論の場合とはちがって、独自性に欠ける。

また、六月初めには、当人名での最初の著書となった『ドストエフスキイの創作の問題』が公刊された。

他方、健康状態は悪化の一途をたどり、高熱で六月末から入院、七月一七日には手術を受けている（一二月二三日まで入院）。

七月二二日には、当人不在のまま審理が進められ、五年間の強制収容所送りが決定した。

これにたいして、判決の撤回、処分の軽減をめざして、妻だけでなく友人、知人らが嘆願書などの行動を開始している。

バフチン自身も九月二日につぎのような申請書をだしている。

> わたくしはソロフキ収容所に五年流刑との判決を受けております。わたくしは一六歳の

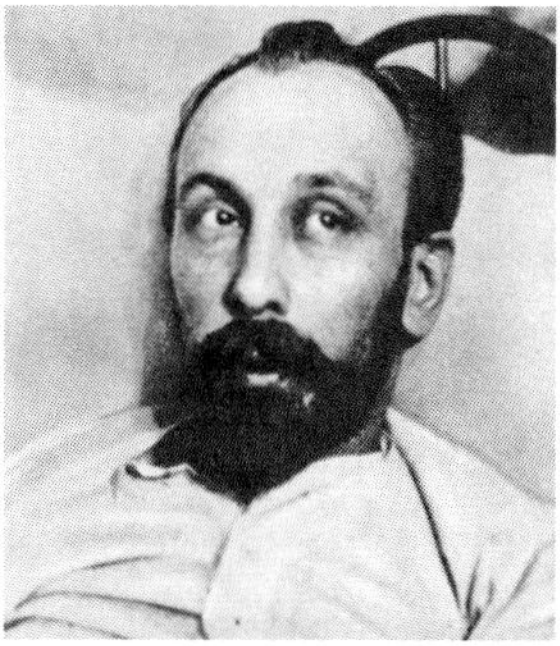

クスタナイに出発直前のバフチン

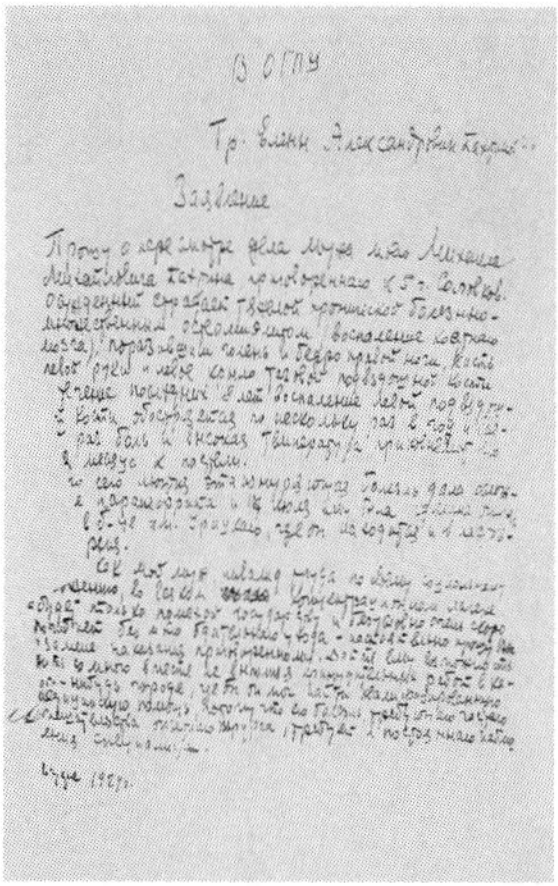

В ОГПУ

Гр. Елены Александровны Бахтиной

Заявление

バフチンの一件の再調査を願うバフチン夫人の申請書

ときから重い慢性の病――右脚の脛骨と大腿、左手首、左の股関節を侵している多数の骨髄炎――に罹っています。この八年間、股関節の炎症は年に何度かひどくなり、その都度、痛みと高熱のために一ヵ月半から二ヵ月は床につかざるをえません。……今年の六月二七日に、この難病は腎周囲炎を併発し、七月一二日にウリツキイ病院で手術を受けましたが、痛みも、左寛骨に広がる湿潤物も消えないままです。現在はエリスマン病院に入院し、専門の医者たちの監察下にあります。わたくしは検察のしかるべき機関に自分の一件の再検討に関する申請書を提出しており、その控えをここに添えておきます。

病状からすれば、下された判決が有効なままの場合には、わたくしにとっては徐々に進行していく耐え難い死に向けての判決となることはまちがいなく、わが健康状態の証明のために医師委員会の任命をお願いするしだいであります。

M・バフチン　一九二九年九月二日

北緯六五度、北極海に通じる白海中央にあるソロフキ強制収容所に送られていれば、おそらくバフチンは生きて帰れなかったであろう。

こうしたなか、マクシム・ゴーリキイ（一八六八―一九三六）などの尽力もあって、最終的には、病状の深刻さが証明される。一九三〇年二月二三日には再検討がなされ、北カザフスタンのクスタナイへ五年間送られることになった。病状ゆえに直ちには出発できずにいたが、三月二九日に出発している。

＊

晩年のバフチンは、「わたしはマルクス主義者ではない」とことわっているかと思うと、べつの機会では「わたしの書いたものでマルクス主義にもとる文章はひとつもない」と述べている。

バフチンの「交通」論は、文学や芸術、その他どんな「イデオロギー的形成物」も「内在的に」社会的であることを重視したものであり、その点では良質のマルクス主義とは齟齬をきたさなかった。バフチンはなにごとも孤立させはしない。「美的交通という独自な形式は、孤立しているわけではない。それは社会生活という単一の流れに関与しており、共通の経済的土台を反映するとともに、他の交通形式と相互に作用しあい、たがいの力を交換しあう」という言い方すらしている。

また、イデオロギーの世界を記号の世界としてとらえていることも、マルクス主義と矛盾しない。晩年にバフチンはマルクス（一八一八―八三）、エンゲルス（一八二〇―九五）の『ドイツ・イデオロギー』（一八四五―四六執筆）から、「言葉のかたちにあらわされた意識のみが、他の人間にとって、またまさにそれゆえにわたしにとっても、現実の意識となる」とのくだりを引用している。

バフチンの「社会的交通の記号学」は、「マルクス主義的」にも活かされうるのである。

第三章　ポリフォニーと対話原理

『ドストエフスキイの創作の問題』

バフチンが逮捕され、流刑の判決がでるまでのあいだに出版された『ドストエフスキイの創作の問題』のいちばんの特徴がポリフォニー論にあったことは、誰もが認めるところであろう。実際、当時の書評でもいちばん問題になり批判されたのも、この点であった。「多声的観念論」という題の書評まであった。

バフチンはそうした書評への反論に、一九六三年の増補改訂版でかなりの頁を割いている。またそれと同時に、三〇年代以降の文学史研究の成果を活かしたカーニヴァル文学論を新たに導入している。その結果、とりわけ第一部第四章「ドストエフスキイの作品における冒険的プロットの機能」は、タイトルも「ドストエフスキイの作品のジャンル面とプロット構成面での特徴」と改められるとともに、大幅に増補された。

他方、『ドストエフスキイ論（二九年）』の段階では、全体が二部からなっており、第二部の「ドストエフスキイにおける言葉（文体論の試み）」が全体の約半分を占めていた。この部分の内容自体は、『ドストエフスキイ論（六三年）』においても大きな変更はくわえられていないが、全体のなかに占める割合は約三五パーセントに減じている。

『ドストエフスキイの創作の問題』（一九二九）

序

第一部　ドストエフスキイのポリフォニー小説（問題提起）

第一章　ドストエフスキイの創作の基本的特徴と、批評文献におけるその解明

第二章　ドストエフスキイにおける主人公

第三章　ドストエフスキイにおけるイデー

第四章　ドストエフスキイの作品における冒険的プロットの機能

上：『ドストエフスキイの創作の問題』の表紙　下：『ドストエフスキイの詩学の問題』の扉

第二部　ドストエフスキイにおける言葉（文体論の試み）
第一章　散文の言葉の類型。ドストエフスキイにおける言葉
第二章　ドストエフスキイの中篇小説における主人公のモノローグ的言葉と語りの言葉
第三章　ドストエフスキイの長篇小説における主人公の言葉と語りの言葉
第四章　ドストエフスキイにおける対話
結語

『ドストエフスキイの詩学の問題』（一九六三）
著者より
第一章　ドストエフスキイの創作の基本的特徴と、批評文献におけるその解明
第二章　ドストエフスキイの創作における主人公、および主人公にたいする作者の位置
第三章　ドストエフスキイにおけるイデー
第四章　ドストエフスキイの作品のジャンル面とプロット構成面での特徴
第五章　ドストエフスキイにおける言葉
1　散文の言葉の類型。ドストエフスキイにおける言葉
2　ドストエフスキイの中篇小説における主人公のモノローグ的言葉と語りの言葉

また、『ドストエフスキイ論（六三年）』では、前章で少し触れたように、「内在的に社会学的な分析」の重要性を主張した箇所が随所で削除されている。「一九二〇年代用語」であるとみなし、残しておく必要性を感じなかったのであろう。バフチンの「文体の社会学」は「交通・出来事としての作品」論であるとともに、その交通は作者、主人公、読者の三者さえ存在すれば成り立つ以上、こうした箇所を削除しても、本質は変わらなかった。

ポリフォニー

〈ポリフォニー〉の定義ともいえる箇所をもう一度引用してみよう。

自立しており融合していない複数の声や意識、すなわち十全な価値をもった声たちの真のポリフォニーは、実際、ドストエフスキイの長篇小説の基本的特徴となっている。作品のなかでくりひろげられているのは、ただひとつの作者の意識に照らされたただひとつの客体的世界における複数の運命や生ではない。そうではなく、ここでは、**自分たちの世界をもった複数の対等な意識こそが**、みずからの非融合状態を保ちながら組み合わさって、ある出来事という統一体をなしているのである。実際、ドストエフスキイの主人公たちは、ほかならぬ芸術家の創作構想のなかで、**作者の言葉の客体であるだけでなく、直接に意味をおびた自分自身の言葉の主体にもなっているのである。**

たがいに融合することのない声と意識が自立していること、十全な価値を持っていることが強調されている。要するに、登場人物たちの意識は客体化・モノ化されえない、というのである。作者の対象となっているのは、登場人物たちの自己意識であって、まさにそれがゆえに、客体化は不可能となる。

出来事という統一体もまた、モノローグ小説に見られるような、作者の意識の「枠《フレーム》」のような統一体とは対立している。「ポリフォニーの芸術意志とは、多数の意志の組み合わせへと向かう意志、出来事への意志である」。

また、「フォニー」つまり「声」については、「一九六一年・覚書」に定義のようなものが与えられている。

ここには、声の高さも、声域も、音色も、美的カテゴリー（やさしく柔らかな声、強く張りのある声、その他）もふくまれる。ひとの世界観や運命もふくまれる。ひとはひとまとまりの声として対話にくわわる。ひとは自分の考えだけでなく、自分の運命、自分の個性全体でもっても、対話に参加する。

ここでいう「声」は、一般的な意味での声にとどまるものではない。たしかに狭義での声に関しても「高さ」や「声域」、「音色」その他さまざまな要素に注目すべしとしているのだが、そればかりか、〈声〉は人格であり、対話的関係の比喩にもなっている。

そして、この「声」とそれにむすびついている「意識」、「世界」、「意志」等々の概念には、「自立した」、「融合していない」、「対等な権利を持った」、「十全な価値のある」、「相互に依存した」、「果てしなき」、「方向を異にする」、「完結不可能な」などの修飾語がともなっている。

なお、ポリフォニーという用語の出自に関してはさまざまな説があり、文学者や思想家の影響をあげる者もあれば、「バフチン・サークル」のユージナ、ソレルチンスキイ、ヴォロシノフといった音楽関係者の示唆を指摘する意見もある。

もうひとつことわっておくならば、じつは、バフチンはポリフォニーという用語を、二つの『ドストエフスキイ論』以外では、ほとんどもちいていない。思想家バフチンのいちばん重視するところは対話原理であって、ポリフォニー小説はそれを具現化した格好の「例のひとつ」であったということだろう。

ポリフォニーは長篇小説にのみ可能

バフチンのポリフォニー論でもうひとつ注意すべきは、ポリフォニーは、厳密には、長篇小説にのみ可能とされていることである。

たとえば、ドストエフスキイの中篇『分身』(一八四六)は、主人公ゴリャートキン自身の声と、分身の声、さらには語り手の声という、三つの声がからまりあって展開されるが、バフチンは「作品全体が、ひとつの分解した意識の枠内における三つの声の全面的に内的な対話として構成されている。その本質的な契機のどれもが、これら三つの声が交錯し合い、激しく苦しげに遮り合う点上にある」としながらも、つぎのように述べている。

これはまだポリフォニーではないものの、もはやホモフォニーではないと言えよう。同一の言葉、イデー、現象がもはや三つの声を通過し、それぞれの声のなかで異なってひびいている。言葉、トーン、内的定位の同一の総体が、ゴリャートキンの外的ことば、語り手のことば、分身のことばを通過しており、そのさい、これら三つの声はたがいに顔を付き合わせており、たがいについて話すのではなく、たがいに話し合っている。三つの声は同一のことを歌っているが、ユニゾンではなく、それぞれが自分のパートを受けもっている。けれどもこれらの声は、まだ十分に自立した実在的な声、三つの十全な権利をもった意識になっていない。それは、ドストエフスキイの長篇小説においてはじめて生じるであろう。

『分身』には、「融合することのない意識どうしの真の対話」がまだないというのである。ここからも、ポリフォニーとテクスト相互連関性との違いが見てとれよう。

『ドストエフスキイ論（二九年）』にたいする書評

『ドストエフスキイ論（二九年）』にたいしては、一九二九年から三四年にかけて書評がかなりでている。

長所と短所の両面をあげている書評が多いが、ほぼすべてが、ドストエフスキイをポリフォニー小説の作家とみなすことには納得していない。そうしたなかで、バフチンのポリフォニー論にもっとも深い理解を示したのは、教育人民委員（日本でいう文科大臣）でもあった評論家ルナチャルスキイ（一八七五—一九三三）であった。ちなみに、この好意的な書評は、結果的に、バフチンの刑を軽減するのにも役立った。

ルナチャルスキイ

バフチンは『ドストエフスキイ論（六三年）』において、ルナチャルスキイの書評「ドストエフスキイの〈多声性〉について」（一九二九）を長めにとりあげている。興味深いのは、ルナチャルスキイのドストエフスキイ解釈やポリフォニー解釈に基本的には同意しつつも、ドストエフスキイの先行者としてシェイクスピア（一五六四―一六一六）とバルザック（一七九九―一八五〇）をあげている点には批判をくわえていることである。

バフチンによれば、シェイクスピアにはポリフォニー的な側面はあるものの完全なポリフォニーではない。

第一に、劇というものはその本性からして真のポリフォニーとは無縁である。劇は、多面的たりうるが、多世界的たりえないのであって、複数の計量システムではなくひとつの計量システムしか許容できない。

第二に、十全な価値を持つ声が複数存在しているとはいえるとしても、それはシェイクスピアの創作全体に関してであって、個々の戯曲に関してではない。それぞれの戯曲には、事実上、主人公の十全な価値を持ったひとつの声しか存在していない。これにたいし、ポリフォニーはひとつの作品の範囲内に十全な価値を持った声が複数存在していることを前提としている。〔……〕

第三に、シェイクスピアにおけるもろもろの声は、ドストエフスキイにおけるほどには世界にたいする視点とはなっていない。シェイクスピアの主人公は完全な意味でのイデオローグではないのである。

バフチンによれば、劇、とりわけ古典的な劇では、「作者が主人公にたいしておこなう最終的で完結させる評価は、当事者不在の評価であり、主人公自身がそうした評価にたいして応答するかもしれないということは、予定にも計算にも入っていない」。戯曲はほぼ全体が台詞のやりとり、つまり（構文面からして）対話からなっているものの、それは外部に位置しているひとりの作者がそのように配置・構成しているのであって、作者と登場人物（イデオローグ）のあいだに対等な対話的関係があるわけではない。

また、バルザックに関しては、「主人公たちの客体性と、世界のモノローグ的完結を克服していない」がゆえに、やはりポリフォニー性が不十分であるとしている。

要するに、ルナチャルスキイの論は歴史的・発生論的分析においてすぐれているものの、ドストエフスキイのポリフォニーがさまざまな意識やイデオロギーの相互作用と相互依存を特徴としていることを十分に把握していないというのであった。

ドストエフスキイとトルストイ

『ドストエフスキイ論（六三年）』では、このように書評や他のドストエフスキイ論への反論や批判を追加しているだけでなく、具体例をふやすことによっても、ポリフォニー論の正当性を立証しようとしており、たとえば、モノローグ的立場の代表例としてトルストイの短篇『三つの死』（一八五九）がとりあげられている。

この短篇では、裕福な地主貴族夫人、御者、樹木という三つの死が描かれている。病気の地主貴族夫人を運ぶ御者のセリョーガは、駅舎で死にかけている別の御者の長靴を頂戴する。そしてその御者が死んだあと、彼の墓に十字架を立てるために森の木を伐る。

バフチンによれば、「こうして三つの生と三つの死は、外面的にむすびつけられていることになる」が、「内的なむすびつき、**意識どうしのむすびつき**は存在しない」。地主貴族夫人の視野や意識のなかに御者や木の生と死ははいってこないし、御者の意識のなかには地主貴族夫人も木もはいってこない。

かれらのあいだにはいかなる対話的関係もないし、またありえようもない。かれらはいがみ合うことも同意することもない。

しかし、それぞれに閉ざされた世界を持つこの三者は、三者を包含する、作者の単一の視野と意識のなかで統一され、対照され、相互に意味づけられている。この作者こそが、かれらについてすべてを知っており、三つの生と三つの死のすべてを対照させ、対決させ、評価しているのである。三つの生と死が互いを照らし合わせるのは、ただ作者だけのためであり、かれらの外部にいる作者は、かれらの存在を最終的に意味づけ完結させるために、みずからの外在性を利用しているのである。登場人物たちの視野にくらべて、作者の包括的な視野は、巨大でかつ根源的な余剰を有している。

要するに、各登場人物の生と死の意味は、作者の視野のなかにおいてのみ解明されている。登場人物相互のあいだにも、登場人物と作者のあいだにも、対話的関係は存在しない。バフチンによれば、モノローグ的な作品では、「作者が主人公にたいしておこなう最終的で完結させる評価は、その本質そのものからして、当事者不在の評価であり、主人公自身がそうした評価にたいして応答するかもしれないということは、予定にも計算にも入っていない。主人公には最終的な言葉は与えられていない」。

作者は主人公「と」語り合っているのではなく、主人公「について」語っているというわけである。

バフチンは、ドストエフスキイならば、そもそも「死」など描かず、人生の「危機や岐路」を描くところであろうとしつつも、つぎのような仮説を立てている。

ドストエフスキイならば〔……〕作者である自分が目にしたり知っている重要なことすべてを、主人公たちに見させ、認識させたであろう。そして自分のためには（求められている真実にとって）本質的な余剰をまったく残さなかったであろう。地主貴族夫人の真実と御者の真実を突き合わせ、対話的に接触させることであろう（もちろん、直接に構文のかたちで表現された対話とはかぎらないが）。また、自分も両者にたいして対等な対話的立場をとることであろう。〔……〕したがって小説の言葉のなかには、純粋な作者のイントネーションだけではなく、地主貴族夫人や御者のイントネーションもひびくことになろう。つまり言葉は二声的になる〔……〕

この「二声」の言葉について詳細に論じているのが、『ドストエフスキイ論（二九年）』の第二部である。

ドストエフスキイにおける言葉（文体論の試み）

この第二部に関しては、当時も評価する書評が多かった。この箇所でバフチンは、「現在研究者たちの関心をとくに引いている一連の言語芸術現象」、すなわち「文体模倣、パロディー、語り《スカース》、対話」に、批判的な検討をくわえ、新たな解釈を示している。そうした批判的検討の基礎にあるのは、近代言語学批判である。

バフチンによれば、芸術の言語のこうした現象は言語学のカテゴリーを超えている。これらの現象には共通した特徴がある。それは、「言葉が二つの方向性を持っている、すなわち普通の言葉のように発話の指示対象へ向かう方向性と、**もうひとつの言葉、他者の発話**へと向かう方向性を持っているということである」。

この点で興味深いのは、語り《スカース》の位置づけである。ロシアの作家の一部に見られる「語り《スカース》」志向を、フォルマリストのエイヘンバウム（一八八六―一九五九）は、「話し言葉とそれに相応した言語的特性」への志向性と理解しているのにたいして、バフチンは、語り《スカース》の多くが「他者の発話への志向性」であることを強調している。作家にとって〈他者〉である民衆への志向がさきにあって、結果として話し言葉志向になっているというわけである。

バフチンによる言葉の分類図式をあげておこう。

Ⅰ　話し手の意味上の最終的な審級の表現となっている、直線的・直接的に対象に向けられた言葉

Ⅱ　客体としての言葉（描写された人物の言葉）

(1)社会的・典型的な規定が優位な言葉

(2)個人的・性格学的な規定が優位な言葉

客体性の度合いはさまざまである。

Ⅲ　他者の言葉を志向する言葉（二声の言葉）

(1)一方向の二声の言葉

a　文体模倣

b　語り手による語り

c（部分的に）作者の志向を担った主人公の非客体的な言葉

d　Ich-Erzählung

客体性が低下すると、声どうしが融合し、第一類型の言葉に近づこうとする。

(2)多方向的な二声の言葉

a あらゆるニュアンスをともなったパロディー
b パロディー的な語り
c パロディー的な Ich-Erzählung
d パロディー的に描写された主人公の言葉
e 他者の言葉をアクセントに変更を加えて伝える

——客体性が低下し、他者の志向が強まると、内的に対話化され、第一類型の二つの言葉（二つの声）に分かれようとする。

(3) 能動的タイプ（投影された他者の言葉）
a 隠された内的論争
b 論争的色彩をほどこされた自伝や告白
c 他者の言葉を意識するあらゆる言葉
d 対話の応答
e 隠された対話

——他者の言葉は外側から作用する。他者の言葉との相互関係はきわめて多種多様な形式をとることができるし、また他者の言葉による歪曲の度合いも多種多様である。

少し説明をくわえておこう。

まず、「I　話し手の意味上の最終的な審級の表現となっている、直線的・直接的に対象に向けられた言葉」は、他者の言葉を気にすることなく、みずからが思うがままに、対象を「名指し、伝え、表現し、描写する言葉」を指している。一般には、これがもっとも自然な言語使用状態とされている。
「II　客体としての言葉（描写された人物の言葉）」は、他者の言葉が引用されているようなケースである。代表的な例が直接話法である。
ただし、バフチンが主なる関心をそそいでいるのは、これらI、IIのような「単声の言葉」ではなく、「二声の言葉」であった。それも、「一方向の二声の言葉」ではなく、「多方向的な二声の言葉」、なかでもパロディーに着目している。

パロディーの場合は作者は、文体模倣の場合と同様、他者の言葉で語っているのだが、文体模倣とちがって、この言葉のなかに、他者の志向と真っ向から対立する志向をもちこむ。他者の言葉のなかに移り住んだ第二の声は、ここでは、元の主と敵対的に衝突し、真っ向から対立する目的に仕えさせようとする。言葉は、二つの志向の闘いの舞台となっている。そのためパロディーでは、文体模倣や語り手の語り（たとえばトゥルゲーネフの場合）で可能なような、声どうしの融合はありえない。ここでは声は個々に分けられ、距離がおかれているだけでなく、敵対し合っているのである。

一九三〇年代後半にバフチンが取り組む文学史研究では、小説の誕生に果たしたパロディーの役割が幾度も強調されることになる。

しかし、対話論において受け手の能動性をしきりに強調しているバフチンの立場からすれば、もっとも興味深いのは「能動的タイプ（投影された他者の言葉）」であった。すなわち、他者の言葉のほうが能動的な立場にある二声状態である。「他者の言葉は作者のことばの枠外にとどまってはいるが、作者のことばはそれを考慮し、それに関係づけられている」ようなケースである。その代表例が「隠された論争」であった。

隠された論争では、作者の言葉は、他のあらゆる言葉とおなじように、自分の対象に向けられているが、そのさい対象についてのどの主張も、自分の対象指示的意味のほかに、おなじテーマにたいする他者の言葉、おなじ対象についての他者の主張を攻撃するように構成されている。言葉は、自分の対象に向けられながら、対象そのもののなかで他者の言葉と衝突している。他者の言葉そのものは再現されず、念頭におかれているだけである。けれどもことばの構造全体は、念頭におかれている他者の言葉へのこうした反応がなければ、まったく別のものになったであろう。〔……〕隠された論争では、他者の言葉は排斥されるのであり、この排斥が、問題になっている対象自体よりも作者の言葉を規定している。このことが言葉の意味を根本的に変える。すなわち、対象的な意味とならんで第二の意味――他者の言葉への方向性――があらわれる。直線的な対象指示的意味のみを考慮したのでは、このような言葉は十分に本質的に理解することはできない。言葉の論争的色合いは、他の純粋に言語的な特徴――イントネーション、統語論的構成――にもあらわれる。

こうした隠された論争は、文学作品のなかだけでなく、日常生活にも見られるという。生活のなかの実用的なことばでは、「遠回し」のすべての言葉、「棘のある」言葉が、内的に論争的な言葉である。けれども内的に論争的な言葉には、卑屈なことば、凝ったことば、あらかじめ自己放棄したことば、留保や譲歩、逃げ道その他をともなったことばも属している。このようなことばは、他者の言葉、返答、反対などを目のまえにして、あるいは予感して、痙攣しているかのようである。ひとが自分のことばを構成する個人的な様式は、他者の言葉にたいするそのひと特有の感じ方や反応の仕方にかなり規定されている。

バフチンによれば、ドストエフスキイの作品には「多方向的な二声の、しかも内的に対話化された言葉」と「投影された他者の言葉――隠された論争、論争的色彩をほどこされた告白、隠された対話」がきわだっている。「ドストエフスキイにおいては、他者の言葉への緊張した気遣いの欠けた言葉はほとんど存在しない」。

それと同時にバフチンは、ドストエフスキイがこうしたさまざまな言葉のタイプを、作品のなかに独特なかたちで配置している点も強調している。

要するに、ドストエフスキイは一貫して対話的立場に立っていた。さきにも述べたように、ポリフォニーは長篇小説にしか見られないものの、内的対話を中心とした対話原理はほぼすべての小説につらぬかれていたという。

モノローグ的小説の作者であれば、「作者の審級（『ドストエフスキイ論［六三年］』では「作者による意味づけと評価」に変更）が他のすべてのものを支配し、簡潔で一義的な全体を形成」する。たとえば、一見したところ言葉内での優先権争いがあるかに見えたとしても、結局は「すべてのアクセントがひとつの声へと収斂する」。

これにたいして、ドストエフスキイの場合は、「多方向的なアクセントを持った二声の言葉が最大限に活性化することを恐れていない。［……］多声性は排除されるべきものではなく、かれの小説のなかで勝利を収めるべきものなのである」。

こうしてバフチンは、ドストエフスキイの中篇小説、長篇小説を具体的にとりあげながら、モノローグのなかに複数の声があること、また二人の対話のなかに二人以上の声があることを立証していく。

『貧しき人々』

ひとつ例をあげよう。ドストエフスキイのデビュー作『貧しき人々』（一八四六）のなかのつぎのような一節についてである。バフチンは、貧しい主人公マカール・ジェーヴシキンの自己主張が、「絶えまなき隠された論争、あるいは自分自身をテーマしたもうひとりの他者との隠された対話のようにひびいている」ことに注目している。

主人公は中年で独身の小役人であり、おなじ安アパートの向かいの棟には、仕立物で生計を立てている若い娘ワルワーラがいる。小説は、この二人が交わす五十四通の手紙で構成されている。

バフチンは、まず以下の一節を例にあげている。ジェーヴシキンがワルワーラに宛ててだしたものである。

つい最近、雑談の中でエフスターフィーさんは、市民として最も重要な美徳はしこたま金を稼ぐ能力だとおっしゃいました。冗談めかして話しておられましたが（冗談だということは私も知っています）、誰の重荷にもなってはいけないというのが大事だそうです。私は誰の重荷にもなっていませんよ！　私はちゃんと自分のパンを持っています。たしかにそれはありふれた一切れのパンで、どうかすると干からびていますがね。それでもれっきとした労働によって手に入れ、正々堂々と誰に恥じるところもなく食べられるパンです。まあ仕方がありません！　私だって、自分が清書屋で得ているものがわずかなことは、よく知っています。それでも私には、これが誇りなんです。私は額に汗して一所懸命働いているんですから。

いや実際、清書屋だからなんだっていうんです！　清書屋のどこが悪いんですか！《あいつは清書屋なんだよ！》〔……〕でも、何を恥じることがありましょう？〔……〕というわけで、私も自分が必要不可欠な存在であり、くだらぬことで人を惑わせるもんじゃないってことが、今ではちゃんとわかっているんです。ネズミに似ているというなら、ネズミで結構！　でもこのネズミは人に必要とされており、役にも立つし頼りにもされている、その上、このネズミにはボーナスまで出るんですから――大したネズミなんですよ！　とは言え、この話題はもうたくさんです。こんなことは話したくもなかったんですから。それなのに、ついちょっとかっとなってしまいました。それでも、ときには自分の価値を認めてやるのは、気分がいいものです。（『貧しき人々』安岡治子訳）

この箇所においてバフチンは、とりわけ〈横目をつかう言葉〉に注目している。

論争的に誇張された他者のアクセントをともなった言葉が、ここでは、《あいつは清書屋なんだよ！》と直接括弧にくくられていさえする。先行する三行では、「清書する」という言葉が三度繰り返されている。これら三つのそれぞれのケースにおいて、ありうべき他者のアクセントが「清書する」という言葉のなかに存在しているが、ジェーヴシキン自身のアクセントによって抑えこまれている。しかしながらそれはどんどん強まっていき、ついには破裂して、直線的な他者のことばの形式をとることになる。このようにして、ここでは、他者のアクセントがしだいに強まっていく段階があたえられているかのようになっている。「私だって、自分が清書屋で得ているものがわずかなことは、よく知っています」。……（このあと留保がつづく――バフチン）いや実際、清書屋だからなんだっていうんです！清書屋のどこが悪いんですか！《あいつは清書屋なんだよ！》」。ここでは△でもって他者のアクセントとその漸次的強まりを示したが、他者のアクセントは、ついには、すでに括弧にくくられている言葉を全面的に支配してしまっている。しかしながら、この最後の、あきらかに他者のものである言葉には、ジェーヴシキン自身の志向も存在しており、それは、すでに述べたように、この他者のアクセントを論争的に誇張している。他者のアクセントが強まるにつれ、それと闘うジェーヴシキンのアクセントも強まっていく。

バフチンによれば、『貧しき人々』では、「貧しい人間の自意識というものが、かれについての社会的な他者の意識を背景としてあばきだされている。そこでは、自己主張が、間断のない隠された論争として、あるいは自分自身をテーマとした他者との隠された対話としてひびきわたって」おり、そうしたことが発話のアクセントの構造や統語論の構造に強く影響している。なかでも顕著なのは、論争的に誇張された他者のアクセントをともない、しかも括弧でまでくくられている「あいつは清書屋なんだよ！」やそれに先立ち三度でてくる「清書屋」云々の箇所である。

この箇所は、言葉とそれにたいする反論が「ひとつの口のなかでひとつの発話に融合している」かのようになっている。そのために、「きわめて張りつめた遮り合い」にいたっている。二人のそれぞれ完結していてひとつのアクセントしか持たない応答どうしの衝突であったかもしれないものが、融合した「新しい発話のなかで、ひとつひとつのディテール、この発話のひとつひとつの原子における、矛盾した声どうしの激しい遮り合いと化している」。

引用した箇所は、このひとりごとをつぎのような対話に書き変えてみることすら可能である、とバフチンは述べている。

他者――「必要なのはしこたま金を稼ぐ能力だ。誰の重荷にもなってはいけない。なのにお前は皆の重荷になっている。」

マカール・ジェーヴシキン――「私は誰の重荷にもなっていない。私はちゃんと自分のパンをもっている。」

他者――「いったいどんなパンだというんだ！　今日はあっても、明日はないんだろう。しかもたぶん干からびた一切れだろ！」

マカール・ジェーヴシキン――「たしかにそれはありふれた一切れのパンで、どうかすると干からびているが、それでもあるのだ。れっきとした労働によって手に入れ、正々堂々と誰に恥じるところもなく食べられるんだ。」

他者――「いったいどんな労働だというんだ！　清書しているだけじゃないか。ほかには何もできないだろ。」

マカール・ジェーヴシキン――「それでどうしろというんだ！　自分が清書屋で得ているものがわずかなことは、よく知っている。それでも私には、これが誇りなんだ！」

他者――「誇れるものがあるだと！　清書のことか！　なんという恥知らず！」

マカール・ジェーヴシキン――「清書屋だからなんだっていうんだ！……」

バフチンによれば、後期の長篇小説となると、もはやこれほど画然と図式化することはむずかしいものの、それでも、二つの意識、二つの視点、二つの価値観などの交錯が見られる点に変わりはない。

引用論

この問題はその後のバフチンにとって一貫したテーマになっていくが、たとえば一九四〇年のある報告では、引用の問題ともからめられている。クリステヴァのいうテクスト相互連関性との関係でいえば、ポリフォニーよりも、以下のような引用論のほうがテクスト相互連関性に近かろう。

ヘレニズム時代のきわめて興味深い文体論の問題のひとつ――それは引用の問題である。公然の引用、半ば隠された引用、完全に隠された引用といったような形式、コンテクストで引用を囲む形式、イントネーションによる括弧づけの形式、引用されている他者の言葉の疎外と獲得の種々の程度といったように、果てしなくさまざまであった。〔……〕中世における他者の言葉にたいする態度も劣らず複雑で両義的であった。明白で敬虔に強調された引用、半ば隠された引用、完全に隠された引用、半ば意識的な引用、無意識の引用、正しい引用、故意に歪めた引用、意図せず歪めた引用、故意に再解釈された引用、等々、他者の言葉が果たした役割は、中世では巨大なものであった。他者のことばと自己のことばのあいだの境界は柔軟で両義的であり、往々にして屈曲し、錯綜している。ある種の作品は、モザイクのように他者のテクストから構成されていた。

バフチンからすれば、引用は広義の〈対話〉でもあった。

この関係は、対話のやりとりの関係に似ている(もちろん、おなじというわけではない)。他者のことばを隔離するイントネーション(書きことばならば引用符で示されるそれ)は、独特な現象である。それはいわば、発話の内部に移された、ことばの主体の交替である。この交替がつくりだす境界は、このばあい、弱まっており、特殊である。話し手の表情表現は、この境界をつらぬきとおして、他者のことばにまでおよんでおり、他者のことばをわたしたちは、イロニー、憤慨、同情、敬虔などのトーンで伝えることができる(この表情表現は、表情ゆたかなイントネーションのおかげで伝わるのである。書きことばの場合、われわれはそれを、他者のことばの枠組みとなるコンテクスト、あるいは言外の状況によってただしく推察し感知する)。

たしかに、わたしたちの発話の多くは、他者のことばを伝えている。意識しないままに、直接話法、間接話法、その他さまざまな話法を使っている。「〇〇さんは……と、いってたよ」などのように、自覚なきままに他者の発話を紹介していることもよくある。そのさいに、イントネーションなどで評価を添えていることも、まれではない。

バフチンは、『マルクス主義と言語哲学』では、こうした引用、すなわち他者のことばの伝達の仕方を歴史的・社会的に位置づけようともしており、「権威主義的教条主義」（中世）、「合理主義的教条主義」（一七・一八世紀）、「現実主義的批判的個人主義」（一八世紀末と一九世紀）、「相対主義的個人主義」（現代）といった分類が試みられている。

「他者のことばや語る人格を言語自体が感じとるその形態のなかに、歴史的に変化していく社会的・イデオロギー的交通の諸タイプがとりわけ判然とあらわれている」とバフチンは考えていた。「引用の社会学」とも呼ぶべき試みである。

ポリフォニーと多言語

ところで、さきに定義を見た〈ポリフォニー〉であるが、これはテクスト相互連関性などとの類似性もあってか、〈多言語〉と混同されているケースも少なくない。バフチンは『ドストエフスキイ論（六三年）』で、この点にあらためて触れ、既存の言語学が「文学における言葉のモノローグ的使用とポリフォニー的使用のあいだに実際には本質的ともいえる相違があることを」見抜けていないと批判している。

たとえば、ドストエフスキイの多声的な長篇小説においては、言語面での差異化、すなわちさまざまな文体、地域的な方言や社会的方言、職業上の隠語等々が、レフ・トルストイ、ピーセムスキイ、レスコフその他のような多くのモノローグ的作家にくらべてはるかに少ない。ドストエフスキイの長篇小説の主人公たちは、おなじひとつの言語を、つまりほかならぬ主人公たちの作者の言語を話しているかのようにすら思われかねない。言語のこうした一様性ゆえにドストエフスキイは多くの者から非難されたが、非難者のなかにはレフ・トルストイもいた。

しかし、バフチンのいうには、言語に頼った性格づけは、多くの小説に見られるように、客体的で完結した人物像の創造にとってはきわめて効果的であるものの、ポリフォニー小説の場合は、言語面での多様性や、言語による性格づけの意義は減少しており、肝心なことに、そうした現象の芸術的機能が変化している。

ポリフォニー小説にとって重要なのは、文体や社会的方言等が「作品のなかで**どのような対話的角度から**対照され対置されているかということである」。

メタ言語学

そして、バフチンは、多言語についてはは言語学も扱うことができるが、対話的関係はその研究範囲にふくまれておらず、これを扱うにはいまだ存在していない〈メタ言語学〉なるものが必要であるという。

バフチンによれば、あるひとが「人生はすばらしい」と二度発言した場合と、あるひとが「人生はすばらしい」と発言し、また別のひとがそれに応えて「人生はすばらしい」と発言した場合では、大きな違いがある。前者は、おなじ言語表現が二回繰り返されただけであるのにたいして、後者の場合は、二人の相異なる主体によって発言された二つの〈発話〉のあいだに、同意、肯定などの対話的関係が生じている。「それは**二人**の相関関係のなかでの一定の対話的出来事であり、**こだま**ではない」。

言語学が扱う「人生はすばらしい」という〈文〉の場合は、〈人格〉あるいは〈作者〉、〈主体〉がはぶかれており、二つの発話のあいだに対話的関係がない。言語学が扱う論理的関係や対象指示的関係にとどまらず対話的関係をも扱うには、〈メタ言語学〉が必要であるということになる。(もっとも、この学は実態からすれば、〈トランス言語学〉ないし〈超言語学〉と呼ぶべきであろう)。

この点に関しては、『マルクス主義と言語哲学』でも、ソシュールに代表される抽象的客観論を批判するにあたり、「あるひとつの語の使用のさまざまなコンテクストが、あたかもおなじ平面にあるかのように考えられている」ことが批判されている。

同一単語の使用のコンテクストがたがいに対立することもよくある。その代表例が、対話の受け答えのことばである。このばあいは、同一の語が、二つのたがいに衝突しあうコンテクストのなかにあらわれる。〔……〕コンテクストは、あたかもたがいに気づかないかのようにあいならんで立っているのではなく、張りつめた絶えまなき相互作用と闘争の状態にある。

こうした「対話的交通」の条件下では「二声の言葉」が生じやすい。しかし、これを扱えるのは、言語学ではなくメタ言語学である、というわけである。

ちなみにバフチンは、対話的関係は、言語以外の有意味的な現象にたいしても、「もしもそれらの現象がなんらかの記号的素材によって表現されていさえすれば、成立可能」であり、文学以外の芸術の形象どうしのあいだでもありうるとしている。

ポリフォニーと対話的能動性

こうした例にかぎらず、『ドストエフスキイ論（六三年）』で目につくのは、ポリフォニー小説が「完結不可能な」ものであることを繰り返し述べる一方で、ポリフォニーこそがもっとも対話的であることをしきりに強調していることである。

冒頭近くでクリステヴァに触れたさいに見たように、「ドストエフスキイのポリフォニー小説における、主人公にたいする作者の新しい芸術的立場とは、**真摯に実現され最後まで推し進められた対話的立場**であり」、そこにあるのは、「作者の死」ではなく、作者の「対話的能動性」である。

ドストエフスキイの小説では作者の意識はまったく表現されていない、と考えるとしたら、それはばかげたことであろう。ポリフォニー小説の創作者の意識は、小説中につねにいたるところに存在しており、そこで最高度に能動的になっている。けれどもその意識の機能や、その能動性の形式は、モノローグ小説の場合とは異なっている。すなわち、作者の意識は、ほかの他者の意識（つまり登場人物たちの意識）を客体と化すようなことはしておらず、それらの意識に当事者不在で完結させるような定義をくだしていない。

ポリフォニー小説の困難さは、主人公たちの客体化、モノ化を避けるために、作者自身の意識の根本的な広がり、深まり、更新が求められることにある。

ポリフォニー小説の作者は、極度に張りつめた大いなる対話的能動性を要求される。それが弱るやいなや、主人公たちは凍りつき、モノと化しはじめ、小説中にはモノローグ的に形式化された生の断片が出現することになる。ポリフォニー的構想からこぼれ落ちたそのような断片は、ドストエフスキイのあらゆる長篇小説に見いだすことができるが、もちろん全体の性格を規定しているのはそれらではない。

ポリフォニー小説の作者に要求されるのは、自分や自分の意識を捨てることではなく、この意識を極度に拡大し、深め、意識を（もっとも、一定の方向へではあるが）築きなおすことによって、そこに十全な権利をもった他者の意識たちを収容できるようにすることなのである。それはきわめて困難な未曾有の作業であった。

それと同時に見逃せないのは、このように作者には意識の広がり、深まり、変化が要求される一方、「ほんものの読者」もまた新たな経験をするとの指摘である。

ドストエフスキイのような新たな作者の立場にまで高まりうる能力のあるほんものの読者なら誰しも、自分の意識のこうした独特な能動的拡大を感じる。それは、新しい客体の獲得という意味においてではなく〔……〕まず第一に、他者の十全な権利を持った意識と対話的に交通し、人間の完結不能な深みへと能動的に対話的に染み入っていくといったようなことを初めて経験するという意味においてである。

読者もまた、意識の広がり、「対話的能動性」を体験しうるのだというのである。見方によっては、この点こそ、わたしたちにとってもっとも貴重なポリフォニー小説の特徴なのかもしれない。読書を経験するなかで対話能力、他者理解力を向上させていくわけである。

バフチンは、このように、作者と主人公のあいだだけでなく、読者にもポリフォニー体験が可能であると述べるとともに、つぎの点をあらためて強調している。

ポリフォニー的なアプローチは、（教条主義や）相対主義とはなんら関係がない。教条主義も相対主義も、あらゆる議論、あらゆる対話を排除しており、そうしたことを不必要なものとしたり（相対主義）、不可能なものにしている（教条主義）。

いまのわたしたちにとっては、蔓延する相対主義こそ、教条主義以上に恐るべき主義であるといえよう。ひとそれぞれの事情や「個性」をそっくり認める一方で、自分自身への介入も拒否するのは、けっしてポリフォニーではない。

対話的交通としての存在

こうしたポリフォニー論の基礎にあるともいえる対話原理を、もう少しくわしく見ておくことにしよう。

バフチンは、「在るとは、対話的に交通することを意味する。対話がおわるとき、すべてはおわる。だから、対話はおわることはありえないし、おわるべきでない」とか、「そもそも対話的関係というものは、構文として表現された応答の言葉どうしの関係よりもはるかに広い概念なのである。それは人間のあらゆることば、人間の生のあらゆる関係や発露、すなわち意味と意義を持つすべてのものをつらぬく、普遍的ともいえるような現象なのである」と記している。

これらからするかぎり、対話は言語論レヴェルにとどまるものではなく存在論的であり、同時にまたバフチンの思想そのものであることはまちがいない。

　すでに見たように対話的姿勢は当初より見られたものの、著作に〈対話〉という言葉が頻出するようになるのは、『ドストエフスキイ論（二九年）』からである。ここでは、対話にからんだ言葉が次々とでてくる。（『マルクス主義と言語哲学』にも〈対話〉という用語がよくでてくるが、そこでは、おもに構文として表現された対話が問題とされている。）

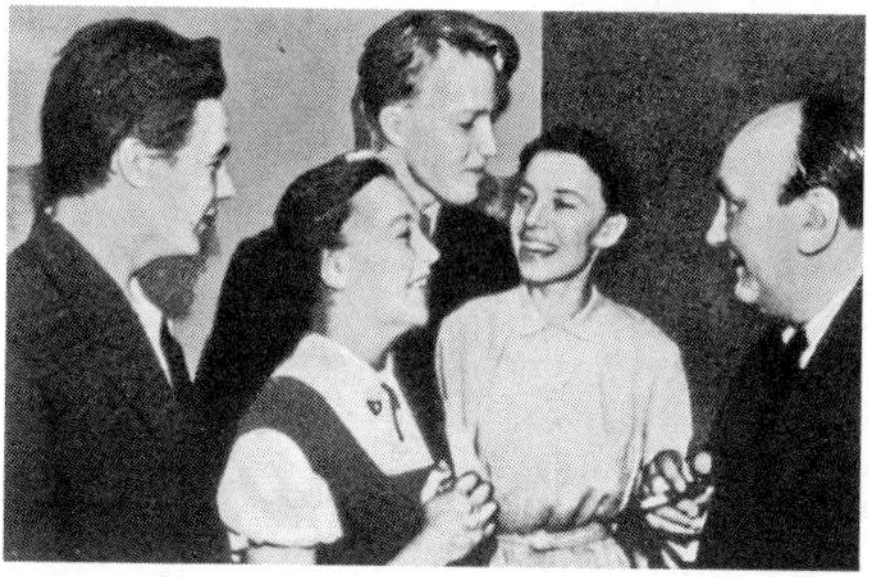
モルドヴィア大学の学生たちと（サランスク、1950年代末か60年代初め）

外的対話／内的対話／自己目的としての対話／手段としての対話／戯曲の対話／告白的な対話／論理的対話／隠された対話／プロットを展開させる対話／哲学的対話／主人公と自分自身との対話／内的対話化／自意識の対話化／全面的な対話化／対話化されたモノローグ／出口のない対話の対立／対話的態度／対話的応答／対話的関係／対話的対立／意識の対話的分裂／融合することのない意識どうしの対話／対話学／ヨブの対話／福音書の対話……

すでにこれだけでも十分に思われるところであるが、『ドストエフスキイ論（六三年）』では大幅に追加がなされている。

大きな対話／ポリフォニー的対話／問題性をはらんだ対話／心に染み入る対話（これに似た〈心に染み入る言葉〉という表現は、すでに『ドストエフスキイ論［二九年］』で使われていた）／客体的対話／修辞的対話／構文的に表現された対話／時代の対話／世界的対話／対話は非完結的なもの／対話的能動性／対話的出会い／対話的な生／対話的立場／イデーの対話的性格／真理の対話的性格／言葉の対話的性格／対話圏／意識の対話的存在圏／対話的呼びかけ／対話的視点／対話的相互作用／対話的世界感覚／対話的交通／対話的接触／対話的抵抗／ルキアノスの対話／死者たちの対話／ソクラテスの対話／敷居上の対話／対話的な基盤／対話的文化／ヨーロッパの芸術的散文の発達における対話的路線／対話的シンクリシス／宴席での対話の言葉……

まさにあらゆるものが対話的関係のなかにあるのだといわんばかりの対話原理の強調である。たとえば、真理もまた、「個々人の頭のなかに生まれ存在するものではない。それは、ともに真理を探し求める人びとのあいだにおいて、人間どうしの対話的交通の過程で生まれてくる」。あるインタヴューでは次のようにも答えている。

ドストエフスキイによれば、世界に関する究極の諸問題の分野における真理は、ひとつの個人的意識の枠内では開示されえません。真理はひとつの意識のなかに収まりきれないのです。真理があきらかになるのは、複数の対等な意識が対話的に交通する過程においてであって、しかもつねに部分的でしかありません。究極の諸問題をめぐるこの対話は、真理に思いをいたし、探し求める人類が存在しているかぎり、終わったり完結することはありえません。対話の終焉は人類の滅亡にもひとしいものとなるでしょう。すべての問題が解決したならば、人類にはそれ以上存在しているための刺激がなくなります。

心に染み入る対話

また、〈心に染み入る対話〉の強調も眼を引く。この点は、すでに『ドストエフスキイ論（二九年）』においても重視されており、つぎのように書かれていた。

ドストエフスキイの構想によれば、ムィシキンはすでに、**心に染み入る言葉**、つまり他者の内的対話のなかに自信をもって能動的に介入し、その他者が自分自身の声に気づくのを手伝えるような言葉の持ち主である。ナスタシヤ・フィリポヴナの内部で声どうしがこのうえなく激しく遮りあっている瞬間のひとつ、すなわち彼女がガーニャの家で《堕落した女》を絶望的に演じているその瞬間に、ムィシキンは彼女の内的対話のなかにほとんど決定的な調子を持ちこむ。

バフチンが例としてあげているのは、『白痴』のなかのつぎのようなシーンである。

「いや、あなたもまた恥ずかしくないんですか！　前からそんなかただったんですか。いいえ、そんなはずはありません！」公爵〔ムィシキン〕はいきなりふかい心の奥底から責めるような調子で叫んだ。
ナスターシャ・フィリポヴナは面くらって、にやりと笑った。しかし、その笑いのかげには何かを隠してでもいるように、いくぶんどぎまぎして、ちらっとガーニャに眼をやると、そのまま客間を出ていってしまった。が、まだ玄関まで行かぬうちに、ふいに取ってかえして、ニーナ夫人に近づくと、その手を取って、自分の唇に押しあてた。
「あたくしは、ほんとうはこんな女ではございません、あの人のおっしゃったとおりですの」彼女は早口に熱をこめてささやいたが、ふいにさっと顔を真っ赤にすると、いきなり身をひるがえして、客間を出ていった。そのすばやい動作は、ほんの一瞬のことだったから、誰ひとりなんのために彼女が引きかえしたのか、想像する暇もなかった。（木村浩訳）

この一例だけでも、〈心に染み入る言葉〉がいかなるものであるかは十分に理解できるように思われるのだが、バフチンは『ドストエフスキイ論（六三年）』で〈心に染み入る対話〉という表現をもちいながら、〈人間の内なる人間〉についてかなり補強している。たとえば、さきほどの『貧しき人々』を引き合いにだしながら、「人間の内には、本人だけが自意識と言葉の自由な行為のなかにあきらかにすることができ、外側だけを見た本人不在の定義ではけっしてとらえきれない何かがつねに存在している。『貧しき人々』においてドストエフスキイは、人間における内的に完結しえない何かを示そうとした」と述べるとともに、「人格の真の生は、それに対話的に染み入ってはじめてとらえられる」ことを強調している。「そのとき、真の生はみずからこちらに応え、自由に自己を開いてみせるのである」という。では、対話的な姿勢が欠けていると、いったいどうなるのだろうか。

人間に関して、その者に対話的に向けられないまま他者の口から語られる真実、すなわち当事者不在の真実は、もしそれがその者のもっとも〈神聖なる部分〉、すなわち〈人間の内なる人間〉に触れている場合には、その者をおとしめ、ほろぼす虚偽となる。

バフチンは、「ドストエフスキイは、自分が心理学者であることを断固否定している」とも述べている。「不確定性」、「未決定性」を計算から除外していることが、ドストエフスキイには人間をおとしめるように思えた、というのである。

〈心に染み入る対話〉こそが必要なのである。内的対話、つまり内なる自己との対話のなかで葛藤している者にたいして、内なる言葉をみずから「外言」化できるようアドヴァイスする対話、すなわち〈心に染み入る対話〉の意義と、それにともなわざるをえない緊張感、さらには危険性が指摘されている。「対話的能動性」の最たるものが、この場合は必要とされる。

この〈心に染み入る対話〉は、おそらくバフチン自身にとっても理想とすべきものであっただろう。実際、〈人間の内なる人間〉との対話的関係にはいるのはけっして容易ではない。昨今では臨床哲学、オープンダイアローグなどにおいてこうした問題の考慮が見られるようになっているが、人格どうしの真摯な出会いが前提となる、とてもむずかしい問題だ。

教育的対話と無限の対話

他方、こうした『ドストエフスキイ論（六三年）』で補充されている点とは逆に、削除されてしまっている興味深い点としては、まず、「プラトン的対話」や「聖書の対話」、「福音書の対話」、「ヨブの対話」に言及している箇所があげられる。

> 複数の声の相互作用という出来事が、ドストエフスキイにとっての最後の与件なのである。この点で、ドストエフスキイの対話はプラトン的対話と異なっている。プラトン的対話にあっては、全面的にモノローグ的で教育的な対話となっているわけではないにしても、声の複数性がイデーのなかでかき消されてしまっている。イデーを、プラトンは出来事ではなく存在とみなしている。

バフチンは、別の論考でも、プラトンの対話が「教育的な」対話――「真理を知り、所有している者が、それを知らず、まちがっている者に教える」対話――に変わっていったことを批判している。これにたいしてバフチンが重視しているのは、パウロ・フレイレ（一九二一―九七）の『被抑圧者の教育学』（一九七〇）の言い方を借りるならば、一方通行的な「預金型」ではなく、対話を介しての「問題化型」であった。

この引用箇所のあと、バフチンは、プラトンの対話自体は「認識論的、哲学的な対話」である以上、ドストエフスキイの対話と対照させるのはかならずしも適切でないと述べ、つぎのようにつづけている。

ドストエフスキイの対話を聖書や福音書の対話と対照させることのほうが、重要であろう。ヨブの対話や福音書のいくつかの対話がドストエフスキイに影響を及ぼしたことは議論の余地がないのにたいして、プラトン的対話には、ドストエフスキイはまったく関心を示していない。ヨブの対話は、その構造からして内的に果てしないものとなっている。というのも、神にたいする魂の——戦闘的あるいは謙虚な——抵抗が、そこでは必然的で永遠のものとみなされているからである。しかしながら、聖書の対話も、ドストエフスキイの対話のもっとも本質的な芸術的特性へとわたしたちを導くことはないであろう。

ここで興味深いのは、聖書の対話もドストエフスキイの対話の(「思想的内容」ではなく)「芸術的特性」をあきらかにするには不十分であるとことわっているとはいえ、やはりここでも、ヨブの対話のような「内的に果てしない」構造、「必然的で永遠の」「抵抗」が、ドストエフスキイの対話に近いとしていることである。

これにたいして、『ドストエフスキイ論(六三年)』では、〈ソクラテスの対話〉が民衆的・

カーニヴァル的基盤の上にあることを理由に評価される一方、ヨブや聖書の対話はすっかり消えてしまっている。

一九三〇年代にバフチンが進めていた文学史あるいは文化史の見直し作業が〈ソクラテスの対話〉の再評価をもたらしたのであろうが、他方でヨブや聖書の対話を抹消した理由はかならずしも明確でない。一九六〇年前後のソ連のイデオロギー状況を考慮して外したのか、あるいはヨブの対話のような「果てしなき」対話のラディカルさそのものをやわらげようとしたのか、いろいろ理由は考えられるが、断定はむずかしい。

一致をめざす対話

このことと無関係ではないかもしれぬが、『ドストエフスキイの創作の問題』の増補改訂版をだせる可能性がでてきた一九六〇年代初頭の覚書等には、「果てしなき」対話とならんで、「一致」をめざす対話への言及も散見される。

たとえば、「議論だけでなく同意《ソグラシエ》もポリフォニー的たりうる。ただし、ポリフォニー的同意《ソグラシエ》は、声たちを融合させないのであって、同一性ではないし、機械的こだまではない」とか、「能動的理解（議論――同意《ソグラシエ》）」などとある。つまり、議論だけでなく同意《ソグラシエ》も対話原理にのっとっているとしている。

あるいはまた、「議論や論争、パロディー」、「対立、闘争、議論、不同意」だけでなく、同意《ソグラシエ》も対話原理にのっとっているのであり、「対話的関係のきわめて重要な形式のひとつなのである。同意《ソグラシエ》は、異種とニュアンスに富んでいる」とも述べている。「soglasie」というロシア語は、「同意」、「合意」、「和合」、「一致」、「調和」などの語義を持つが、いずれにしてもソグラシエは、『ドストエフスキイ論（二九年）』では「対話的カテゴリー」にふくまれていなかった。その意味では注目すべき修正といえよう。とくに興味深いのは、覚書「ドストエフスキイ一九六一年」のなかのつぎのような位置づけである。

きわめて重要な対話的カテゴリーとしての同意《ソグラシエ》。……ネソグラシエ（不同意）は貧しく非生産的。より本質的なのはラズノグラシエ。それは、実際には、声の多様性と非融合性が保たれているソグラシエ（同意）へと引きつけられている。

ここでは、三語のまえに接頭辞的にそえられた「ネ（不）」、「ラズノ（さまざま）」、「ソ（ともに）」が強調されている。「グラシエ」という語はロシア語に存在しないが、しいて訳せば「声をだすこと」となる。となれば、ここのラズノグラシエは、辞書上の語義である「（意見などの）不一致、対立」という意味ではなく、「さまざまな声をだしあうこと」という意味でもちいられている可能性が高い。バフチンお得意の造語である。ちなみに、ソグラシエも接頭辞にこだわれば、「ともに声をだすこと」という意味になろう。

ただ、ここでそれ以上に注目されるのは、ラズノグラシエは、ネソグラシエよりもすぐれているとされつつも、ソグラシエよりは劣るとされていることであろう。この例では、あきらかにバフチンは同意《ソグラシエ》を最重要視している。

これほど判然と同意《ソグラシエ》を優先視する見解はほかの箇所には見られないが、全体としてこの時期の覚書では、同意《ソグラシエ》が議論や闘争にくらべて受動的なものとみなされることを危惧している。もっとも、こうした揺れは著書『ドストエフスキイ論（六三年）』には、そのままとりこまれておらず、一箇所でだけつぎのように記されているにすぎない。

> 強調しておくが、ドストエフスキイの世界においては**ソグラシエ（同意）**もまた**対話的**性格を保っている、つまり、モノローグ世界に見られるように、複数の声と真実を単一の**無人称の**真実へと**融合**させることはけっしてない。

「メタ言語学」の項でも見たように、同一表現の発話であっても、複数の主体が「ともに声をだしていること」が重視されるべきということであろう。いずれにしても、このソグラシエという語に、「ともに声をだすこと」という意味を持たせながら、訳語を与えるのは容易でない。

闘争としての対話

それと同時に、この時期の覚書にあらわれている「迷い」はあくまでも一時期にのみ見られる傾向であって、全体としては、バフチンが〈闘争〉という言葉をよく使っていることも忘れてはならない。

『小説のなかの言葉』には、「内的に説得力のある言葉は、他の内的に説得力のある言葉と緊張した相互作用と闘争を開始する。わたしたちのイデオロギーの生成とは、まさに種々の言語的・イデオロギー的な視点、アプローチ、傾向、評価が支配を求めてわたしたちの内部でくりひろげる、このような緊張した闘争なのである」とある。

〈相互作用〉（〈交通〉、〈対話〉）と〈闘争〉のこうした並置は、一九二〇―三〇年代にかぎらない。一九五三年末頃に書かれていたとされる「「ことばのジャンルの問題」への覚書」にも、「話し手たちの対話的相互関係の独特な諸形式（交通と闘争という出来事）」や「対話、すなわちさまざまな個性の出会い、接触、闘争」と記されており、「六〇年代から七〇年代初頭にかけての研究メモ」にも、「あらゆる言葉は、各人にとって、自分の言葉と他者の言葉に分けられるが、両者の境界は混同されることがあり、これらの境界上では緊張した対話的闘争が生じる」とある。

もっとも、バフチンのいう〈闘争〉はたがいをつぶしあうものではない。「理解しようとする者は、自己がすでに抱いている見解や立場を変える、あるいは放棄すらもする可能性を排除してはならない。理解行為においては闘争が生じるのであり、その結果、相互が変化し豊饒化するのである」と記されているように、たがいが豊かに変化する〈闘争〉である。

また、この数行あとには、「能動的な同意――不同意は（もしそれが教条的にあらかじめ決定されていなければ）、理解を刺激し深め、他者の言葉をいっそうしなやかで自立したものにし、相互の溶解や混合を許さない。二つの意識の画然たる区別、それらの対立と相互作用」と記されている。同意であれ不同意であれ、「能動的」でさえあれば、理解を深めうるのであって、避けるべきは「溶解」や「混合」、すなわちモノローグ状態であった。

イデオロギーとしてのモノローグ原理

バフチンの場合、モノローグにたいするこうした批判は、文学や言語学、あるいはまた哲学などの枠内にとどまらず、イデオロギー一般に及んでいた。

意識をモノローグ的にとらえる態度は、文学だけでなく他のイデオロギー的創造物の領域でも支配的である。意味のあるもの、価値のあるもののすべてが、いたるところで、ひとつの中心——担い手——のまわりに集中している。すべてのイデオロギー的創造物は、ひとつの意識、ひとつの精神のありうべき表現として考えられ受けとめられている。集団のことや多様な創造勢力のことを云々している場合ですらも、統一性が依然としてひとつの意識の像《イメージ》によって、つまり国民精神、民族精神、歴史精神などによって例示されている。

このようにバフチンは、近代のイデオロギー一般に深く根をおろしているモノローグ原理を問題とする。

また、資本主義とモノローグ的原理の関係をめぐっても、「資本主義は特殊なタイプの出口なき孤独といった意識のための条件を生みだした。ドストエフスキイはこの悪循環する意識の欺瞞性をあますところなくあばいてみせた」と述べている。

資本主義は「出口なき孤独」という「幻想」をつくりあげる。人間はひとりで生きていける、あるいはひとりで生きていくしかないとの錯覚を起こさせる、というのである。

ただし、それだけではない。他方では、「確信を抱き平穏に観照するようなモノローグ的な意識の枠内に収まりきれない、生成する社会生活の矛盾せる本質」がもっとも鋭くあらわれるのも、資本主義期である。それを敏感に感じとるとともに、新しい芸術原理——ポリフォニー小説——へと高めえたのがドストエフスキイであったというわけである。

対話と弁証法

以上のようなバフチン的対話原理は、弁証法とどのような関係にあったのだろうか。じつは、つぶさに見た場合、この点に関するバフチンの見解はけっして一貫しておらず、著作によってニュアンスの相違が見られる。しかし少なくともバフチン本人名の著作においては、弁証法（とくにヘーゲル［一七七〇—一八三一］の弁証法）に否定的である。

たとえば、エンゲリガルト（一八八七—一九四二）がその論文「ドストエフスキイのイデオロギー小説」において、ドストエフスキイの小説では、機械的な必然性が支配する〈環境〉、発展していく民族精神の有機的体系である〈土壌〉、愛の王国であり永遠の歓喜と悦楽の王国である〈大地〉が「精神の弁証法的な発展の各段階」を示していると述べている点に言及し、「ドストエフスキイの世界をモノローグ化し、それを弁証法的に展開してゆく哲学的モノローグに帰着させている。ヘーゲル的に解された単一の、弁証法的に生成してゆく精神は、哲学的モノローグ以外に何も生みださない」と批判している。

また、「一九七〇—七一年の覚書」にはつぎのようにある。

対話と弁証法。対話におけるもろもろの声〔……〕が除去され、（情緒的・人格的）イントネーションが除去され、生きた言葉や応答のなかの抽象的な概念や見解にのみ耳が傾けられ、一切がひとつの抽象的な意識のなかに押しこまれる。こうして弁証法があらわれる。

ここでも、「声」と「抽象的な概念」が対置されている。

さらには、『ドストエフスキイ論（二九年）』にはあったが『ドストエフスキイ論（六三年）』で削除されている部分に、つぎのようなくだりがある。

イデーは、ドストエフスキイにあっては、声からけっして切りはなされていない。それゆえ、ドストエフスキイの対話は弁証法的であるという主張は根本的にまちがっている。なぜなら、弁証法的と言った場合には、ドストエフスキイの真のイデーとはたとえば〔『罪と罰』の〕ラスコリニコフのテーゼとソーニャのアンチテーゼ、〔『カラマーゾフの兄弟』の〕アリョーシャのテーゼとイワンのアンチテーゼ等々の弁証法的ジンテーゼであると認めざるをえなくなるであろう。このような理解は、きわめてばかげている。イワンが議論している相手はアリョーシャではなく、まず第一に自分自身なのであり、またアリョーシャは首尾一貫した単一の声としてのイワンと議論しているのではなく、イワンの内的対話に介入し、イワンの応答のひとつを強めようとしているのである。

このようにバフチンは、弁証法が最終的な答えをモノローグ的にだそうとするきらいがあることに批判的であった。一九二九年にこうした批判を記すことが、唯物論的弁証法を「国是」とする当時のソ連において何を意味したかは、ことわるまでもない。

＊

バフチンといえばポリフォニー論でもって代表されがちである。事実、ポリフォニー論は文学史理解にとって画期的なものであった。また、バフチン自身、これを文学の枠外にまでも適用可能とすら考えていた。

にもかかわらず、バフチンにとって第一に重要なのは対話原理のほうであったろう。たしかに、この区別はかならずしも明確とはいえない。実際、とくに「ポリフォニー的」というように形容詞的にもちいられている場合などは、「対話的」を意味していることが多い。

しかし厳密にいえば、バフチンのポリフォニー論は、その数年前から形成されつつあった独自の対話原理を文学に適用した結果「見出された」芸術原理であった。バフチンにとってドストエフスキイは、ポリフォニー小説をとおしてはじめて対話原理を存分に展開した点で重要であるだけでなく、「社会生活や人間の生活がもともと対話的であることをあきらかにした」点でも稀有な作家であった。

「もともと対話的であった」というのである。晩年のバフチンは、「他者のために・他者を介して・他者の助けによって自身をあきらかにすることによってのみ、わたしは自身を意識し、自分自身となる」と記すとともに、「分離、孤立、自己への閉じこもり」という不自然な状態、錯誤こそ「自分自身の喪失の基本的理由である」と警告を発している。もともとわたしたちは「境界上」にあって、さまざまな出会いを経験しているものなのである。問題は、そうした出会いをどこまで「内的な」ものとし、「高次の社会性」へと高めていくかであろう。

第四章　脱中心化

クスタナイ

さて、バフチンは流刑地のクスタナイに一九三〇年四月初めに到着し、三六年九月末までいることになる。北カザフスタンの西部にあるこの市は、人口三万から三万五〇〇〇ほどで、農業が中心であった。もともと住んでいたカザフスタン人は牧畜を中心としていた。

バフチンは、一九三一年から三六年にかけては、現地の地域消費者組合で会計・経理係として働いている。

当初は、週一回は合同国家保安部に報告の義務があり、手紙も検閲されていた。講義をおこなうことは禁止されており、むろん教育機関では働けなかった。しかし一、二年後にはこうしたしばりがゆるくなり、いくつかの教育機関で不定期に講義もおこなっている。

刑期は予定より早く一九三四年七月に終了した。これにより多少は解放感を得たものの、いつまた不当に刑を科せられるか不安は消え去らなかった。

同年九月にはレニングラードへの旅行許可もおりたが、そこに居場所を確保するまでにはいたらず、クスタナイでさらに二年間暮らすことになる。

この二年後の三六年にレニングラードに赴いたとき(モスクワにも数日滞在)も、結果はおなじであった。ただし、今回はメドヴェジェフを介して、モルドヴィア自治共和国の首都サランスク（モスクワの東方約六五〇キロ）にあるモルドヴィア教育大学での専任職が得られた。学位の有無は問題にならなかったらしい。

こうしたなか、一九三四年から三五年にかけて『小説のなかの言葉』が書かれた（ただし、書かれたのは一九三〇―三五年とする見方もある）。

上：バフチンが働いていた地域消費者組合の建物
下：カガーン

一九三六年八月七日付でカガーンが妻にだした手紙には、「八月五日の夕方、まったく思いがけないことにバフチン夫妻が我が家にやってきた。〔……〕ミハイル・ミハイロヴィチが書いた『小説のなかの言葉について』を読む予定だ。かれから手稿を受けとった。〔……〕今日明日中にはたぶん読んでしまうだろう（手稿は約一五〇頁）。かれは出版先をさがしている」とある。

『小説のなかの言葉』

『小説のなかの言葉』は、小説論と言語論が効果的に組み合わさったバフチン特有の「社会学的」文体論になっている。序を引いておこう。

> この論考の基本構想は、芸術の言葉の研究における抽象的な〈形式主義〉と、おなじく抽象的な〈イデオロギー主義〉との分離を、克服することにある。**社会学的文体論**を基礎として克服するのであり、この文体論からすれば、形式と内容は、社会的な現象であるとみなされた言葉のなかで統一されている。言葉は、それが生きているすべての領域や（音表象からきわめて抽象的な意味の諸層までの）すべての要素において社会的なのである。
>
> まさにこのように考えるがゆえに、本論考は〈ジャンルの文体論〉を重視する。文体や言語をジャンルから切りはなしてしまったことが大きく作用して、個人や流派の文体の倍音のみがもっぱら研究対象となり、その**社会的な基音**が無視される結果にいたっている。

バフチンは、文体論がもっぱら技法に関心をそそいでいるがために、「工房の外や広場、街頭、町や村、社会集団、諸世代、諸時代の空間で営まれている言葉の社会生活を無視している」と批判する。こうした主張からは、『ドストエフスキイ論（二九年）』だけでなく、ヴォロシノフ名の『マルクス主義と言語哲学』、さらにはメドヴェジェフ名の『文学研究における形式的方法』との連続性が明確に見てとれる。

『ドストエフスキイ論（二九年）』の序では、「いかなる文学作品も内的、内在的に社会学的である」こと、「文学作品のなかでは、生きた社会的諸力が交錯しており、作品の形式の各要素は生きた社会的評価に貫かれている」ことが強調されていた。

また、「狭いフォルマリズム的なアプローチは、この形式の表層より先には進めない。他方、もっぱら哲学的な理解や洞察を優先している狭いイデオロギー主義のほうも、ドストエフスキイの創作において哲学的イデオロギーや社会・政治的なイデオロギーよりも長く生きているまさにそのもの——芸術的形式としての小説の領域における革命的斬新さ——をとらえられずにある」と批判していた。

『マルクス主義と言語哲学』では、ソシュールに代表される「抽象的客観論」が主たる批判の対象となっていた。

『文学研究における形式的方法』では、「社会学的詩学」が「よりどころにすべきはジャンルである」ことが強調されていた。

『小説のなかの言葉』は、一九二〇年代末のこうした見解を総合したようなかたちになっている。まずは、言語論の特徴から確認しておこう。

異言語混淆

以下は、冒頭近くの長いパラグラフの約四分の三である。

> 小説とは、**社会的な**〈ことばの多様性〉（ときには〈言語の多様性〉）や、**個人的な**〈**声の多様性**〉が、芸術的に組織されたものである。単一の国語は、社会的方言、グループ特有の言葉遣い、職業的な隠語、諸ジャンルの言語、世代や年齢に固有の言語、諸潮流の言語、権威者の言語、サークルの言語、短命な流行語、社会・政治的に一定の日やさらには一定の時刻にだけもちいられる言語（毎日がみずからのスローガン、語彙、アクセントを持っている）等に内的に分化しているが、このように各言語がその歴史的存在のあらゆる瞬間において内的に分化しているということが、小説というジャンルの不可欠な前提なのである。なぜなら、社会的な〈ことばの多様性〉とその基盤の上に成長する個人的な〈声の多様性〉によって、小説はそのすべてのテーマや、描写・表現する対象的・意味的世界全体を**管弦楽化《オーケストレーション》する**からである。作者のことば、語り手たちのことば、挿入的ジャンル、主人

公たちのことば——これらはすべて、〈ことばの多様性〉を小説に導入するための構成上の基本的統一体にすぎない。〔……〕

ここでは、小説においては「言語」あるいは「ことば」が「内的に分化」していることが強調されている。そのことはこの拙訳からも読みとれるものと思われるが、じつはこの箇所は訳すのがかなりむずかしい。

かりに「言語」と訳しておいたyazyk《ヤズイク》は、英訳ではlanguage、「ことば」と訳しておいたrech《レーチ》は英語ではspeechとなっている。つまり、おおまかには「ラング」と「パロール」の区別に相応していると考えて問題はないように思われるのだが、その一方、「諸ジャンルの言語」とか「世代や年齢に固有の言語」といったような箇所の「言語」はラングの意味でもちいられているわけではない。つまり、言語学用語に厳密に対応してはいない。

ただし、そのあたりのところは文意を理解するのにさほど妨げにならないのだが、厄介なのは、傍線を引いておいた三つの造語の訳し分けである。

〈ことばの多様性〉の原語はraznorechie《ラズノレチエ》であり、「さまざまなraznyj《ラズヌイ》ことばrech《レーチ》が入り混じっている状態」をあらわしている。

〈言語の多様性〉と訳しているのはraznoyazychie《ラズノヤズイチエ》であり、「さまざまな言語《ラング》yazykが入り混じっている状態」をあらわしている。

〈声の多様性〉と訳しているのは raznogolositsa《ラズノゴロシツア》 であり、「さまざまな声 golos《ゴーロス》 が入り混じっている状態」をあらわしている。

とりわけ訳に苦労するのは〈ことばの多様性〉としておいたラズノレチエ raznorechie である。英訳では、このパラグラフのなかでは、最初の二例を diversity of speech types と訳し、ただし二つ目の例では訳語のあとに〔raznorechie〕を添え、さらに三つ目の例では heteroglossia〔raznorechie〕と訳し、それ以降はただ heteroglossia だけですませるという工夫をしている。

日本では、この heteroglossia が「ヘテログロシア」あるいは「異言語混淆」として広まっている。この訳語は言語内の「社会的分化・層化」をよく伝えていて、わたし自身も使うことがあるが、ただし、「異言語混淆」の「言語」が民族語とか国語の意味ではなく主として「ディスクール（言語表現の総体）」を意味していることを念頭においておく必要はある。

これにたいして、本書では、以下のような事情を説明するためもあって、〈ことばの多様性《ラズノレチエ》〉と直訳のままにしておく。

さて、バフチンのいう〈ことばの多様性《ラズノレチエ》〉は、一定のイデオロギー的視点とむすびついたさまざまな言語形式――社会的方言、職業的ディスクールその他――の併存状態を指しており、「支配的な口語（日常語）および標準文語という相対的だが実在する統一体」のなかに結晶化している単一言語というカテゴリーに対置されている。

　バフチンにとっては、言語の社会的分化・層化は、言語学的な現象というよりは、言語共同体内の多数のさまざまなイデオロギー的見地の併存である。すなわち、〈ことばの多様性《ラズノレチエ》〉は、〈言語の多様性《ラズノヤズイチエ》〉とは異なり、「共通の標準文語の抽象的・言語学的な弁証法的統一を破らないこともある」。

　他方、〈言語の多様性《ラズノヤズイチエ》〉は、言語《ラング》が複数あること（複数の言語や地域方言の存在）を意味している。バイリンガルのひとが自宅では英語を使い、外では日本語を使うようなケースである。〈言語の多様性《ラズノヤズイチエ》〉が〈ことばの多様性《ラズノレチエ》〉になりうるのは、さまざまな言語形式（たとえば地域方言）が独自のイデオロギー的視点を示すようになるときにかぎられる。

　バフチンはつぎのような例をあげている。

> あらゆる中心部から遠くはなれていて、かれにとってはまだゆるぎない不動の生活のなかに無邪気に浸りきっている、読み書きのできない農民が、いくつかの言語体系のなかで生活している。かれはある言語（教会スラヴ語）で神に祈り、別の言語でうたい、家庭生活では第三の言語を話している。また、読み書きのできる者に郷［帝政時代のロシアの地方行政組織］への請願書を書きとらせようとするときには、さらに第四の言語（公文書の言

語〈官庁用語〉で話そうとする。これらすべては、抽象的な社会方言的特徴という点から見てすら、**相異なる**諸言語である。けれども、これらの言語は農民の言語意識において対話的に相関してはいない。かれはひとつの言語からもうひとつの言語に、なにも考えずに、自動的に移行している。〔……〕かれはまだ、ある言語（とそれに相応する言語世界）を他の言語の眼で見ること（つまり日常生活の言語と日常生活世界を、祈禱または歌の言語で見ること、またその逆）ができない。

しかし、バフチンによれば、このままではまだ〈ことばの多様性《ラズノレチエ》〉とはいえない。〈複数〉ではあっても、独自のイデオロギー的視点を持ったそれらのあいだに相互照明がないからである。

この農民の意識において諸言語の批評的な相互照明がはじまるやいなや、つまりそれらが相異なる言語であるだけでなく、〈ことばの多様性《ラズノレチエ》〉関係にある言語でもあること、これらの言語とわかちがたくむすびついたイデオロギー体系や世界観はたがいに対立しているのであって、なかよく相並んでいられるなどけっしてありえないことがあきらかになるやいなや、これらの言語の議論の余地がなくあらかじめ決まっている状態はおわり、諸言語間で方向の能動的な選択がはじまるのである。

要するに、言語の複数性は、使っている言語が複数の異なる言語《ラング》であるだけでなく、異なるイデオロギー体系とむすびついてもいることを理解し、「たがいに矛盾しており、平和的に共存しえない」世界にアプローチするときにはじめて、〈ことばの多様性《ラズノレチエ》〉となる。バフチンにとっては、言語共同体は〈ことばの多様性《ラズノレチエ》〉、場合によっては〈言語の多様性《ラズノヤズイチエ》〉も特徴としており、完全に同質的な単一言語社会は現実にはまずありえない。また、当該言語の話し手も、自分の言語を中立的な媒体としては経験しておらず、競い合うイデオロギー的視点の分化した複合体として経験している。

中心化と脱中心化

こうした立場からすれば、当然のことながら、言語哲学や言語学、文体論が前提としている言語観は認められない。バフチンによれば、「これらの学問が知っているのは〔……〕言語の生の二つの極、すなわち**単一言語という体系**とこの言語を話す**個人**のみである」。ここで念頭におかれているのがソシュールの『一般言語学講義』であることは、いうまでもない。

バフチンからすれば、単一言語やそれを話す個人を前提としている者たちは、自分たちが扱っている基本的な概念が、特定のイデオロギーの産物であることを理解していない。

> これらの力とは、**言語・イデオロギーの世界を統一し中心化する力**である。〔……〕共通の単一言語とは、もろもろの言語規範からなる体系である。しかし、これらの規範は抽象的な当為ではなく、言語の生を**創造する力**となっている。〈ことばの多様性《ラズノレチエ》〉を克服し、言語・イデオロギー的思考を統一し中心化する力であり、〈ことばの多様性《ラズノレチエ》〉をはらんだ国語の内部に公認の標準語の堅固で安定した言語核を創造し、あるいはこのすでに形式化された言語を、成長しつつある〈ことばの多様性《ラズノレチエ》〉の攻撃から守る力なのである。

「冬期簿記出納講座」の記念写真。上段左から３人目が講師バフチン（クスタナイ、1932年）

興味深いことに、『マルクス主義と言語哲学』では、「言語規範の体系」すなわちラングなどというものは話し手にとっても聞き手にとっても実在しないことを強調していたのにたいして、ここでは「現実の統一へと具体化する力として現実的《リアル》なものである」と述べ、その脅威を力説している。

アリストテレス的詩学、アウグスティヌスの詩学、〈真理の単一の言語〉による中世教会の詩学、新古典主義のデカルト的詩学、ライプニッツの抽象的な文法普遍主義（〈普遍文法〉という理念）、フンボルトの具体的な観念主義《イデオロギズム》は——ニュアンスに違いこそあれ——、社会・言語やイデオロギーの生が持つ、おなじ求心的な力を表現しており、ヨーロッパ諸語の中心化と統一というおなじ課題に仕えている。

「他の諸言語（方言）にたいするある言語（方言）の支配」や「真理の言葉による啓蒙」、「イデオロギー体系の規範化《カノン》」、「単一状態の言語を研究・学習する方法をともなった文献学」、「数多くの言語から単一の祖語を再建しようとする印欧言語学」などが、単一言語状態を前提としたような思考法をつくりあげてきたというのである。

バフチンは、こうした歴史を念頭におかないまま進められている言語学や文体論を批判する一方、言語には求心力とならんで、遠心力も作動していることを強調する。「どのような発話も、具体的に細かく分析し、それが言語の生のなかで敵対しあっている二つの傾向からなる矛盾し緊張した統一体であることを、あきらかにすることが可能である」とするバフチンからすれば、発話はつねに「対話化された〈ことばの多様性《ラズノレチエ》〉」のなかにある。

内的対話性と能動的な聴き手

こうした内的な分化の重視は、対話のとらえ方にも関係してくる。バフチンからすれば、対話がようやく言語学の対象となってきたこと自体は歓迎すべきことであるが、対話が構文形式としてのみ研究されてきており、「言葉の構造全体、その意味と表現のあらゆる層をつらぬいている言葉の内的対話性」はほぼ無視されていることこそが、問題であった。

構文的に対話形式をとっていなくとも言葉というものが内的に対話的であることは、『ドストエフスキイ論（二九年）』でも指摘されていたが、『小説のなかの言葉』では、内的対話性が持つ文体形成力の大きさが強調されている。

その前提にあるのは、聴き手の「能動性」への着目である。言葉は、対話のなかでその生きた応答として生まれるものであると同時に、どの言葉も来たるべき応答に向けられており、予期される応答の言葉の影響を受けざるをえない。

にもかかわらず、言語哲学や言語学は「受動的」理解しか前提としていない。そして、「発話のアクチュアルな意味ではなく中立的な意味の理解」にとどまっている。だが、『マルクス主義と言語哲学』でも述べていたように、言語的な意味を受動的に理解するだけでは、それは理解とはいえない。

なぜなら、受動的な理解は、理解されている言葉を複製するだけだからである。それでは、「理解されているものを少しも豊かにしない」。バフチンのいう「理解」とは、両者のあいだに新たな意味が生みだされるものであった。

さらには、そもそも「能動的」なほうが実態に即しているのであって、「受動的」なのは言語学などによる誤ったとらえ方が生みだしたものでしかない。

ことばが実際に使われるさいは、あらゆる具体的な理解は能動的である。〔……〕能動的理解は、理解されるものを理解するものの新しい視野に参加させ、この理解されるものとの複雑な相互関係、

座っている左から３人目がバフチン（クスタナイ、1930年代）

共鳴、不協和をつくりだし、理解されるものを新しい諸要素で豊かにする。話し手もまた、まさにこのような理解を念頭においているのである。それゆえ、聞き手にたいする話し手の志向は、聞き手に特有の視野、特有の世界への志向であり、そのような志向は話し手の言葉のなかにまったく新しい諸要素を持ちこむ。そのさい、相異なるコンテクスト、相異なる視点、相異なる視野、相異なる表情表現的アクセント体系、相異なる社会的「言語」の相互作用が生じるのである。

こうした「創造的」理解の強調は言語に関してだけにかぎらない。日常生活までもふくめたどの分野に関しても、バフチンはこの点を力説している。

権威的な言葉と内的に説得力のある言葉

また、すでに見たように、バフチンは一九二〇年代末より他者の言葉とのさまざまな関係に注目していた。『ドストエフスキイ論(二九年)』では前記の「言葉の分類図式」にまとめられていたほか、『マルクス主義と言語哲学』では疑似直接話法、自由間接話法など、他者の言葉の伝え方が論じられていた。これにたいしてこの『小説のなかの言葉』では、他者の言葉との関係が「世界にたいするわたしたちのイデオロギー的な関係やわたしたちの行動にとっての原理そのもの」を規定することを強調するとともに、〈権威的な言葉〉と〈内的に説得力のある言葉〉を対置させている。

バフチンがとりわけ問題にしているのは、〈距離〉である。(宗教や政治、道徳の言葉、父、教師などの言葉のような)〈権威的な言葉〉は「遠い圏域にあり、階層秩序的過去と不即不離の関係」にある。

権威的な言葉は、遠い圏域に存しており、階層秩序的過去と有機的にむすびついている。これは、いわば父祖たちの言葉である。それは、すでに過去において承認されている。それは、あらかじめ見いだされる言葉である。それを似かよった同等の言葉のなかから選びだすわけにはいかない。それが与えられる(ひびく)のは、高尚な領域であって、無遠慮な接触の領域においてではない。それは特殊な(いわば祭司の)言語である。それは冒瀆の対象となりうるものである。タブー。みだりに口にしてはならない名称。

〈権威的な言葉〉は、「自己にたいして距離をおくことを要求する」というわけである。

これと対照的なのが、〈内的に説得力のある言葉〉である。これは創造的なものであって、「自立した思考と自立した新しい言葉を呼び起こす」、それも「内部からわたしたちの多くの言葉を組織」してくれる。〈内的に説得力のある言葉〉は、社会的に開かれたものであり、その意味も流動的である。

内的に説得力のある言葉は、他の内的に説得力のある言葉と緊張した相互作用を開始し、闘争関係にはいる。イデオロギー面でわれわれを生成させる過程は、さまざまな言語・イデオロギー的な視点、アプローチ、傾向、評価などが支配権を求めて、われわれの内部でくりひろげるこのような緊張した闘争なのである。内的に説得力のある言葉の意味構造は、完結したものではなく、開かれたものである。内的に説得力のある言葉は、自己を対話化するあたらしいコンテクストのなかにおかれるたびに、あたらしい意味の可能性をあますところなく開示する力を有している。

いうまでもなく、バフチンの対話原理に適っているのは〈内的に説得力のある言葉〉のほうである。この言葉を、「同時代の言葉」であるとか、「未完結な同時代性との接触の圏域において生まれた言葉」であるとも述べているが、これは、バフチンが高く評価する種類の小説の特徴でもあった。

小説性と対話性

バフチンによれば、小説はさきにあげたような〈ことばの多様性〉《ラズノレチエ》を存分に活かしうるのにたいして、詩はそうではない。狭義の詩的ジャンルにおいては、言葉本来の対話性が芸術的に利用されていない。

詩的ジャンルの言語は、その外部には何ものも存在せず、その外部に何ものも必要としない唯一で単一のプトレマイオス的世界である。対等に意味を担い表現力を持っている言語世界が複数存在しているという考えは、詩的文体には本来受け入れがたいものなのである。

これにたいして、小説の文体においては、「他者の発話や他者の諸言語のただなかでの言葉の定位」が、芸術的に意味づけられる。すなわち、〈声の多様性〉や〈ことばの多様性〉《ラズノレチエ》が「芸術体系へと組織される」。したがって、小説の文体論は「社会学的文体論」としてしかありえない。

むろん、詩の言葉も社会的なものではあるが、詩的形式が反映するのは、より持続性を持った社会的過程であるのにたいして、小説の言葉は、社会の雰囲気のごくわずかな変動や動揺にも敏感に反応するというのである。ちなみに、バフチンは「詩」ということで叙事詩を念頭においている場合が多い。

はたしてこの対置がどこまで一般化できるものかどうかはさておき、じつは小説のこうした特徴は、『マルクス主義と言語哲学』では言葉一般の特徴としてあげられていたものであった。「言葉には、社会変動の過渡的でごく微細な刹那的な段階のすべてを、記録にとどめる能力がそなわっている」と述べられていた。

また、そうした言葉のなかで——「生活のなかの言葉と詩のなかの言葉」において例示されているように——とりわけイントネーションに注目していたのも、理由はおなじである。「イントネーションはつねに、言語的なものと非言語的なもの、言われたことと言われなかったことの境界上にある。〔……〕イントネーションは、話し手の周囲の社会的雰囲気のあらゆる動揺にとくに敏感である」。

これにたいして、『小説のなかの言葉』においては、小説と詩が対置され、「小説＝対話」、「詩＝モノローグ」として論が展開されている。

この時期あたりから、バフチンのいう「小説」はわたしたちの「生」とますますかさなりあっていく。『ドストエフスキイ論（六三年）』では、「長篇小説の開花期には、古いジャンルが〈小説化〉した」と述べているが、バフチンによれば、「小説化」とは「対話化」とほぼ同義であった。

小説の発展とは、すなわち対話性の深化、対話性の拡大と洗練である。対話に引きこまれない中性的で確固たる（「石のごとき真実」）要素は、どんどん減少していく。対話は分子の深み、そして最後には原子内の深みへとはいりこんでいく。

小説とは「ただひとつの言語の絶対性を拒否したガリレイ的言語意識の表現である」とも述べている。すなわち、「言葉と意味におけるイデオロギー的世界の脱中心化」こそ、小説が本領とするところであった。

小説発達の二つの路線

このように『小説のなかの言葉』では、小説が対話原理を具現化したものとして高く評価されるとともに、『ドストエフスキイ論（二九年）』の段階とは異なって、歴史詩学の視点もくわわっている。バフチンによれば、条件付きではあるが、ヨーロッパの小説の文体の歴史は、〈ことばの多様性《ラズノレチエ》〉を基本的に自己（小説言語）の外にとどめている流れと、社会的な〈ことばの多様性《ラズノレチエ》〉を活かした流れに大別される。

なかでも興味深いのは、後者のうち、二声の言葉をつちかったジャンルへの注目である。

バフチン（1935年）

> まさにこうした小規模のものにおいて、つまり〈下層の〉小ジャンル、見世物小屋の舞台、定期市の広場、街の小唄や一口話《アネクドート》などにおいて、〔……〕普遍的意義を持った社会的・非人格的な言語の言葉ではなく、当該の人間の性格《キャラクター》や社会的典型《タイプ》を示す言葉（僧侶の言語、騎士の言語、商人の言語、農民の言語、法律家の言語、等）を客観的に示す手法が形成される。どの言葉にも、打算的で不公平な所有者がいる。「誰のものでもない」普遍的意義を持った言葉は存在しない。これが、民衆の諷刺的・現実主義的短篇小説やその他の下層のパロディー的で道化的なジャンルの、いわば言葉の哲学なのである。しかも、これらのジャンルの基礎にある言語感覚は、人間の言葉そのものにたいするきわめて根深い不信につらぬかれている。言葉の理解にあたって重要なのは、その直線的な対象指示的・表情表現的意味——言葉の偽りの外貌——ではない。

当然ながら、バフチンは、直線的な言葉を否定するこうしたジャンルに好意的である。言葉が客体としての対象に直接向かうのでなく、他の言葉と「対話」しているからである。そして、

「まさにこれらのジャンルにおいて、ヨーロッパ小説（そしてさらに小説以外のジャンル）の歴史において例外的なまでに重要な役割を演じた新しい対話的カテゴリー」である〈陽気な嘘〉が準備されたという。

この賢い〈陽気な嘘〉を文学史上で代表するのが、悪漢、愚者、道化である。

悪漢、愚者、道化

悪漢の言語は、権力者たちの言語に対置されている。悪漢は、「荘厳な調子のものを笑みと欺瞞によって当人の口元からずらし、虚偽を嘲笑することにより、この虚偽を陽気な欺瞞に変えて、この荘厳な調子の要素を無害なものにしてしまう」。

高尚で公式的な規範化されたすべてのジャンルの言語、公認の安定したすべての職業・階層・階級の言語に蓄積された**荘厳な調子の虚偽**に対置されているのは、おなじく荘厳な調子の直線的な真実ではなくて、**虚言者たちにたいする**正当化された**虚偽**としての陽気で賢い欺瞞である。僧侶や修道士、王や領主、騎士や富裕な都市住民、学者や法律家たちの言語——権力を持ち、生活の安定したすべての者たちの言語——に対置されているのは、陽気な悪漢の言語である。

これにたいして、愚者は「荘厳な調子の約束事の世界を、それを理解できない愚かさ（素朴さ、無垢）によって散文的に異化する」役割を担う。「社会的な約束性（因習性）、高尚で荘厳な調子の名称や事物や事件にたいする無理解という要素」を駆使する。

バフチンは、散文作家がこの〈無理解〉という要素をもちいる場合が少なくないことを強調している。

小説における愚かさ（無理解）は、つねに論争的である。それは、知恵（いつわりの高尚な知恵）と対話的に相関しており、知恵と論争し、知恵をあばく。愚かさは、陽気な欺瞞や他のすべての小説的カテゴリーとおなじように、小説の言葉の特殊な対話性から発する対話的なカテゴリーである。それゆえ、小説における愚かさ（無理解）は、つねに言語や言葉に関係している。すなわち、その基礎には、他者の言葉にたいする論争的無理解、世界を意のままにし世界を意味づけようとしている他者の荘厳な調子の嘘にたいする論争的無理解、事物や出来事に高尚な名を付している公認の規範化された偽りまみれの言語——詩的言語、学者の衒学的な言語、宗教言語、政治言語、法律言語、その他——にたいする論争的無理解が、つねにある。

たしかに、愚者、物わかりの悪い人物が登場する作品は少なくない。そのさい、愚者は、作者自身からも笑われていることが多いのだが、愚者には独特の破壊力が秘められている。

作者によって導入され、荘厳な調子の約束事の世界を異化する愚者は、みずからもまた、愚者として作者の嘲笑の対象となりうる。作者はかならずしも完全には愚者と連帯しない。愚者自身にたいする嘲笑という要素が前面に押しだされることさえありうる。しかし、愚者は作者にとって必要である。まさに無理解者として存在することによって、愚者は社会的な約束事の世界を異化するのである。愚かさを描きだすことによって、小説は散文的な知恵、散文的な賢明さを学ぶ。愚者を見ることにより、あるいは世界を愚者の眼で見ることにより、小説家の眼は、荘厳な調子の約束性と嘘でくるまれている世界を散文的に見る術を学ぶのである。

この〈無理解〉は、トルストイのような「生真面目な」作家においてすら、手法としてもちいられている。『戦争と平和』（一八六九）では、ボロジノの戦いをそれを理解しないピエールの視点で描き、『アンナ・カレーニナ』（一八七七）では、貴族の選挙をそれを理解しないレーヴィンの視点で描いている。

さらには、悪漢と愚者を独特なかたちで結合したものとして道化がたちあらわれる。

これは、高尚な言語や名称を暴露的に歪曲し置き換えることを、無理解でもって動機づけるために、愚者の仮面をつけた悪漢である。道化は、文学におけるもっとも古い形象のひとつであり、道化の特殊な社会的位置づけ（道化の特権）によって規定されている道化のことばは、芸術における人間的な言葉の最古の形式のひとつである。

バフチンは、(1)高尚な言語をパロディー化する悪漢の陽気な嘘、(2)道化によるそれらの言語の意地悪な歪曲と裏返し、(3)愚者のそれらにたいする無垢な無理解を、小説史の黎明期に〈ことばの多様性《ラズノレチエ》〉を組織していた三つの対話的カテゴリーと呼んでいる。その後の発展のなかで、形象は変化していくものの、小説の文体の組織化に貢献していくこれらのカテゴリーによって、「小説における対話というものが持つ独自性は規定されている」というのである。

一枚岩に見えていた「真実」をかきまわすかれらが存在してはじめて、小説は本領を発揮しうるということだろうか。流刑地クスタナイで展開されたこの〈陽気な嘘〉論は、じつに意味深長である。

一九二〇年代後半という、しだいに窮屈になっていくイデオロギー状況のなかで、ポリフォニー小説に「かこつけて」対話原理を説いたのとおなじように、いまやほぼ完全に全体主義化してきた体制下で流刑者バフチンは、小説史論に「かこつけて」〈陽気な嘘〉論を展開しようとしているのである。この闘いは、一九四〇年の「リアリズム史上におけるフランソワ・ラブレー」のカーニヴァル論で一目瞭然になってくるであろう。

すでに『小説における時間とクロノトポスの形式』（一九三七―三八）の段階でも、悪漢、道化、愚者が小説史上に果たした役割が改めて強調されるとともに、カーニヴァル論とのつながりが示されている。

かれらにはこの世界で他者であるという、独自の特性と権利がそなわっており、かれらはこの世界に存在している生のいかなる立場とも連帯せず、いかなる立場も自分に合わず、どんな立場の裏面と嘘も見てとる。したがって、かれらは生のどんな立場も仮面としてのみ利用することができる。悪漢は、まだ、かれを現実にむすびつけている糸を持っている。だが道化と愚者は、「この世に出自を持たない」、またそれゆえに独自の権利や特典を持っている。これらの人物はみずから笑うだけでなく、他人からも笑われる。かれらの笑いは、民衆が集う広場に特有の、公に開かれた笑いである。

これについて詳しくは次章で見ることにしよう。

『教養小説とそれがリアリズム史上に持つ意義』

さて、さきにも見たように、バフチンは、メドヴェジェフを介して、一九三六年九月九日付で、サランスクにあるモルドヴィア教育大学の文学講師になっている。

ところが、翌三七年六月三日には、ここを解雇されている。教育における「ブルジョア的客観主義」への警告を無視したことが理由であった。また、七月一日には、「当人の自由意志にもとづく」解雇と訂正されている。

そしてこの年の秋には、モスクワから北へ鉄道で一三〇キロほど行った（現トヴェリ州の）サヴョロヴォに移っている。モスクワ市やレニングラード市に永住することは、まだ禁じられていた。

この時期のバフチンは、まず一九三六年から三八年にかけて、『教養小説とそれがリアリズム史上に持つ意義』を完成させている。

だが、『ドストエフスキイ論（二九年）』、『小説のなかの言葉』につづく小説論の第三弾ともいえるこの『教養小説とそれがリアリズム史上に持つ意義』は、出版社に渡された完成原稿が独ソ戦のさいに失われてしまった。

幸いにも、バフチンの手元には要綱と準備稿が残っており、準備稿の後半部分は、当人の修正を経て一九七五年に前記の『小説における時間とクロノトポスの形式』として公刊されることになる。また、前半部分は断片が『教養小説とそれがリアリズム史上に持つ意義』という題で、没後に公刊されている。

一九三七年九月二〇日にバフチンが編集部に宛ててだした手紙にはつぎのように記されている。

セリヴェルストフが描いたバフチンの戯画

本書の著者は、小説の理論と歴史の問題に一〇年以上取り組んでおります（最初に小説の一般的問題について述べたのは、一九二九年に公刊されたドストエフスキイ論です）。

本書は、教養小説の歴史とゲーテに関する長年の研究、ならびにこれらの問題をめぐる一連の講義の成果となっています。本書の基礎にほぼなっているのは、モルドヴィア国立教育大学で一九三六年から三七年にかけて著者がおこなった四年生向けの講義です。

ところで、「幸いにも」準備稿が残っていたと書いたが、じつは完全なかたちで残っていたわけではない。愛煙家のバフチンは、戦争中に、準備稿をタバコを巻くための紙として使ってしまったのである。

一九六〇年代末にある文学研究者に語ったところによれば、出版社に渡した分が無事保存されていると思っていたらしい。この者が「さぞや残念だったでしょうね?」とたずねると、「いや。肝心なのは、これが精神界にあったということだから」と答えている。

前半部分の断片『教養小説とそれがリアリズム史上に持つ意義』や、要綱から見てとれるのは、〈ユートピア的未来〉、〈生成〉、〈未完性〉、〈フォークロア性〉といった要素への注目と同時に、ゲーテ(一七四九―一八三二)にたいする格別に高い評価である。

「ゲーテにとって視覚が持つ並外れた意義」、「空間のなかに時間を見抜く能力」、「開かれ、完結されていない主人公というタイプの創造」などを、バフチンは強調する。しかも、そこには真のリアリズムがあり、ゲーテは人間や大地、宇宙を「具体的に、一目瞭然と、物質的に考え、示していた」という。

また、『ヴィルヘルム・マイスターの遍歴時代』（一八二一）を教養小説のクライマックスとみなすバフチンは、「生成していく人間は、ゲーテの初期の教養小説に特徴的であった受動性を失う」ことに着目している。「この者は能動的であり」、「その生成」は「世界の出来事への能動的介入、世界の創造的変化とむすびついている」。

さまざまなタイプの教養小説のなかでも、たんなる成長ではなく、世界とむすびついて成長していくタイプが、バフチンのお気に入りであった。これをバフチンは「能動的生成」と呼んでいる。

クロノトポス

他方、準備稿の後半部分、すなわち『小説における時間とクロノトポスの形式』のほうは、とりわけ〈クロノトポス〉論で知られるようになる。バフチンは、文学がみずからのものとしてきた「時間的関係と空間的関係との本質的な相互連関」を「クロノトポス」と名づけた。

バフチンによれば、〈ポリフォニー〉は音楽用語を借用したものであるのにたいし、このクロノトポスは「数理的な自然科学でもちいられており、相対性理論（アインシュタイン）を基盤にして導入され基礎づけられている」。ポリフォニーの場合と同様、専門的な意味ではなく、「ほとんど比喩として」文学研究の領域に移入するとことわっている。

クロノトポスとは、「小説内のプロット上の基本的な出来事を組織する中心となっている」ものであり、クロノトポスにおいて「話の筋の結び目がむすばれたり解かれたりする」。またそれと同時に、話の筋をつくる出来事は、クロノトポスのなかで具体化する。登場人物たちの世界は、時間的な特徴づけや空間的な特徴づけを持っているわけであるが、「文学におけるクロノトポスの場合、意味づけられた具体的な全体のなかで、空間的特徴と時間的特徴が融合している。ここでは、時間は凝縮され、密になり、芸術的に可視化される。空間も集約され、時間・プロット・歴史の動きのなかに引きこまれる」。

たとえば歴史小説というジャンルでは、「時間的特徴は空間のなかで開示される」。ある歴史的時代についてものがたるのは、建物や通りの種類、衣裳、礼儀作法等々である。他方、こうしたディテールが歴史的価値を持っているのは、ほかでもない「空間が時間によって意味づけられ計測されている」からである。このようにして生じる「両者の系列と特徴の交差」がクロノトポスの基礎となっている。

バフチンは、文学におけるこのクロノトポスの歴史をギリシア小説からラブレーまでたどっている。たとえば、古典古代には「ギリシア小説」、「冒険風俗小説」、「古代の伝記と自伝」という三種のクロノトポスがあったとして、それぞれの分析、とりわけ「主導原理」である時間の分析がなされている。

また、具体例としてあげられている「道」や「城」、「客間、サロン」、「敷居」その他をめぐる見解も、きわめて興味深い。たとえば「敷居」は、バフチンによれば、「高い情緒的・価値的集中度につらぬかれたクロノトポス」であり、また「出会い」のモティーフともむすびつく。しかし「もっとも本質的なものは、**危機**と生の**転換**のクロノトポスである」。

文学では、敷居のクロノトポスは、つねに比喩的で象徴的であり、ときには公然たる形式のなかにあるものの、多くの場合は暗示的形式のなかにある。たとえばドストエフスキイの場合、敷居とそれに近接した階段・玄関・廊下のクロノトポス、さらにまたそれらを延長した街路と広場のクロノトポスは、かれの作品の主要な活動の場であり、そこでは人間の生涯を決定する危機・転落・復活・更新・洞察・決断などの出来事が生じる。事実上、このクロノトポスにおける時間は、あたかも延長をもたない、伝記的時間の通常の流れから脱落しているかのような瞬間となっている。こうした決定的瞬間は、ドストエフスキイの場合、**聖史劇**やカーニヴァルの時間という、大規模で包括的なクロノトポスにくわわっている。

こうしたクロノトポス論においてもっとも多くの頁がさかれているのは、ラブレーを論じた部分である。

それによれば、ラブレーの小説のクロノトポスは「並外れた広大さ」や「リアルな成長」を特徴とするとともに、「空間・時間的世界を、そこを腐敗させている彼岸的世界観の諸要素や、垂直軸にそったこの世界の象徴的・階層的意味づけから浄化すること」を課題としており、こうした課題が「新しい人間」と「人間的交通の新たな型」にふさわしい「新たなクロノトポス」の構築と組み合わさっている。


論争的な課題と肯定的な課題――現実の世界と人間を浄化するという課題と再興するという課題――のこうした結合ゆえに、ラブレーの芸術的方法の特性、リアリズム的幻想という独自性が生じている。この方法の本質は、まず第一に、事物やイデーの慣習的なつながり、**通常の隣接**をすべて破壊し、**思いもよらない隣接**、思いもよらない結合をつくりだすことにある。こうした結合には、きわめて意外な論理的結合（非論理的手法）や言語上の結合（ラブレー特有の語源論・形態論・統語論）もふくまれている。

バフチンは、「ラブレーにおいては、古い世界絵図の破壊と新しい世界絵図の肯定的構築が、たがいに不可分にむすびついている」ことを強調している。

系列

バフチンによれば、ラブレーは、人工的かつ「伝統的に分離され隔てられていたもの」を自然なかたちに「近接させる」ことを課題としていた。それを、多様な系列をつくりあげることで解決しようとしたというのである。

「系列づくりこそが、ラブレーの芸術的方法の特徴である」として、つぎの七系列があげられている。

(1) 解剖学的・生理学的な局面から見た人体の系列

バフチンによれば、「ラブレーは、人間の身体（およびこの身体と接触するゾーンでの周囲の世界）を、中世の禁欲主義的な彼岸的イデオロギーだけでなく、中世の放埒で粗暴な実践にも対置させて」おり、そうすることによって、身体に言葉や意味をとりもどすと同時に、言葉や意味に現実性と物質性をとりもどそうとしている。

(2) 人間の衣裳の系列
(3) 食事の系列
(4) 飲むことと大酒の系列

バフチンは、「食事の系列」や「飲むことの系列」が、「事物どうし、現象どうしのあいだの古い偽りの隣接をこわし、世界を身体化し物質化するような新しい隣接をつくりだすという課題に仕えている」ことを強調している。

(5) 性の系列（性交）

この系列は、「世界絵図を物質化、身体化する」。文学における伝統的な人間像も、「人間生活の非公式的で言葉で表わさない領域をもちいて再構築される」という。

(6) 死の系列

「ラブレーの場合、死と笑い、死と食事、死と飲むことが隣接していることが、ひじょうに多い。死の状況は、つねに陽気である」という。その理由は、ラブレーが、自己の永久化ではなく、「自分の息子や孫、曾孫の新たな若さのなかで花開く」こと、「人間が地上で成長、発達、さらなる完成をつづけていくこと」を評価していたからであるという。

(7) 排泄物の系列

バフチンによれば、「排泄物の系列は、基本的には、ヒエラルキーをこわし、世界と生活の絵図を物質化するように、事物・現象・観念のきわめて意外な隣接をつくりだすためにもちいられている」。

かくして、「これらの系列の展開や交差のおかげでラブレーは、自分に必要なものすべてを近接させたり分離させたりすることができる」というのである。

じつは、こうした諸系列の内容自体は次章で見る『フランソワ・ラブレーの作品と中世・ルネサンスの民衆文化』でもとりあげられ、存分に展開されているのだが、ただ、このように整理したかたちで列挙されているわけではないため、系列分けが見えにくい。

また、ここではじめて明確に「フォークロア」すなわち民衆文化が文学史上にもつ意義がとりあげられている。これによって、バフチンの小説論、文化論はますますダイナミックなものとなっていく。

それと同時に、ラブレーの〈笑い〉への注目もすでに鮮明にあらわれている。

ラブレーにおける笑いの異例の力強さ、笑いのラディカリズムは、まず第一に、その笑いがフォークロアに深く根づいていること、笑いが古来の複合体の諸要素――死、新たな生命の誕生、豊饒さ、成長――とむすびついていることによって説明がつく。それは、世界を包みこむほんものの笑いであり、この笑いは、ごくつまらぬ瑣末なものやきわめて大きなもの、遠きものや近きものなど、世界のあらゆるものとたわむれる。

さらには、〈陽気な死〉のような、ラブレーの笑いの特徴であるアンビヴァレンツ（両面価値性、両義性）も――前面にはでていないが――とりあげられている。「死は、新たな生命の誕生と隣接させられ、同時に笑いとも隣接させられて示されている」といった具合に。

多言語

ところで、バフチンは、一九四〇年一〇月一四日と一九四一年三月二四日にモスクワの世界文学研究所で二つの報告をおこなっているが、そのうち後者の報告「文学のジャンルとしての小説」（晩年に「叙事詩と小説——小説研究の方法論をめぐって」という題で公刊）では、〈多言語〉と〈笑い〉に大きな比重がおかれている。

本章の「異言語混淆」の箇所で見たように、一言語内の多様性を強調した〈ことばの多様性《ラズノレチエ》〉論については『小説のなかの言葉』で展開されていたが、当時はまだ〈多言語〉の問題は前面にでていなかった。その意味では、〈多言語〉は、小説というジャンルの歴史の研究を進展させるなかで重視されるにいたったといえる。

また、この一年前の一九四〇年一〇月一四日の報告は、これまで見てきたクスタナイでの論考とおなじ題「小説のなかの言葉」であったが、これも結局、世界文学研究所の論集に掲載されないままにおわっている（晩年に「小説の言葉の前史より」という題で公刊）。この報告でも、小説が成立する要因として〈多言語〉と〈笑い〉があげられていた。

ただ、これら二つの報告の力点の置き方は微妙に異なっている。まず報告「小説のなかの言葉」では、〈多言語〉がいちばん重視されていた。

小説とは、複数の言語に関与している多言語的意識の所産であり、こうした意識は諸言語が緊張した相互作用をおこなったり、闘ったり、交差する時代に、あるいは標準文語が交替したり激変する時代に、発達する。小説は、諸言語の境界、諸方言の境界、標準語と非標準語の境界に生じる。〔……〕

他の諸言語に照らされると、文学・言語的意識は批判的になる。

ここではラテン語とフランス語との相互照明のようなケースが念頭におかれているわけであるが、この〈多言語〉と〈ことばの多様性《ラズノレチエ》〉との関係をもう一度確認しておこう。まず、〈ことばの多様性《ラズノレチエ》〉は、言語が内的に分化していることを意味しているのにたいして、〈多言語〉は一言語の枠を超えでており、他の（諸）言語との相互作用を特徴としている。その点からすれば、両者は別のものであるわけだが、その一方、バフチンは報告のなかで、「言語の内的な〈ことばの多様性《ラズノレチエ》〉は、小説にとって第一義的な意味を持っている。しかしこの〈ことばの多様性《ラズノレチエ》〉が創造的意識を存分に手にするのは、能動的な多言語という状態においてのみである」と述べている。

内的な〈ことば《ラズノレチエ》の多様性〉をいっそう確実なものにするのは〈多言語〉であるというわけである。

バフチンによれば、〈ことば《ラズノレチエ》の多様性〉は、それぞれの言語《ラング》内で作動しているにもかかわらず、ふつうは複数の言語を同時に包みこんでいる。他方、多言語は往々にして一言語の枠内にもある。

その意味では、これらは、事実上同一現象を言い換えている場合も少なくない。

多言語と笑い

また、この報告「小説のなかの言葉」では、〈笑い〉が〈多言語〉を「補う」かたちになっていた。

小説の言葉の前史には、多くの、往々にして異なる種類の要因が働いているのを観察することができる。わたしたちの観点からすれば二つの要因がもっとも重要であった。そのひとつは**笑い**であり、もうひとつは**多言語**である。笑いは、言語を描写する最古の形式を組織した。この形式は当初は、他者の言語や他者の直線的な言葉にたいする**嘲笑**にほかならなかった。多言語とそれとむすびついた**諸言語の相互照明**が、これらの形式を、小説的ジャンルを可能とするような新しい芸術・イデオロギー的レヴェルに引きあげたのである。

〈笑い〉は、まず第一に、「他者の言語や他者の直線的な言葉にたいする嘲笑」の形式をとってあらわれるのであり、権威やヒエラルキーをなくした諸言語どうしの相互照明としての〈多言語〉を徐々に準備するにすぎない。小説の時代そのものは、〈多言語〉が生じ自覚されてのちはじめてやってくる。したがって、「小説の言葉の前史」にたいする〈笑い〉の影響はきわめて大ではあるが、主導的役割は〈多言語〉にあるとされていた。

ところが、四一年の報告「文学のジャンルとしての小説」では、〈笑い〉の比重が高くなっている。「小説が形成されるのは、まさに叙事的距離が破壊される過程においてであり、世界と人間が笑いによって馴れなれしいものとなり、芸術の表現対象が未完成の流動的な同時代の現実のレヴェルへと格下げされる過程においてであった」とあるように、論の中心は言語や文体よりもむしろ「芸術的特徴」に移されている。

ちなみにここでは、芸術としての小説の特徴が、叙事詩と対照されることによっていっそう鮮明に浮かびあがってきている。

(1) 叙事詩の対象は、民族の叙事詩的過去、ゲーテやシラーの用語にしたがえば〈絶対的過去〉である。(2)叙事詩の源泉は民族的伝説である（個人的体験や、それをもとにして成長していく自由な空想の産物ではない）。(3)叙事詩の世界は、絶対的な叙事詩的距離によって、同時代、つまり歌い手（作者とその聴き手たち）の時代から分かたれている。

叙事詩においては「追憶」、「過去」が絶対的な力を持っているのにたいして、小説を規定するのは「経験と認識と実践（未来）」であるとも述べている。バフチンにとって、叙事詩とはモノローグであり、有意味たりうる〈現在〉からの疎外であり、物化された文化現象である。歴史的には、この物化をパロディーがうちやぶることにより小説が登場した。

こうした歴史観には、ベンヤミン（一八九二―一九四〇）が文化史や歴史主義に破壊的要素が欠落していることを批判していたことを想起させるようなところがある。「エードゥアルト・フックス――蒐集家と歴史家」（一九三七）において、ベンヤミンは「歴史の連続を打破するために」「叙事的要素を放棄しなければならない」ことを強調していたが、バフチンもまた、フォークロアの笑いが叙事詩的距離の廃棄に果たした役割を強調した。

まさに**笑い**こそが、叙事詩的な、そしてまたそもそもあらゆる階層秩序的な――価値的・

隔離的――距離を廃棄するのである。はるか遠くのイメージでは、対象は滑稽たりえない。滑稽なものとするには、対象を近づけることが不可欠である。滑稽なものすべては身近である。滑稽な創造はすべて、最大限の接触の領域で作動する。笑いは、対象を近づける大きな力を有しており、対象を無作法な接触の領域に導き入れる。そこでは、対象を四方八方から遠慮なくなでまわし、さかさまにし、裏返し、上下からのぞきこみ、外皮をひっぱがし、内奥をのぞきこみ、疑い、分解し、解体し、むきだきにし、あばき、自由に研究し、実験することができる。笑いは、対象や世界にたいする恐怖や崇敬を廃絶し、それらを無遠慮な接触の対象へと変えてしまい、そうすることによって対象にたいする絶対的に自由な研究を準備する。笑いは、世界のリアリスティックな把握には不可欠の**不敵さという前提条件**を生みだすためのもっとも本質的な要因である。〔……〕世界を笑いや民衆的言語により身近なものとすることは、ヨーロッパ人の自由な科学的・認識的、芸術的、写実主義的創造の生成途上におけるきわだって重要かつ不可欠な段階である。

ここからもわかるように、バフチンの笑い観は、文学史の枠内にとどまるものではなく、文化史、精神史全般に及ぶものであった。

学問や政治の中心地から遠くはなれたクスタナイに流刑され、その後も中心から遠ざけられていた時期のバフチンが展開した小説論は、すこぶる「脱中心」的なものであった。

＊

詩は「プトレマイオス的」で「モノローグ的」であり、小説は「ガリレイ的」で「対話的」であるなどという対置は、どうみても反論を招きかねない極論であろうが、おそらくバフチンはこの暗い時代に「小説」に仮託したのであろう。

ブレヒト（一八九八―一九五六）の『ガリレイの生涯』（一九三八）では、ガリレイの教育を少年時代から受けてきた物理学者アンドレアが、地動説撤回の師に向かって「英雄のいない国は不幸だ」と罵るのにたいして、ガリレイは、「ちがう、英雄を必要とする国が不幸なのだ」と答えている。

この姿勢は、バフチンの「脱中心的思考」にも通じているといえよう。「小説」にたいする過剰なまでの高い評価、あるいはその登場人物のなかでも悪漢、愚者、道化の重視、そして〈異言語混淆〉、〈多言語〉、やがては〈笑い〉――これらが、何と闘っているかはあまりにも明白である。

第五章　民衆の笑い

キムルイ、サランスク

さきにも述べたように、一九三七年秋にバフチンは、ヴォルガ川をはさんでキムルイ市の対岸に位置するサヴョロヴォ地区（現在はキムルイ市の一部）に引っ越している。

翌三八年二月一七日には、多発性骨髄炎が悪化し、右足の切断を余儀なくされた。

四一年秋から四五年半ばまでは、中学校に教師として勤めながら、執筆にもたずさわっている。

この間に、「叙事詩の歴史における『イーゴリ遠征譚』」、「小説の理論の問題によせて」、「笑いの理論の問題によせて」、「修辞学は虚偽の度合いに応じて」、「鏡の前の人間」、「自己意識と自己評価の問題によせて」、「フローベールについて」、「中学校でのロシア語の授業における「文体論の問題」」などを著しているが、いずれも当時は発表されないままにおわった。

この時期、バフチンはモスクワ市内のレーニン図書館に通うことを認められてはいたが、全体として文献不足に悩まされており、友人、知人から郵送されてくる本に頼る面が大きかった。

そうしたなか、四五年八月一八日、ロシア社会主義共和国連邦人民教育委員会より、バフチンをモルドヴィア教育大学の世界文学の准教授とするよう指示があった。

この年の九月、モルドヴィア教育大学（五七年からモルドヴィア国立大学に改称）での勤務のためサランスクに引っ越すとともに、一〇月にこの大学の世界文学講座主任についている。このサランスクに今回は一九六〇年まで住むことになる。

1945-58年にバフチンが暮らしていたアパート

モルドヴィア教育大学の学生や講師たちと。３列目左から３番目がバフチン（サランスク、1955年）

じつは、この地でもバフチンは、不自由な体もものかは、モルドヴィア音楽・演劇劇場でのゼミナール、あるいは労働者向けの何百もの講義、その他をこなしているばかりか、個人授業もおこなっている。依然として「文化活動家」であった。どこにあっても、「芸術と生活」は切りはなされていなかった。

一九四〇年代後半に大学でバフチンの講義を受けたL・R・ヴドヴィナ(一九二六―二〇一五)の回想は、当時の雰囲気をよく伝えている。

バフチンは活力に満ちあふれ、躍動感がありました。顔の表情にも驚かされました。……たえず変わっていくのです。皮肉っぽかったり、厳しく非難していたり、親近感をあらわしていたり、憤慨していたり、沈思していたり、腹立てていたり……。バフチンは舞台に立っているかのように大きな声で、はっきりと、感情をこめて話すのが好きでした。……何について話そうともいつもあらゆることに自説を持っていました。〔……〕ドイツ語、英語、あるいはギリシア語で、かなりのパラグラフを楽々と暗唱していました。〔……〕バフチンの講義は目に見えぬ相手との一種の対話のように思えることもありました。「どんな本も誰かに反論しているのだ」と語ったときもありました。すなわち、本に書かれていることすべてを鵜呑みにしてはだめだというのです。

こうした情熱的な講義ぶりについては、ほかの学生も証言している。

ラブレー論がたどった経過

さて、「はじめに」でも述べたように、バフチンの『フランソワ・ラブレーの作品と中世・ルネサンスの民衆文化』が世にでたのは一九六五年のことであった。元になった論文「リアリズム史上におけるフランソワ・ラブレー」が一九四〇年に完成していたことからすれば、四半世紀もかかったことになる。

完成したタイプ原稿は、その年にまず二人の文学研究者A・A・スミルノフ（一八八三—一九六二）とA・K・ジヴェレゴフ（一八七五—一九五二）に送られたが、当時のバフチンは学位取得よりも出版を希望していた。そのほうが、バフチンの生き方により適っていたのであろう。

原稿を読んだスミルノフは高い評価を与える一方で、一九四一年三月に、「いまやひとつの問題が生じています。あなたの論文を実際どのようにすべきかということです。学位請求論文にするつもりはなかったのですか？」とたずねている。

ちなみに当時は、学者がモスクワやレニングラードに住居をかまえたり勤務場所を得るには、学位が必須条件であった（第一章で見たように、バフチンは大学で学んだものの、卒業は証明されていない）。出版に関しても、学位を取得しておいたほうが有利とのアドヴァイスを受けている。

にもかかわらずバフチンとしてはやはり出版を優先させようとしていたようであるが、その希望はなかなか叶えられなかった。一九四五年には、フランスで出版という話がもちあがるものの、これもまた実現されなかった。

戦時中のバフチン

結局、「リアリズム史上におけるフランソワ・ラブレー」は、一九四六年一一月一五日、世界文学研究所学術委員会に学位請求論文として提出された。審査委員会は準博士と博士の二段階に分けて投票というかたちを選択し、その結果、上級審議委員会に博士号授与を請求することとあいなった。審査委員会としては高い評価を与えたわけである。

その後一九四九—五〇年に、バフチンは上級審議委員会の指摘にそって原稿を修正するとともに、題名も「フランソワ・ラブレーの作品と中世・ルネサンスの民衆文化の問題」と変更している。

しかしそうした努力にもかかわらず、一九五二年に博士号授与は最終的に却下され、準博士号の授与にとどまる結果になった。このあたりの経過についてはあとでもう少し詳しく触れることにして、いまは一九四六年一一月一五日に世界文学研究所でおこなわれた審査を手短に振り返っておこう。

「リアリズム史上におけるフランソワ・ラブレー」

この審査では、主査格のA・A・スミルノフ、A・K・ジヴェレゴフ、I・M・ヌシノフ（一八八九―一九四九）の三名がこぞってバフチンの研究を高く評価し、論文は準博士号にとどまらず博士号にすらも値するとの見解を表明した。討論では、他の幾人かからも高い評価が与えられている。しかし反対者もあり、結局、七時間以上の議論の末、準博士号は全員一致で付与することを認める一方、博士号は七対六という一票差での承認となった。こういった僅差のせいもあり、両方の学位とも、さらに上級審議委員会での検討にゆだねられることになった。

この日の口頭試問でいちばん興味深いのは、バフチンの論文を評価する側、しない側にかかわらず、賛同しかねている第一の点がバフチンの〈笑い〉観であったことだろう。

バフチンは、委員たちからの指摘がおわったあとに、つぎのような締めくくりの言葉を述べている。

ジヴェレゴフ氏はわたしを〔博識であると同時に〕「とり憑かれし者」と呼びましたが、

わたしはそれに異存はありません。わたしは「とり憑かれし革新者」であり、とてもささやかでつつましい程度においてかもしれませんが「とり憑かれし革新者」なのです。「とり憑かれし革新者」が理解されることは、ごくまれです。〔……〕

わたしは、中世の笑いとは陽気でのんきで喜ばしい笑いであるということを、念頭においているわけではけっしてありません。中世の笑いは、闘いの武器の強力な手段のひとつでした。民衆は、笑いでも闘い、直接の武器——拳、棒——でも闘いました。拙論を赤い糸でつらぬいている、広場の民衆、これは、笑うだけの民衆ではなく、蜂起もする民衆そのものなのです。両者は緊密にむすびついており、いずれを欠いても不可能です。

これは広場の笑い、民衆の笑いであって、慰みの笑いとはなんら共通点を持っていません。慰みの笑いはまた別のタイプの笑いであって、殺すものであり、そこでは死がつねに浮上しています。〔……〕民衆の笑いは、闘いからそらせる陽気な笑いではなく、闘いとむすびついている笑いなのです。というのも、笑いの対象となっているのは、去り、新しい、別の、より大きな喜び、笑いに場所を譲るべきこの世界そのものなのです。

交替の喜び、すなわち永劫不滅を望み永遠のものであると自称し去ろうとしないものすべてとの闘い——これが基本理念なのです。これこそが、この笑いが語っているものなのです。この笑いは、その本質からして深く革命的なのです。

スターリン体制下であるとはとても思われない、まことにおそるべき反論である。「永劫不滅を望み永遠のものであると自称し去ろうとしないものすべてとの闘い」こそ本論文の「基本理念」であり、この笑いは「深く革命的」なのであると宣言している。

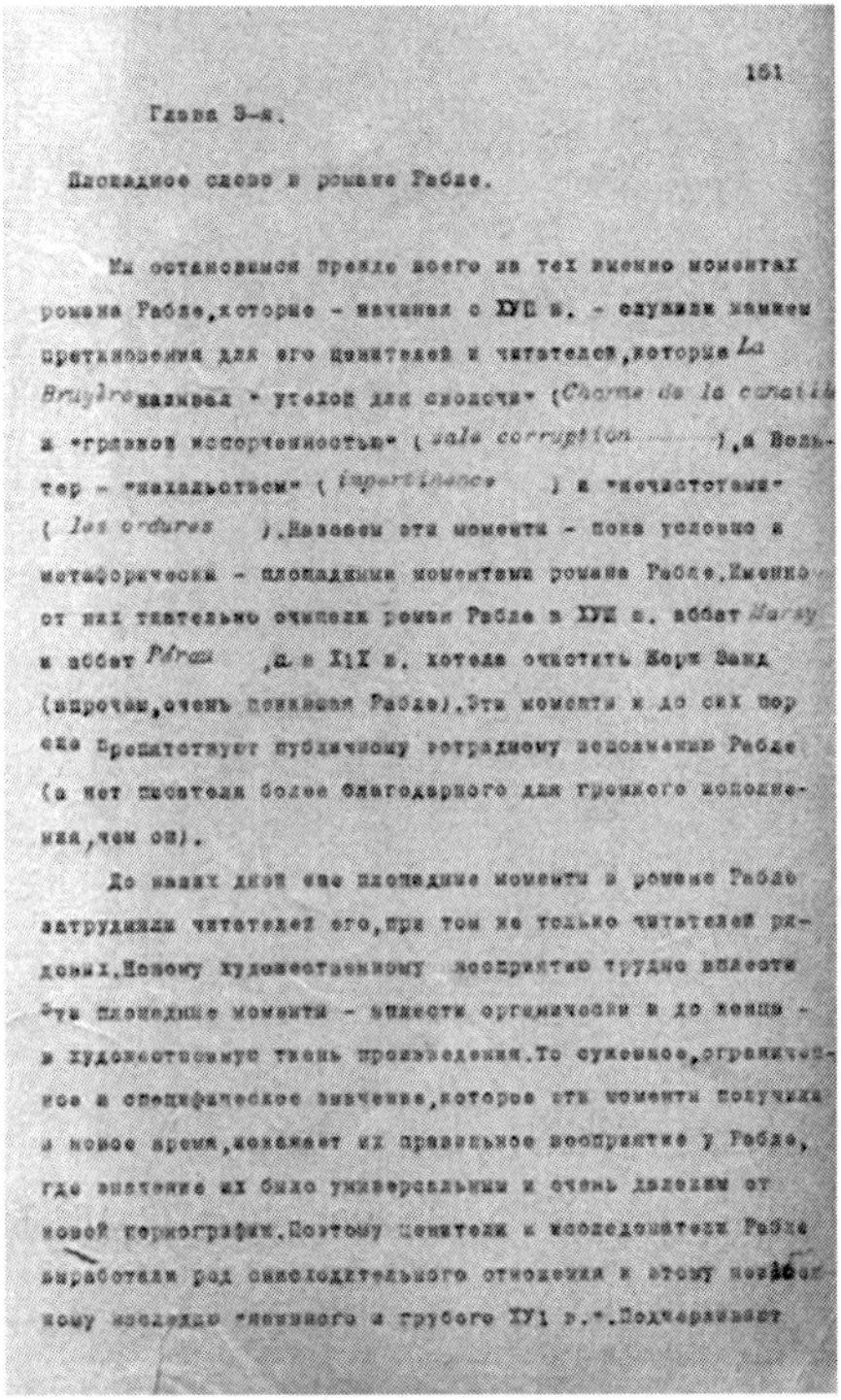

161

Глава 3-я.

Площадное слово в романе Рабле.

Мы остановимся прежде всего на тех именно моментах романа Рабле, которые – начиная с XVII в. – служили камнем преткновения для его ценителей и читателей, которые La Bruyère называл «утехой для сволочи» (Charme de la canaille) и «грязной испорченностью» (sale corruption), а Вольтер – «нахальством» (impertinence) и «нечистотами» (les ordures). Назовем эти моменты – пока условно и метафорически – площадными моментами романа Рабле. Именно от них тщательно очищали роман Рабле в XVIII в. аббат Marsy и аббат Pérau, а в XIX в. хотела очистить Жорж Занд (впрочем, очень ценившая Рабле). Эти моменты и до сих пор еще препятствуют публичному эстрадному исполнению Рабле (а нет писателя более благодарного для громкого исполнения, чем он).

До наших дней эти площадные моменты в романе Рабле затрудняли читателей его, при том не только читателей рядовых. Новому художественному восприятию трудно вместить эти площадные моменты – вместить органически и до конца – в художественную ткань произведения. То суженное, ограниченное и специфическое значение, которое эти моменты получили в новое время, искажает их правильное восприятие у Рабле, где значение их было универсальным и очень далеким от новой порнографии. Поэтому ценители и исследователи Рабле выработали род снисходительного отношения к этому наследию «наивного и грубого XVI в.». Подчеркивают

「リアリズム史上におけるフランソワ・ラブレー」のタイプ原稿

と同時に、自分自身は「とり憑かれし革新者」と認めている。「とり憑かれし」者と訳したこの言葉は、「変人」、「狂人」とも訳されることがある。「どうせわたしは変人ですよ」、ただし「革命的変人」ですがとことわっている。だからこそ「理解されにくいんです」と。

実際、バフチンの書くものは、ポリフォニー論にせよ、カーニヴァル論にせよ、かなり特異な論であることには変わりない。反論をいくらでも招きそうな挑発的な論である。また、そうしたことをまったく恐れず、むしろ歓迎するかのようなところがあることからすれば、けっこう変わり者であったといえよう。

もっとも、バフチンも一定程度の妥協はしている。そのことは一九二〇年代後半から見られたし、五〇年代にはさらに目立つ。しかし、基本はけっして譲りはしない。この反論においても、「闘いの武器」などといった当時の必須の決まり文句を「妥協的に」まじえてはいるが、伝えようとしていることは〈民衆の笑い〉の「革命性」であり、「交替の喜び」である。

この点をさらに詳しく知るために、この審査のさいにバフチンが添えていた一五項目からなるテーゼの要点を引用しておこう。これでもって、「リアリズム史上におけるフランソワ・ラブレー」の要点がうかがわれよう。長めの引用になってしまうが、日本語訳のある浩瀚《こうかん》な『フランソワ・ラブレーの作品と中世・ルネサンスの民衆文化』にまだ目をとおされていない読者にも、これによってその概要は伝わるものと思われる。〈 〉で括った小見出しを付しておくことにする。

学位請求論文「リアリズム史上におけるフランソワ・ラブレー」のためのテーゼ

〈公式文化と非公式文化〉

1 ラブレーは、ルネサンスの大作家たちのなかでもっともデモクラティックな作家であって、中世に千年にわたって発達してきていた**民衆の笑いにもとづく創造**の継承者であり完成者なのである。

この創造は、**非公式**文学特有の諸形式からなる一大世界を生みだした。この**陽気**な世界は、公式の教会や封建制の禁欲的で陰気な中世とはくっきりと対照をなしている。これらの形式においてあきらかになるのは、ヨーロッパの諸民族の公式の「大」文学のなかには純粋なかたちで見出しがたいような、まったく特殊な（グロテスクな）世界観、人間観、事物観である。

2 民衆特有の中世の非公式的な笑いの文化が決定的な影響を及ぼしたのは、ラブレーひとりにかぎらない。シェイクスピア、セルバンテス、その他の者たちの作品の本質的な側面の多くは、こうした非公式文学に照らし合わせてはじめて理解可能となる。しかるに、西欧の文学研究は、民衆特有の中世（「笑う中世」）やその伝統がルネサンスに果たした役割をあまりに過小に評価し、ブルジョア的要素を過大に評価している。ルネサンスは、公式の中世に対置されてしまっており、ルネサンスの民衆的淵源が無視されている。

3 ラブレーの作品の研究者たちは、ルネサンスや人文主義にたいする伝統的な考え方の狭隘な枠のなかに収まることにのみ、関心を集中させており、事実上、公式のルネサンスのみを研究している。ラブレーの作品における基本的な、民衆の広場特有の非公式性から切りはなされた状態で、研究が進められている。

〈民衆の笑い〉

4 これまで研究されてきたのは、狭い諷刺的な（純粋に否定的で私的な）形式の笑いか、イデーを欠いた娯楽的形式の笑い、つまり一七、一八、一九世紀の公式的な「大」文学のなかで発達した形式の笑いでしかない。

しかし、それよりもまえの時代の笑いは、世界にたいする特殊な、しかも**肯定的**な観点として〔……〕**普遍的で世界観的**な性格を持っていたのである。

こうした笑いは、もっぱら民俗学者や文化史家によって研究されてきたが、哲学史的観点や文学史的観点からはまだ研究されていない。

5 古典古代は、普遍的、肯定的、再生的（治療的）、創造的原理たる**笑いの哲学**を創造した。中世にも、愚者の祭りやパロディー、「休暇」時の自由などのさまざまな弁護のなかに、似たような考えが見られた。ラブレーにおけるルネサンスの笑いの哲学は、古典古代や中世の伝統の完成にほかならない。

このルネサンスの笑い観は、後続の（ベルクソンもふくむ）笑いの理論と大きく異なっている。後者は**公式の**——諷刺的ないし娯楽的——**喜劇**の狭隘な基盤のうえに築かれており、笑いのなかでももっぱらその**否定的機能**を前面に押しだしている。

6 中世においては笑いは〔……〕非公式なもの・抗議するもの・批判的なもの一切の基本的な表現形式となった。祝祭や休暇、食卓（祝宴）、広場の笑いは、一定程度まで、一定の（かなり広い）範囲内で、中世には**合法化されて**いたのであり、伝統によって固定され神聖化された一定の特権を享受していた。中世の民衆の笑いの文化は、中世的世界観の陰気で一面的な生真面目さや、封建・神権体制のあらゆる抑圧的な形式にたいする、民衆的意識の強力な反応であった。

7 中世の笑いは、以下のような四つの基本的特徴のゆえにはなはだ独特なものであった。

⑴ **笑いは普遍的な意義を有していた。**

笑いの対象は、（一七世紀以降に笑いの対象となってきているような）**私的なもの、否定的なもの、低いもの**である必要はかならずしもなく、例外なくすべてのものごと（高尚なるもの、神聖なるもの、生真面目なもの）が滑稽なものとなりえたのであり、笑いの様相のなかで暴かれえた。

(2) **笑いはアンビヴァレントな（両面価値的、両義的）性格をおびていた。**

中世の笑いのなかでは否定も肯定もひとつに融けあっていた。笑いは〈時〉（なにしろこれは祝祭の笑いであった）、生成、交替や更新と切っても切れない関係にあり、しかも笑いは生成と交替の両極——滅びゆく古きもの（過去）と生まれくる新しきもの（未来）——を単一の不可分の行為のなかに包みこんでいた。祝祭の笑いは、まさに時そのものの声として感得され意識されていたのであり、時は破壊すると同時に創造もし、時のなかでは死そのものも新たな誕生を孕んでいた。中世の笑いは交替の深い喜びにつらぬかれていた。中世の笑いの諸イメージ（とりわけカーニヴァルの諸イメージ）の分析からは、そのようなイメージのそれぞれにおいて、老年と青年、死と出産、前と後、表と裏、下と上が独特なかたちで組み合わさっていることがあきらかになっており、しかもこれらの対立する両極の組み合わせが通常はダイナミックな形式のなかにある。

(3) **笑いは自然唯物論的なものであった。**

笑いのもろもろのイメージからなる体系のなかで中心的な位置を占めていたのは、物質的・身体的な生の原初的な現象であった。すなわち誕生、臨終、飲食、排便、妊娠、身体の分解その他である。

　これは、身体のレヴェルだけでなく宇宙のレヴェルでも考えられていた物質的・身体的下層である（身体の胎内と大地の胎内）。物質的・身体的下層は、格下げをし、身体化し、大地に引きずりおろし、奪冠したが（たとえば聖なるパロディーにおいて持っていた機能）、同時にこの下層は妊娠、懐妊、再生、更新などの場でもあった。

(4) 笑いは自由や真実をめぐる民衆の観念と不可分な関係にあった。

自由な言葉とは、笑いの言葉であった。〔……〕笑いのなかには、まさに恐怖、それもあらゆる恐怖──「神にたいする畏敬の念」、聖なるものすべてにたいする恐怖、自然にたいする恐怖、権力にたいする恐怖、死にたいする恐怖、地獄にたいする恐怖──への勝利が感じられた。恐怖に勝利することにより、笑いはひとの意識を明晰にさせ、ひとを恐れを知らず自由なものとし、世界を新たなかたちで開示した。笑いは、中世の人間のなかに、恐怖や畏敬の念なしに世界をながめる高度で困難な能力を育くんでいた。こうしたことなしにはルネサンスのイデオロギー的な大転換もありえなかったであろう。
　8 中世の末期には、すでに笑いの文化と、大文学との境界が弱まりはじめる。この過程はルネサンス期に完成する。ルネサンス文学、とくにそのラディカルなデモクラティックな部分を、**文語的な人文主義的**（古典古代的）源泉や新しい**ブルジョア的**意識から導きだすのは、まったく不可能である。

9 笑いは、すでに一七世紀後半には、かぎられた、個人的で、純粋に否定的な嘲笑対象をともなった狭い諷刺の笑いと、無為で純粋に娯楽的な喜劇に分解していく。笑いが退化し卑小化するにつれ、また、新しい滑稽な文学が広場の喜劇や民衆の祝祭の形式から切りはなされるにつれ、ラブレーの諸イメージが持つ知的、世界観的、歴史的意味への鍵も失われていく。

〈カーニヴァル〉

10 カーニヴァル的イメージ体系が持つ基本的なイデオロギー的意味は、以下の四命題にまとめられる。

(1) カーニヴァルの広場の民衆は、みずからの感覚的な統一性と共通性を感じとる、それも空間においてだけでなく時間においても。

(2) 民衆は、カーニヴァルの諸イメージをとおして、みずからが地上で集団的に永遠であり、歴史的に民衆が不死であり、死を呑みこむ成長・更新がつづくことを感じる。

(3) 民衆は、古い権力や古い真実が永遠を主張するのをすべからく奪冠し、奪冠と格下げのイメージのなかに交替と更新の喜びを具現化する。

(4) 民衆は、時を陽気ですべてを更新する力と感じる。

11 民衆的祝祭やラブレーのイメージ体系の基礎には、**グロテスクな身体観**がある。古代からのこの身体観は、この四世紀のヨーロッパで支配的な**古典的身体観**とは大きく異なる。

〈グロテスクな身体〉

　グロテスクな身体観においては、身体はまさに**生成する身体**として示される。それは、けっして既成のものではなく、完結されておらず、つねに築かれ、創造されているとともに、みずから別の新しい身体を創造する。さらには、グロテスクな身体は世界から境界づけられていない。それは世界を呑みこみ、みずから世界に呑みこまれる、すなわち世界とつねに交流している。それは全面的に開かれている。したがって、腹、男根、口、鼻などが誇張される。身体と世界の境界が克服される。

　グロテスクな身体のイメージでは、古い生の終焉と新しい生の始まりが不可分のかたちで絡みあっている。

〈ラブレーの小説と言語〉

12ラブレーの文体にはひとつのきわだった特徴――言葉のなかで称賛と罵言が融合している――が見られる。この特徴も、広場の民衆的祝祭の言葉の遺産である。この特徴は、笑いのイメージが持つアンビヴァレンツや二身体性とむすびついている。民衆的祝祭の言葉は、二つの顔を持つヤヌスであり、それは称賛しながら罵倒し、罵倒しながら称賛する。

13ラブレーの小説では、神話の宇宙的な広さが、同時代の差し迫った状況の「展望」や、リアリズム小説が持つ具体性、対象の正確な把握と組み合わさっている。この小説は、時代の真の百科事典であるが、それをつらぬく民衆的伝統のおかげで、百科事典ならではの数多くの制限を免れている。

14ラブレーの文学・言語的意識は、複数の言語が批判的に相互照明する環境のなかで形成された。外部に耳を閉ざした唯一の言語という領域に生きる意識にとっては不可避の言語的教条主義が、この場合、完全にありえなかった。能動的で批判的な多言語状態にもとづく、こうした言語的教条主義の克服は、ラブレーの文学・言語のラディカリズムの本質的前提のひとつであった。

15文学研究は、事実上、(広義での)「古典的」形式の世界にのみよく通じている。古典古代、高尚な中世、古典的(ブルジョア的)ルネサンスといったような、既成の、完成した存在の諸形式の世界は、永遠にできあがらず成長していく存在の非古典的でグロテスクな諸形式の岸辺なき大洋のなかの一小島にすぎない。ラブレーおよびかれが表象している民衆的リアリズムの伝統を深く理解せずしては、リアリズムの歴史も理論も生産的に深く研究されることはありえない。

公式文化と非公式文化

以上でもって、バフチンのラブレー論のあらましは理解されよう。

この学位請求論文のその後の経過についてはあとで見ていくことにして、まずは、「リアリズム史上におけるフランソワ・ラブレー」や『フランソワ・ラブレーの作品と中世・ルネサンスの民衆文化』に示されているバフチンの見解のいくつかに注目してみることにしよう。

第一は、〈公式文化〉と〈非公式文化〉の対置である。

バフチンは、〈非公式文化〉のほうを〈民衆の笑いの文化〉あるいは〈民衆文化〉とも呼ぶとともに、既成の中世研究がこの「民衆の笑いの文化という統一体を無視して」おこなわれてきたことを批判した。実際には中世およびルネサンス期においてこの笑いの文化が占めていた規模や意義には巨大なものがあったというのが、バフチンの主張である。

笑いのさまざまな形式と現われ方がかたちづくるかぎりなく広大な世界が、教会や封建体制に代表される中世の生真面目な（調子の）公式文化に対立していた。これらの形式や現われ方は——カーニヴァル型の広場の祝祭、個々の笑いの儀礼や祭式、道化、愚者、大男、侏儒、障害者、さまざまな種類の旅芸人、そして厖大かつ多彩なパロディー文学、そのほか多くのものといったように——きわめて多様であるにもかかわらず、これらの形式すべては共通のスタイルを有しており、統一性をもったひとまとまりの、民衆的な笑いのカーニヴァル文化なるものの一部分ないし一粒子となっている。

こうした民衆的な笑いの文化の基本的形式は、バフチンによれば、(1)儀礼・見世物的な形式（カーニヴァル型の祝祭、広場で上演されるさまざまな笑いの劇、その他）、(2)さまざまな種類の（パロディーもふくむ）笑いの言語作品——口承作品、書かれた作品、ラテン語や民衆の言葉による作品、(3)さまざまな形式・ジャンルの広場の無遠慮なことば（罵言、誓詞、民衆的なブラゾン、その他）に分けられる。

たとえば(1)については、バフチンはつぎのように説明している。

笑いの原理にもとづいて組織されたこれらすべての儀礼・見世物的な形式は、生真面目な、公式の——教会および封建国家による——礼拝形式や儀式とは画然と、いうなれば根本的に異なっていた。それらは、世界、人間、人間関係のまったく別の姿、教会外、国家外のあからさまに非公式な姿を示していた。それらは、いわば、公式的なもののすべての彼岸に第二の世界、第二の生活をうちたてていたのであり、中世のすべての人びとはそこに、多かれ少なかれ加わり、そこで一定期間生活していた。これは一種独特な、世界の二重性であって、これを考慮にいれないかぎり、中世の文化意識もルネサンス文化も正しく理解できない。

要するに、人びとは二つの生活にひとしく関与していたというのである。こうした〈公式文化〉と〈非公式文化〉の対置、ならびに〈非公式文化〉に特徴的な〈民衆の笑い〉の強調こそ、ラブレー論の眼目であった。

民衆の笑い

では、バフチンが〈民衆の笑い〉あるいは〈カーニヴァルの笑い〉と呼んだ笑いとは、どのような笑いなのであろうか。

それは、カーニヴァルに代表されるような祝祭の広場に典型的に見られるような笑いであり、つぎのような三点を特徴としている。

(1)皆が笑う。
(2)万物、万人に向けられている（カーニヴァルの参加者自身も笑われる）。したがって、全世界がおかしなものに思われ、世界は陽気で相対的なものとなる。
(3)アンビヴァレントである。

すなわち、皆が笑い、皆が笑われるのであって、一個人が滑稽なのではなく、世界全体が滑稽なるがゆえに笑うのである。

それと同時にバフチンは、この笑いがアンビヴァレントであることを力説している。これは「陽気な歓声をあげる笑いであり、同時に愚弄する嘲笑でもある。この笑いは否定しつつ肯定し、葬りつつ再生させる」。このようなアンビヴァレンツを、バフチンは、〈民衆の笑い〉にかぎらず後述の〈グロテスク・リアリズム〉などにも見られる、もっとも重要な特徴として、繰り返し強調することになる。

すでにこれだけ見ても、カーニヴァルの笑いは、たとえばベルクソンの『笑い』（一九〇〇）でとりあげられているような「近代の諷刺的な笑い」とはかなり異なっていることがうかがわれよう。〈民衆の笑い〉に関するバフチンの説明をもう少し引用してみよう。

民衆的祝祭の笑いの重要な特徴をあげておこう。この笑いは、笑っている当の本人にも向けられている。民衆は生成途上にある世界全体からみずからを除外したりはしない。民衆もまた未完成であって、やはり死に、生まれ、更新される。ここに、広場の民衆の祝祭的な笑いを、近代の諷刺的なだけの笑いから分かつ、本質的な点のひとつがある。否定的な笑いしか知らない、純粋な諷刺作家は、嘲笑されている現象の埒外に自分自身をおいて、みずからをその現象に対置させる。それがゆえに、世界の笑いの様相の全一性がこわされ、滑稽なもの（否定的なもの）は私的現象と化す。これにたいして、民衆の両面価値的な笑いは、笑っている者自身もくわわっている生成中の世界全体の観点を表現している。

この言い方からは、〈民衆の笑い〉がポリフォニーや対話原理に対応し、諷刺の笑いがモノローグに対応しているようにもとれる。

バフチンによれば、こうした笑いは、一七世紀以降しだいに、「近代の笑い」に取って代わられていく。「笑いは普遍的、世界的な形式」にはなりえなくなり、「社会生活の個人的な現象〔……〕否定的なレヴェルの現象」にしか関係しないようになる。

このような〈民衆の笑い〉とくらべたとき、ベルクソンの『笑い』をはじめとする笑い論の多くが「一七世紀以降の笑い」にもとづいて展開されていることに、気づかれよう。

バフチンによれば、「ルネサンスの笑いの理論〔……〕にとって特徴的なのは、笑いには肯定的で再生的で創造的な意味があると認めていたことにほかならない。この点が、笑いのなかに主として否定的機能を持ちこんだ、ベルクソンもふくめた後代の笑いの理論や哲学と、ルネサンスのそれとの決定的な違いである」。

『フランソワ・ラブレーの作品と中世・ルネサンスの民衆文化』ではベルクソンへの言及はこの一回しかなされていないが、実際にはバフチンはベルクソンをどこまで意識していたのだろうか。

ベルクソンとバフチン

たとえば、一九四〇年代前半に執筆したものと推定されている草稿「笑いの理論の問題によせて」には、こう記されている。

笑いとは、その本質からしてきわめて非公式なものである。笑いは、公式の生活のあらゆる生真面目さの彼岸に、無遠慮な祝祭的集団をつくりだす。

〔ベルクソンが例にあげている〕藁人形、人形、機械《メカニズム》（的なもの）――これらは、じつは、奪冠された生真面目さなのである。これらはカーニヴァルの〈地獄〉であり、これらは生を要求している老いなのである。道化が宙返りをしたり、転倒したり、殴り合い、小鬼がぴょんと飛びでてきたり、ボール紙の踊り子が動いたり、雪の塊が大きくなる空間は、上と下（やその他の方向）が絶対的な意味を持っているトポグラフィカルな空間であることを、ベルクソンも〔カントやスペンサーと同様〕、無視している。〔……〕ベルクソンの理論全体は、笑いの否定的な極しか知らない。ベルクソンにあっては、笑いは矯正手段であり、おかしみは当為に反することである。真に滑稽なるもの（笑うべきもの）の分析がむずかしいのは、滑稽なるものの諸現象のなかでは否定的なものと肯定的なものが不可分に溶け合っており、それらのあいだに明確な境界線を引けないからである。

バフチンからすれば、ベルクソンのとりあげている笑いには再生の契機が欠けている。

ベルクソンの笑いを再確認しておこう。ベルクソンによれば、笑いが生じるための条件は以下の三点である。

(1) 人間的であるものを除いておかしさはない（動物を笑う場合もそこに人間の態度とか人間的な表情を見ている）。

(2) 笑う者の無感動性、無関心さ（感情ではなく、

ベルクソン

純粋理知に呼びかける。たとえば同情していては笑えない。

(3) 理知は他の理知と接触していなければならない（ひとりで笑うのではない）。つまり、「おかしみ」というものは、グループとなって集まっている人びとが、感情を抑え、ただ理知だけを働かせて、その全注意を特定の者に向けるときに生まれるというのである。

ベルクソンは、「注意深いしなやかさと生きた屈伸性」に「機械的なこわばり」を対置し、後者ゆえに「おかしみ」が生じるとしている。走っていて転んだひとを周囲のひとが笑ったり、悪戯によるような外部の事情による場合もあれば、「放心」のような内部からのおかしみもある。たとえば、喜劇の人物は、おのれを知らずにいる程度に比例して滑稽になる。

また、生活と社会は、身体と精神の「緊張と弾力」を要求しているという。したがって、「自動現象（無意識）」や「こわばり」、「中心はずれ」は、社会の懸念の種であり、笑いはそれらを抑え矯正する「社会的身振り」となっている。

つまるところ、ベルクソンの笑い論は、嘲笑理論、優越理論のひとつである。

これにたいしてバフチンは、ベルクソンは「基本的には正しい」としつつも、実際にはまったく別の見解を対置していた、すなわち笑いのアンビヴァレンツを強調していた。

バフチンが早くからベルクソンのいくつかの著作に親しみ、かなり評価もしていたことは、一九二〇年代の著作からもうかがえるが、この笑い論から見るかぎり、バフチンはベルクソンとは人間理解、社会理解を根本的に異にしていたようだ。「笑いの理論の問題によせて」と同時期に書かれたとされている「小説の理論の問題によせて」には、ベルクソンを念頭においたらしき、つぎのような箇所がある。

本質的な現実というシステムから脱落した、過ちを侵す人間という形象とは、人間の独特な自律性、特殊性、主体的な個別性、独立性、独特な自由（必然性の外部に存すること）などをあかるみにだす、特殊な形象なのである。

ベルクソンとちがってバフチンは、自由を生真面目さと同一視することはもうとうなく、むしろ逆の理解を示している。ベルクソンからすれば、笑いは規範からの逸脱にたいする社会の闘いということになるが、バフチンのいう笑いは規範や禁止からの自由にほかならない。

諷刺

以上のように、バフチンは〈民衆の笑い〉を近代の諷刺に対置させているわけであるが、じつはバフチンは、もともとは諷刺も多様であったことに注目していた。そのことは、『文学百科』の第一〇巻に収録される予定で執筆を依頼された項目「諷刺《サタイア》」に端的に示されている。

一九二九年から三九年にかけて計九巻がでていたこの『文学百科』は、戦争がはじまったため中断され、結局第一〇巻はでずじまいにおわっているものの、バフチンの原稿は一九四〇年の末に完成していた。

そこでは、バフチンは諷刺をつぎのように分類している。

(1)ローマに起源を発し(ホラティウスなど)、近代に新古典主義者たち(ボアローなど)が復興させた抒情・叙事的小ジャンル。

(2)ヘレニズム期に哲学的ディアトリベー(内側から対話化された雄弁術のジャンルで、通例不在の相手との対話というかたちをとる)の形式で生じ、犬儒派のメニッポスが手を加え、形式を整えた、(散文が優勢の)混合的な純粋に対話的なジャンル(ルキアノス、セネカ、ペトロニウス、ラブレー、セルバンテスなど)。

(3)描写対象(すなわち描写されている現実)にたいする創作者の一定の(基本的には否定的な)態度(諺、一口話、民話などのフォークロア。ティーク、ホフマン、ハイネ、マヤコフスキイ)。

バフチンは、これらの諷刺が文学ジャンルだけでなく言語をも更新してきたことを強調するとともに、諷刺がパロディーと不即不離の関係にあることを重視している。にもかかわらず、諷刺の研究はたちおくれており、諷刺の理論も研究されていない、と批判している。さらには、「諷刺における笑いの役割も性格もあきらかにされていない」と。

それと同時に、バフチンは諷刺とフォークロアとの関係にも注目し、「民衆的・祝祭的な侮辱・嘲笑」をギリシア、ローマに見出している。

ギリシアやローマのこれらすべての嘲笑の祝日は、時——四季や農業暦の交替——と本質的にむすびついている。笑いは、この交替の瞬間そのもの、古きものの死と同時に新しきものの誕生の瞬間をいわば記録にとどめる。したがって、祝祭の笑いも、嘲笑的、罵倒的、(去りゆく死、冬、旧年にたいして)侮辱的な笑いであると同時に、喜ばしい、歓喜する、(再生、春、新緑、新年を)歓迎する笑いでもある。これは、古きものにたいするむきだしの嘲笑や否定ではなく、新しきもの、最良のものの肯定と不可分に溶けあっている。

かくして、この論考「諷刺」においてバフチンは、ギリシア、ローマ、中世、ルネサンスと歴史をたどり、諷刺が占めた大きな役割を例示していく。さらには、一七世紀から二〇世紀までの経過もあげている。全体としては、題名とはうらはらに〈民衆の笑い〉を中心にした論考になっており、「リアリズム史上におけるフランソワ・ラブレー」に記されている「笑いの歴史」と実質的に変わらない。

当時のフォークロア評価

こうした笑い論のなかでもきわだっているのは、フォークロアの重視である。『フランソワ・ラブレーの作品と中世・ルネサンスの民衆文化』でも、「フォークロア」という言葉はかなりでてくる。たとえば、「グロテスク・リアリズムやフォークロアのリアリズムの身体概念は（たとえ弱まり歪められているにしても）、見世物小屋やサーカスのどたばた劇のさまざまな形式のなかに今日も生きながらえているといえるだろう」とか、「シュネーガンスはグロテスクのフォークロア的な淵源をまったく等閑視している」といった具合に。

だがそれでも、「リアリズム史上におけるフランソワ・ラブレー」にくらべると、格段に少ない。

たとえば『フランソワ・ラブレーの作品と中世・ルネサンスの民衆文化』にでてくる「中世の民衆的な笑いの伝統」という言い方は、「リアリズム史上におけるフランソワ・ラブレー」では「ゴシック・リアリズムとフォークロアの伝統」と表記されていた。同様に、「サンチョの太鼓腹、彼の食欲と貪欲さは、根本的にはまだ深くカーニヴァル的である」との箇所は、「サンチョの太鼓腹、彼の食欲と貪欲さは、根本的にはまだ深くフォークロア的である」と記されていた。

このように、「リアリズム史上におけるフランソワ・ラブレー」やこの前後の時期のバフチンの著作には、「フォークロア」という言葉がひんぱんに使われている。

さきに見た『小説における時間とクロノトポスの形式』でも、「フォークロア」という語を使う傾向が目立っていた。「ラブレーにおける笑いが例外的なまでに力強く、ラディカルなのは、なによりもまず、フォークロアに深く根ざしており、古来の複合体の諸要素——死、新たな生の誕生、多産、成長——とむすびついていることによる」とか、「ガルガンチュワとパンタグリュエルは、基本的には、フォークロアの王であり、巨人たる勇士である。したがって、かれらはまず第一に、人間の本性のうちに潜在するあらゆる可能性や欲望を、地上での制約・弱さ・欠如を道徳的・宗教的に償うことなく、自由に実現しうる人間なのである」といった具合である。

また、「フォークロア」と「民衆の笑い」が同義的に使われているようにもとれる場合が少なくない。

バフチンがこのようにフォークロアやそのなかの笑いに着目した背景としては、当時のソ連の文化状況も考えられる。

まず第一に、一九一七年のロシア革命直後より〈笑い〉や〈祝祭〉をめぐって一連の論文を著し演説もおこなってきたルナチャルスキイが、三一年に科学アカデミー社会科学部門の言語・文学グループに付属した諷刺ジャンル研究委員会で、笑いが持つ社会的役割を強調するとともに、フォークロア研究をもちいて歴史前にまでさかのぼって笑いを研究する必要性を説いていた。これをきっかけとして研究発表会がその後数回開かれている。

それともうひとつ、〈社会主義リアリズム〉を唯一の芸術原理として公認した一九三四年の第一回全ソヴィエト作家大会において、大御所のゴーリキイが、文学におけるフォークロアの役割を説いていることもあげられよう。

バフチンがこうした流れに棹さした可能性は十分にありうる。

興味深いことに、ゴーリキイは作家大会での報告のなかで、愚者をフォークロアのヒーローとして高く評価する一方、一五世紀末あたりからの近代ヨーロッパの悪漢には、ブルジョア文学の典型として否定的評価をくだしている。さきに見たように、バフチンが評価していた悪漢は、たしかに、近代ではなく中世の悪漢であった。とはいえ、バフチンであれば、〈ジャンルの記憶〉をもっと重視するところであろう。

広場で民衆がひしめき、わたしを笑って指さしていた

そのほか、当時、フォークロアのなかの英雄的人物とスターリン（一八七九—一九五三）等の権力者をかさねあわせるような傾向が強まっていたことも、見逃せない

そのことをどこまで念頭においていたかはともかく、バフチンには、「フォークロア」を口

実にデモクラシーを説いているようなところがある。

「リアリズム史上におけるフランソワ・ラブレー」の冒頭近くでは、「ラブレーが新しい文学のこういった創始者たち〔ダンテ、ボッカチォ、シェイクスピア、セルバンテス〕のなかでもっともデモクラティックであることは、疑いのないところである」と述べられているが、この「デモクラティック」には「民主的」と「民衆的」という二つの語義がある。また『小説における時間とクロノトポスの形式』では、つぎのように記されている。

ラブレー的大男は、自己を、その血統や本性、あるいは生活と世界の要請や評価が何か例外的なものであるかのように、大衆に対置させるあらゆる英雄主義（騎士・バロック小説の英雄主義、ロマン主義・バイロン的タイプの英雄主義、ニーチェ的超人）とは根本的に異なっている。しかしラブレー的大男は、〈小さな人間〉を、その現実の限界性や弱さを道徳的な高尚さや純粋さでもって償うことにより称賛すること（感傷主義の主人公）とも根本的に異なっている。フォークロアの基盤の上に成長したラブレー的大男が大きいのは、他の人びととの差異においてではなく、みずからの人間性においてである。かれはすべての人間的可能性を存分に切り開き実現していく点において大きいのである。

あきらかに「フォークロア的大男」を礼賛している。

これに関連して注目されるのは、『フランソワ・ラブレーの作品と中世・ルネサンスの民衆文化』の締めくくりである。

「リアリズム史上におけるフランソワ・ラブレー」では、第四章の題辞にプーシキン（一七九九―一八三七）の『ボリス・ゴドゥノフ』（一八三一）の一節「下には広場で民衆がひしめき、わたしを笑って指さしていた」を題辞に使っていただけであったのが、『フランソワ・ラブレーの作品と中世・ルネサンスの民衆文化』では原文で一頁ほどにまで展開されたかたちで、本全体の締めくくりにきわめて印象的におかれている（この箇所自体はすでに草稿「ラブレー論の増補・改訂」［一九四四］に記されていた）。

そこではバフチンは、「世界史のドラマのあらゆる動きは、**笑う民衆のコロス**の前で展開した。このコロスを聞かずしては全体としてのドラマも理解することはできない」と述べたのち、『ボリス・ゴドゥノフ』の真の意味が「民衆の場面」によってのみあきらかにされうること、プーシキンにあっては最高の権威は民衆に属すること、過去のどの時代にもつねに広場とその広場で笑う民衆が存在していたことを指摘しながら、つぎのような僭称者のせりふを引いている。

下には広場で民衆がひしめき
わたしを笑って指さしていた。
それでわたしは恥ずかしく恐ろしくなるのであった……

この「僭称者」が誰を指しているかは、そのときどきの読者が判断することであろう。

名とあだ名

ちなみに、『フランソワ・ラブレーの作品と中世・ルネサンスの民衆文化』ではわずかな部分しか活かされていないのだが、草稿「ラブレー論の増補・改訂」には「名とあだ名」という項目が特別に設けられていた。

（ひと、都市、国その他の）固有名は、言語の称賛・祝福・不朽化原理の〔……〕もっとも深く本質的な表現である。〔……〕名は、その本質からして深く肯定的である。〔……〕そこにはひとかけらの否定も、破壊も、保留もない。〔……〕名のまわりには、言語生活の積極的で肯定的で称賛・祝福的な形式のすべてが集まっている。〔……〕名のいかなる侵犯も（「名声」の侵犯、名をめぐる冗談、等々）、きわめて恐ろしい。名にまつわるあらゆる種類のタブーもこれに由来する。

要するに、バフチンによれば、名は永久化、神聖化とむすびついている。他方、「あだ名はアンビヴァレントで両極的である。ただし、奪冠的要素のほうがまさっている」。

あだ名は、記憶と忘却の境界上で生まれる。それは固有名を普通名にし、普通名を固有名にする。それは独特なかたちで〈時〉とむすびついている。すなわち、それは交替と更新の契機をみずからのうちにとどめており、それは不朽化はせず、鋳直し、生まれ変わらせる。〔……〕名は神聖化するが、あだ名は冒瀆する。名は公式的であり、あだ名は無遠慮である。〔……〕恐怖、祈り、崇拝、祝福、敬虔、これらに相応した言語的・文体的形式は、名に惹かれる。名は生真面目であり、これにたいしてはつねに距離が存在する。

ここからもすでにあきらかなように、バフチンは、カーニヴァル論で展開しようとしていた〈公式文化〉と〈非公式文化〉という図式を、「名」と「あだ名」の関係にも見ていた。あだ名は、カーニヴァルをはじめとする社会的ダイナミズムとむすびつくというのである。そうとなれば、愛称についても、「愛称は、すでに言語生活のなかの別領域へと名がでていくことであり、名があだ名へと生まれ変わりはじめているということである。名は接触のゾーンに惹かれており、そのなかで生まれ変わる」とバフチンが述べていることも、十分に納得がいく。さらに興味深いことに、バフチンによれば、「名は叙事詩的である」、すなわち対象とのあいだに大きな距離があるのにたいして、「あだ名は現在とむすびついている」。したがって、同時代性を特徴のひとつとする小説にあっては、名ではなくあだ名が重要な役割を果たすことになる。

小説には、名は存在しない。ここにあるのは、典型的な姓か、あだ名タイプの姓（ラスコリニコフ〔ラスコリニク「分離派教徒」ないしラスコル「叩き割ること」に由来〕等々）か、あだ名そのものである。〔……〕そうすることによって、これらに典型性や故意の虚構性が添えられている。故意におおっぴらに捏造された登場人物は、名を持ちえない。

〔……〕詩的メタファー（比喩一般）のほうは、祝福の身振り、高尚な身振りを、高次のものに向けるのであり、〔高次のものとのあいだに〕距離がおかれている。詩的な言葉の第一現象は名である。散文的な言葉の第一現象はあだ名である。詩的な言葉に特有なのは、不朽化や称賛への傾向、記憶との結びつきである。言語生活の称賛的、不朽化的エネルギーの主要原理としての、名の不朽化、名の称賛。

こうした名とあだ名の関係は、わたしたちの日常生活の言葉遣いに照らしあわせても、かなり当てはまるところがあろう。たしかに、「名の不朽化、名の礼賛」は「恐怖、祈り、崇拝、祝福、敬虔」とむすびついていることが多く、それを志向する人びとも「生真面目」で、不変不動を好むきらいがある。

＊

バフチンのいう〈民衆の笑い〉はかなり特異なものであり、この見解を全面的に支持する者はそうはいない。皆が笑い、皆が笑われるという開けっ広げの公開性、規模の大きな集団性のなかでこの世の自明性に揺さぶりをかけるような笑い——そのようなものがありうるのだろうかと首をかしげるひとが大多数であろう。

しかしバフチンは、この笑いを考慮にいれずしては文化観、歴史観は歪んだままであると批判する。たしかに、バフチンのラブレー論を読んでみると、わたしたちの文化理解がいかに「近代化解釈」に毒されてしまっていたかを痛感せざるをえない。

実際、バフチンの〈民衆の笑い〉論は、日本もふくめ世界各地に大きな影響をおよぼし、とりわけ一九七〇、八〇年代に文学、演劇、歴史、フォークロア等の分野に多くの発見をもたらした。〈笑い〉そのものにたいする認識も深まったといえよう。

ただ、問題はこれからである。いまや〈民衆の笑い〉はどこに「記憶」されているのであろうか。たしかに、文学、サーカス、演劇、大道芸、映画などのなかにはそうした世界感覚を活かしているものがないわけではない。一方、テレビなどでお笑い芸人たちが互いに陽気に笑いあっている「小カーニヴァル」には、この世の異化などひとかけらもない。〈民衆の笑い〉が効力を発揮できるような「場」が必要だ。またそれと同時に、そうしたささやかな試みそれぞれの「対話」も欠かせない。

第六章　カーニヴァル化とグロテスク・リアリズム

カーニヴァル

バフチンが小説の歴史に取り組みはじめ、その過程で民衆文化、とりわけ〈民衆の笑い〉が占める位置に関心を持ちはじめたことは、すでに見たとおり、『小説のなかの言葉』や『小説における時間とクロノトポスの形式』などからも裏づけられる。

だが、それらの著書には〈カーニヴァル〉という用語はまだでてきていない。これがではじめるのは「『ラブレー』ノート」(一九三八―三九)には、たとえば「言葉、文体、コンポジションから見たジャンルと形式を特徴づけたあとには、それらの共通分母に関する問題――カーニヴァル――を提起する。生活と舞台にかかわる、見世物的、広場的な民衆的ユートピアが持つ統一性。世界の舞台化。通常の世界秩序全体の廃止」とある。

バフチンのいう「カーニヴァル」をめぐっては、歴史上実在したカーニヴァルを指しているのか、一種の作業仮説のようなものなのかが、かならずしも明確でないため、概念自体の是非が議論の対象になったこともあったが、バフチン自身は〈カーニヴァル〉という用語を、「謝肉祭」の意味のほか、生活や歴史に関する特殊な感情を基礎とした「イデー＝イメージの体系」という意味でももちいている。この使い分けがつねに画然としているわけではないが、

「「ラブレー」ノート」にはつぎのように区分している箇所がある。

わたしたちが問題にしているのは、狭義でのカーニヴァルではない。カーニヴァルとは、今日まで生き延びている形式である。そこには、民衆的・祝祭的文化全般に固有の特徴が見られる（愚者の祭、謝肉祭の遊戯や行進、その他）。そのことからすると、わたしたちは、カーニヴァルということでいちばんに思い浮かぶ民衆的・祝祭的性格を念頭において、広義で「カーニヴァル的」という形容辞をもちいることができる。

以下では、カーニヴァルに関連するバフチンの見解を見ていくことにするが、そのまえに、ラブレー論の構成を確認しておこう。

「リアリズム史上におけるフランソワ・ラブレー」と『フランソワ・ラブレーの作品と中世・ルネサンスの民衆文化』の構成

「リアリズム史上におけるフランソワ・ラブレー」の構成は以下のようになっていた。

第一章　ラブレーと、フォークロア的・ゴシック的リアリズムの問題

第二章　笑いの歴史におけるラブレー
第三章　ラブレーの小説における広場の言葉
第四章　ラブレーの小説における民衆的・祝祭的な形式とイメージ
第五章　ラブレーにおける饗宴のイメージ
第六章　ラブレーにおけるグロテスクな身体イメージとその源泉
第七章　ラブレーの小説における物質的・身体的下層のイメージ
第八章　ラブレーの小説におけるイメージと言葉

これにたいして、わたしたちが親しんできた『フランソワ・ラブレーの作品と中世・ルネサンスの民衆文化』では、「第一章」を「序（問題提起）」に変え、以下、第二章を第一章というふうに順送りしている。また、最後の第八章は「第七章　ラブレーのイメージと同時代の現実」と改題されている。

内容面で変化が目立つのは、「第一章→序」と「第八章→第七章」である。元の第八章の最後にあったゴーゴリに関する部分は外され、一九七〇年に改稿されて、「ラブレーとゴーゴリ（言葉の芸術と、民衆の笑いの文化）」という題で発表されている。

また、序の中身はかなり変化しており、本書二二四―二二五頁に引用したようなくだり――

群集劇「冬宮奪取」

「民衆の笑いとその形式」や「中世の人びととの二重生活」への着目の必要性を強調した箇所――は、「リアリズム史上におけるフランソワ・ラブレー」の第一章にはなかった。

さらには、やはり引用されることが多く、演劇研究、祝祭研究に多大な影響をもたらした以下のような箇所も、「リアリズム史上におけるフランソワ・ラブレー」にはなかった。

カーニヴァルには演技者と観客の区別はない。カーニヴァルには、たとえ未発達なものであれ、フットライトなるものは存在しない。フットライトがあれば、カーニヴァルはぶちこわしになろう（逆に、フットライトをなくせば、演劇的見世物はぶちこわしになろう）。カーニヴァルは観るものではなく、そのなかで**生きる**ものであって、**すべてのひと**が生きている。というのも、カーニヴァルはその理念からして、全民衆的なものだからである。カーニヴァルがおこなわれているあいだは、誰にとってもカーニヴァル以外の生活は存在しない。

フットライトの有無が、演劇とカーニヴァルとのあいだの決定的な違いであるという。もちろん、ここで念頭におかれているのは近代演劇であり、演劇には、広場の演劇にさかのぼるような「カーニヴァル」度の高いものもある。また、ロシア革命直後などのように、演劇とカーニヴァルの区別がつきにくいほどに接近する場合もある。

バフチンは、「自由で無遠慮な独特の触れ合いが幅をきかせていた」カーニヴァルの広場では、人びとが「新しい、純粋に人間的な関係のためにまるで生まれ変わったかのようであった」ことをひときわ強調する。そこでは、「日常生活では不可能な特殊なタイプの交通が生まれ」、独特の「言語」が使われていたというのである。

中世のカーニヴァルの長年にわたる発達の過程で〔……〕カーニヴァル的な形式と象徴からなるいわば一種の言語がつくりだされた。この言語はとても豊かなものであり、民衆の単一にして複雑なカーニヴァル的世界感覚を表現することができた。〔……〕交替と更新へのパトス、支配的な真実や権力は陽気で相対的なものであるとの意識が、カーニヴァル言語のすべての形式と象徴に浸透している。この言語にきわめて特徴的なのは、「あべこべ」（à l'envers）、「反対」、「裏返し」という独特の論理、上と下（「車輪」）、正面と背面のたえまない転換の論理であり、多種多様なパロディー、もじり、格下げ、瀆聖、道化的な戴冠と奪冠である。

こうしたとらえ方、すなわち「特殊なタイプの交通」や、「カーニヴァル的な形式と象徴からなるいわば一種の言語」への注目は、『マルクス主義と言語哲学』で展開されていた「イデオロギー学としての記号学」の延長上にあるといえよう。

解放の記号学

とにかく、ラブレー論におけるバフチンの記号学的解読には驚嘆せざるをえない。身体、言葉、衣裳・仮面などはもちろんのこと、身振り（糞便投げ、排尿、殴打、宙返り等）、小道具（鈴、鐘）、遊び、占い、予言、トランプ、飲み食い、発汗等々、じつに多種多様な記号が、すこぶるダイナミックに読みとられていく。そもそも、カーニヴァルのイメージ自体いずれもアンビヴァレントであった。

カーニヴァルのすべてのイメージは、二面的であり、交替や危機の両極をみずからのなかに統合している。すなわち、誕生と死（妊娠している死のイメージ）、祝福と呪詛（死と再生を同時に願って祝福するカーニヴァル的呪詛）、称賛と罵言、青春と老年、上と下、顔と尻、痴愚と英知。カーニヴァル的思考にきわめて特徴的なのは、コントラスト（のっぽとちび、でぶとやせ、その他）や類似性（分身、双子）にもとづいて選ばれた、対をなすイメージである。事物を逆に利用することも多い。たとえば衣裳を裏返しに着たり、ズボンを頭からかぶったり、帽子の代わりに皿をのせたり、家具を武器にしたりする。

バフチンは、この二項対立が、近代に往々にして見られるようなスタティックな対立ではないことを強調する。カーニヴァルは、「交替するそのものではなくて、交替それ自体、つまり交替というプロセスそのものを祝う」。

たしかに「カーニヴァルの広場」という時間的にも空間的にも限定付きの経験であるにもかかわらず、それは、〈中世の秋〉のような転形期——危機の瞬間——においてはきわめて重要な意味をおびてくる。

こうした時空でのアンビヴァレントな表現が、「現存の体制や支配的な世界像（公式の真実）の安定化などまったく無関心の笑う民衆に、世界の生成せる全体、偏狭な階級的真実のすべての陽気な相対性、世界の恒久的な未完成性、世界における虚偽と真実、悪と善、闇と光、悪意と優しさ、死と生のたえまなき交替を把握させた」のであった。

前口上

たとえば、「いとも名高く、いとも勇敢なる戦士諸君よ、由緒正しき方々《ジャンチヨム》よ、そしてまた、気高くも名誉なることがらに、すすんで身を捧げる方々よ」（宮下志朗訳）ではじまる『パンタグリュエル』の「作者の前口上」の冒頭部分では、バフチンは見世物小屋の呼び込みや定期市の民衆本の売り子の宣伝文句の口調を聞きとる。

かれらは自分たちの本を称賛するだけでなく、「高貴なる聴衆」をも称賛する。そこには〈民衆の笑い〉が満ちている。民衆的宣伝は、商品とたわむれ、買い手とたわむれる。また見世物小屋の呼び込みが、客を笑うだけでなく自分自身をも笑う。

バフチンは、この少しあとのパラグラフでは、定期市のいかさま治療師や薬種売りの〈叫び《クリ》〉を聞く。つまり、そういった定期市の広場のにぎわいのなかにラブレーとともにはいってゆく。身体的な解読法である。

いかさま治療師、いんちき薬はフォークロア、たとえば民衆演劇に伝統的に見られるひとつの〈記号〉であり、やはり陽気な笑いを持ちこむ。病気そのものもまた、陽気であり、笑いとむすびついている。

つづくパラグラフではバフチンは、「トリップ料理をおまけに、一献さしあげましょう」云々に着目し、「内臓」論を展開する。内臓のイメージにおいては、生、死、出生、排泄、食物が切りはなせない関係にある。「これは身体のトポグラフィーの中心であって、上と下がたがいに移行し合っている。〔……〕このイメージは、殺し、生み、食いつくし、食いつくされるアンビヴァレントな物質的・身体的下層にとってお気に入りの表現であった」と読む。

この「トリップ料理をおまけに、一献さしあげましょう」がでてくるパラグラフの終りの部分では、称賛の言葉から罵言へと移っていることが指摘される。バフチンが力説するところによれば、広場の言葉の特徴のひとつは、称賛と罵言が表裏一体をなしていることにある。

前口上の結びでも、大量の広場的な呪詛、罵言が使われている点に注目が払われる。広場の言葉は、「表が称賛ならば、裏は嘲罵であり、逆もまた然りで」であり、「二つの顔を持ったヤヌスである」。

こうして、一枚岩的に思われていた言語は、広場にあっては激しくゆさぶられ、自己同一性の欺瞞性をあかるみにださざるをえなくなる。公式文化を民衆文化がゆさぶるのである。

声の文化

このような「広場の卑語」の豊饒さを立証するために、特別に一章「ラブレーの小説における広場の言葉」が割かれているが、そこできわだっているのはバフチンの耳である。この広場の言語世界が、今日の日常生活におけるよりもボリュームの大きな世界、それもむろん生の声の世界であったことをバフチンは強調する。

バフチンが聞きとる広場の声は、非日常的な笑いの担い手が勢ぞろいしたすこぶる陽気な世界である。前記のやぶ医者や見世物小屋の客寄せ等のほかにも、ありとあらゆる声がバフチンには聞こえる。たとえば『第一之書』第一七章に触れて、こう述べている。

ここには、一六世紀のパリの種々雑多な群衆のきわめて活気のある、動的で大声の（聴覚的）イメージがある。この群衆の社会的構成が聞こえてくる――ガスコーニュの声〔……〕が聞こえ、イタリア人の声〔……〕、ドイツ人傭兵の声〔……〕、青物・野菜商人の声〔……〕、靴屋の声〔……〕、酒飲みの声〔……〕が聞こえてくる。これ以外の誓言も（全部でこの場合二一あるが）、それぞれ独自のニュアンスをおび、なんらかの補助的連想を呼び起こす。

こういったさまざまな声をバフチンはただ聞きとっているだけではない。それぞれの言葉を誰がどのように発し（たとえば思いもかけぬ語結合や文）、どのように受けとめられていたかに注目するとともに、それぞれのモノ、たとえば商品に特有のメロディー、抑揚、音節の長さなどにも注意怠りない。わたしたちのまわりにも何十年かまえまでは聞かれた「物売り」の声である。

バフチンが強調するところによれば、一六世紀のパリはまさに「声の文化」が支配していた。思い起こすべきは、この時代には、あらゆる広告が口頭で大声でなされていた、すなわち〈叫び〉であっただけでなく、あらゆる通知、決定、命令、法令等が口頭の大きな声で民衆に伝えられていたということである。この時代の日常生活や文化生活における音声の役割、声高の言葉の役割は、今日のようなラジオの時代とくらべてさえ、比較にならぬほど大きかった。一九世紀などは、ラブレーの時代とくらべると、まったく無言の世紀であった。一六世紀のスタイル、ことにラブレーのスタイルを研究するさいには、このことを忘れてはならない。

身振り、飲食、身体の寸断

身振り・ふるまいの記号性についてはいうまでもない。バフチンは、宙返り、跳躍、舌だし、後歩きなどがもつカーニヴァル的世界感覚をつぎつぎと指摘していく。ここには、「カーニヴァルの言語にとってきわめて特徴的な〈裏返し〉の論理」の具体例がもっとも判然と見られる。バフチンは、カーニヴァルの〈記憶〉をある程度保っているものとして、見世物小屋、民衆演劇、サーカス、コメディア・デラルテ等をあげて、つぎのように述べている。

民衆喜劇的身体の動作の全論理は（今日でも見世物小屋やサーカスで観察できるが）、身体的・トポグラフィカルな論理である。この身体の動作体系は、上層と下層という方向性を与えられている。これは跳躍と落下（崩落）である。この動作体系のもっとも単純な表現――民衆喜劇のいわゆる〈原初形態〉は、車輪のような動き、つまり身体の上層と下層の絶えまなき転置である（これはまた大地と天との転置とも等価である）。これは見世物小屋の道化の他の多くのごく単純な動作のなかにもあらわれている――尻は執拗に頭の場所を占めようとし、頭は尻の位置にこようとする――。おなじ原則はまた別な表現をとることがある。それは、民衆喜劇の身体の動作や行動における裏返し、あべこべ、ひっくり返しが果たす巨大な役割である。〔……〕民衆喜劇における身体のトポグラフィーは、宇宙のトポグラフィーと不可分にからみあっている。喜劇的な身体が動いている見世物小屋やサーカスの空間という組織のなかに、わたしたちは聖史劇の舞台とおなじトポグラフィカルな要素——大地、地獄、天——があることを感じとる。

たとえば、サーカスの演技場上での芸人の宙返りは、たんに身体能力を披露しているだけでなく、天と地の転換を象徴しているというわけである。身振り・ふるまいの記号学的解読では、以上のほかに、殴打、打擲の重視や、スカトロジーも目を引く。殴打・打擲といった物理的「暴力」も、カーニヴァル的世界感覚のもとでは、アンビヴァレントであり、笑いによって開始され、笑いでもってしめくくられる。こうして殺すと同時に新しい生を与える。古きものに別れを告げ、新しきことをはじめるために殴るのである。

糞便を投げつけ、尿をあびせる、尻を拭くといった、格下げの典型的な身振りも同様であり、肥沃な、生みだす下層へと向かうことにより、出生、豊饒、改新と密にむすびつく。

糞便を投げたり、尿を浴びせるなどのような、広場のカーニヴァル的な身振りやイメージをただしく理解するためには、つぎのことを考慮しなければならない。身振りや言葉によるこの種のすべてのイメージは、統一したイメージ的論理につらぬかれたカーニヴァル的総体の一部である、ということである。この総体は、古き世界の死と新しき世界の誕生を同時に表現する笑いのドラマなのである。

飲み食いもまた、世界との喜ばしい出会いである。世界にうち勝ち、世界を食べ味わう。これは、わたしたちの飲食と世界との関係の希薄さとあまりに対照的である。

飲み食いは、グロテスクな身体のもっとも重要な生活現象である。この身体の特徴は、その開放性、未完成性、世界との相互作用にある。こうした特徴は、食する行為においてもっとも明瞭に、かつ具体的にあらわれる。ここでは身体はみずからの境界を越えでて、世界を呑みこみ、むさぼり食い、引き裂き、世界をみずからのなかに取りこみ、そのおかげで豊かになり、成長する。大きく開けた、かじり、引き裂き、咬む口のなかで起きる、人間と世界との出会いは、人間の思考とイメージのもっとも古くからの重要な主題である。

ポール・ギュスターヴ・ドレの挿絵

さらには、身体の寸断が持つ意味の強調も注目される。とりわけ誓詞、誓言における神の御体の切断は、カーニヴァル的イメージの典型的なもののひとつであった。いうまでもなく、もっとも恐れ多い瀆神行為である。しかしこの寸断もまた、殺しつつ産みだす陽気な寸断である。

聖なる身体の冒瀆的で料理的な寸断をともなう誓言は、〈パリの［売り子の］叫び〉の料理関係テーマ群や広場の呪詛・罵言のグロテスクな身体のテーマ群を想起させる。〔……〕これらすべては、**世界の陽気な物質**、つまり**生まれ、死に、みずから生むもの**、食いつくされ、食いつくすものとむすびついている。しかしそれは、結局、つねに**成長し、増大し、ますます大きく、ますます良く、ますます豊かになる**ものでもある。

このように、バフチンによる記号学的解読はすさまじい。いうなればラブレー的なむさぼり食いさながらであって、ありとあらゆる事物、行為、現象等々のなかに意味を読みとっていく。そしてすべてのもののなかに孕まれた〈記憶〉をよみがえらせる。

カーニヴァル化

こうしたカーニヴァル的記号を駆使する現象を、バフチンは「カーニヴァル化」と名づけている。この概念自体は、一九四九―五〇年の改訂のさいに、「意識のカーニヴァル化」とか、「世界、思考、言葉のカーニヴァル化」などといったかたちで導入されていた。ただし、「カーニヴァル化」とか「カーニヴァル文学」という言い方が広まったのは、ラブレー論よりも、むしろ『ドストエフスキイ論（六三年）』をとおしてである。そこには、きわめて明確な定義づけが見られる。

さきにも見たように、カーニヴァルは種々の記号を駆使した「象徴的で具体的・感覚的な形式の一大言語」をつくりあげていたわけであるが、バフチンはこの「言語」を取りこんだ文学に注目している。

この言語を、言葉をもちいた言語になんとかして十分かつ適切に翻訳することなど不可能であり、ましてや抽象的概念の言語に翻訳することは不可能である。しかし、具体的・感覚的であるという点で類縁性を持つ芸術的イメージの言語、つまり文学の言語にならば、ある程度移し換えることが可能である。カーニヴァルをこのように文学の言語へと移し換えることを、本書では文学のカーニヴァル化と呼んでいるのである。

そして、バフチンは、文学にはいりこんでいるカーニヴァル特有のカテゴリーとして、つぎの四点をあげている。

(1)人びとどうしの自由で無遠慮な接触

「これは、カーニヴァル的世界感覚のひじょうに重要な契機である。〔……〕無遠慮な接触というこのカテゴリーゆえに、群集劇の組織の仕方も独特なものとなり、身振りも自由でカーニヴァル的なものとなり、言葉もあけっぴろげでカーニヴァル的なものとなる」。

(2)常軌からの逸脱、奇矯

「カーニヴァルにおいては、半ば現実、半ば演技のように経験される具体的で感覚的な形式のなかで、ひととひととの相互関係の新たな様式がつくりだされる。〔……〕ひとのふるまい、身振り、言葉は、カーニヴァルの外の生活で全面的に規定していたあらゆるヒエラルキー的状態(階層、地位、年齢、財産)の支配から解放される」。

(3)ちぐはぐな組み合わせ

「自由で無遠慮な関係は、すべての価値、思想、現象、事物に広がっていく。カーニヴァル外のヒエラルキー的世界観によって閉ざされ、分離され、たがいに遠ざけられていたすべてが、カーニヴァル的な接触と結合のなかにはいる。カーニヴァルは、神聖なものと冒瀆的なもの、高いものと低いもの、偉大なものと下らぬもの、賢いものと愚かなもの等々を、接近させ、まとめ、手をとりあわせ、組み合わせる」。

(4) 冒瀆

「カーニヴァル的な聖物冒瀆。カーニヴァル的な格下げや地上化の一大体系。大地や身体の生産力とむすびついたカーニヴァル的卑猥さ。聖典や格言のカーニヴァル的パロディー等々」。

バフチンによれば、こうしたカテゴリーは、ヨーロッパの民衆のなかで何千年にもわたって形成され、生きつづけてきた儀式・見世物的な「思想」である。だからこそ、文学の形式やジャンルにも大きな影響を与えた。

カーニヴァル化とは、既成の内容の上にかぶせる外面的な不動の図式ではなく、芸術的な見方の並はずれてしなやかな形式なのであり、それまで見たことのない新しいものの発見を可能にする一種の発見法的原理なのである。交替と更新のパトスをともなったカーニヴァル化は、外面的には安定し、成立しており、出来上がっているものすべてを**相対化し、**ドストエフスキイに人間および人間関係の深層をのぞきこませた。

バフチンは、カーニヴァル化が世界にたいする「芸術的な見方」のひとつであって、「それまで見たことのない新しいものの発見を可能にする一種の発見法的原理」であることを強調する。

ドストエフスキイにおけるカーニヴァル化

そして、たとえばレフ・トルストイやトゥルゲーネフ（一八一八—八三）らとはちがって、ドストエフスキイの場合はどの長篇にも「対話の徹底的なカーニヴァル化」が見られるという。ドストエフスキイ論を増補改訂するにあたり大幅にカーニヴァル論をくわえたのは、そのためなのだが、この点に関しては批判的な者もいる。真摯な対話的姿勢と奔放で冒瀆的なカーニヴァル論は相容れないはずだというのである。

しかし、バフチンによれば、「ドストエフスキイの世界ではすべてのひと、すべてのことがおたがいを知り、おたがいについて知っていなければならない」。そのためには、「空間的・時間的なひとつの〈点〉に集合させられなければならない。まさしくそのためにこそ、カーニヴァル的自由や、時空に関するカーニヴァル的な芸術的概念が必要なのである」。カーニヴァル化があってはじめて、大きな対話の開かれた構造がつくりだされたというわけである。

ひとつ具体例をあげておこう。『罪と罰』（一八六六）におけるカーニヴァル化を、バフチンはつぎのように例示している。主人公ラスコリニコフが自分の犯した老婆殺しの夢を再び見るシーンの最後あたりである。

彼はそのまえにたたずんだ。『こわがってやがる！』ちらとそう思うと、彼はそっと斧を輪っかからはずし、一度、二度と、老婆の脳天めがけて振りおろした。しかしふしぎなことに、老婆は、まるで木でできた人形のように、打たれてもびくりともしなかった。彼はぞっとなって、体をかがめ、彼女を仔細に眺めまわした。しかし彼女もいっそう低く首をかがめこむばかりだった。そこで彼は、床にとどくほどかがみ込んで、下から顔をのぞき込んだ。だが、のぞき込んだとたん、はっと息が止まった。婆ァはすわったまま笑っているのだ。彼に聞かれまいと懸命にこらえながら、それでも声のない、低い笑いに全身をふるわせているのだ。突然彼は、寝室のドアがほんの細目にあけられて、そこでもだれかが笑い、ささやきあっているように感じた。逆上が彼をとらえた。全力をふるって、彼は老婆の頭をなぐりはじめた。しかしひとつ斧を打ちおろすごとに、寝室の笑い声とささやきはますます強まり、老婆のほうはそれこそ体をよじらんばかりにして笑いはじめた。彼は逃げだそうとした。しかし玄関はもう人でいっぱいになり、階段に向かったドアはあけ放たれて、踊場にも、階段にも、ずっとその下にも、いたるところに人がつめかけひしめきあってこちらを見ている。ところがそのくせ、みなが息をころして待ちうけ、黙っているのだ！……彼は心臓をしめつけられるように感じた、足は根が生えたように動かない……悲鳴をあげようとして、彼は目をさました。（江川卓訳）――強調はバフチン

バフチンによれば、ここでは、ドストエフスキイがもちいる空想的な夢の論理によって、**「笑っている殺害された老婆**の形象を創造し、**笑いと死や殺人とを結合させることが可能に」**なっている。

また、バフチンは、このラスコリニコフの夢では、笑っているのは殺された老婆だけでなく、群衆も笑っていることにも着目している。

群衆、大勢の人びとが**階段**にも**下方**にも現われ、下方を歩いているこの群衆にたいしてかれは**階段の上方**に位置している。ここにあるのは、カーニヴァルの僭称王が、広場で奪冠する全民衆的嘲笑をあびているイメージである。広場は全民衆性の象徴であり、長篇の結びではラスコリニコフは、警察分署に自首するまえに、広場にやってきて、民衆に深々と頭を垂れる。

こうした「格下げ、広場での全民衆的笑いによる奪冠」だけでなく、さらにバフチンは、カ

ーニヴァル論理に特有の「点」の存在も指摘している。

ラスコリニコフのこの夢では、**空間**はカーニヴァル的シンボル体系の流儀で補足的に意味づけられている。**上方**、**下方**、**階段**、**敷居**、**玄関**、**踊り場**は、**危機**や根本的な交替、運命の意外な変転が生じる〈点〉、決断が下され、禁断の境界線が踏み越えられ、更新ないし破滅が起こる〈点〉という意味をおびている。

〈点〉は、カーニヴァル特有のトポスである。意味の大逆転が起こりかねない場である。ドストエフスキイの場合は、この場は徹底的な対話が展開される場でもあった。

メニッペア

もっとも、ドストエフスキイとカーニヴァルとの関係でいうならば、〈メニッポス的諷刺〉あるいは〈メニッペア〉に触れないわけにはいかない。このジャンルの呼び名は、これに古典的な形式を与えた紀元前三世紀のギリシアの犬儒派メニッポスの名に由来している。メニッポス自身は「真面目な道化師」とも呼ばれていた。

〈メニッペア〉については、『フランソワ・ラブレーの作品と中世・ルネサンスの民衆文化』

ではメニッポスの名が二度でてくるだけであり、また『ドストエフスキイ論（二九年）』でも〈メニッペア〉にはまったく触れられていないため、『ドストエフスキイ論（六三年）』においてはじめて本格的に取り入れられたものとみなされてきた。

しかし、さきに見た論考「諷刺」からもうかがえるように、〈メニッペア〉はラブレー論を改訂する過程ですでに重視されていた。「ラブレー論の増補・改訂」でも、「小説の歴史におけるメニッポス的諷刺の意義」という章を、補遺として追加しようとする意図が表明されている。メニッポス的諷刺は、バフチンによれば、「直接カーニヴァル的フォークロアに根を発している」。バフチンはこれをたんに「メニッペア」と略称するとしたあと、以下のように特徴を列挙している。

(1) 笑いの要素の比重が高い。
(2) プロットおよび哲学的な発想の比類のない自由さ。
(3) 真理を肯定的に具現化するためではなく、真理を探しもとめ、誘いだし、試練にかけるために、空想がもちいられる。この世や地獄、オリンポスにおいて、イデーないし真実が冒険旅行に挑む。
(4) 自由な空想やシンボル体系やときに神秘的・宗教的要素が、極端で（わたしたちの目から見ると）粗野で、俗悪な自然主義とむすびついている。この世における真実の冒険旅行がおこなわれるのは、街道、娼窟、盗賊の巣窟、居酒屋、市の立つ広場、監獄、秘密セクトの性的秘儀の場などである。
(5)大胆な発想と空想的な要素が、最高度の哲学的普遍主義や最大限の世界観察的態度とむすびついている。〈メニッペア〉とは、「最終的な問いかけ」のジャンルである。
(6)三層構造からなる。事件および対話的シンクリシス（ひとつの現象にたいするさまざまな見方の対比）は、この世からオリンポスへ、そしてさらに地獄へと移される。
(7)〈メニッペア〉のなかからは特別なタイプの実験的幻想文学が出現した。これは、古代の叙事詩や悲劇とはまったく異なったものであり、非日常的な視点、たとえば高みからの観察であり、そのさい観察対象の現実が極端にサイズを変えてしまう。
(8)〈メニッペア〉においてはじめて、道徳的・心理的実験と呼ぶべきものが登場する。それは、人間の非日常的で異常な精神・心理状態、つまりあらゆる種類の狂気、人格の分裂、とめどもない空想、異常な夢、自殺などを描写する。

夢や狂気は、人間とその運命の叙事詩的・悲劇的全一性をこわしてしまう。人間の内に別の人間、別の生の可能性が開かれ、人間は完結性と一義性を失い、自分自身と一致しなくなる。夢は叙事詩のなかにも存在するが、ただしそこでは、夢は予言、覚醒、警告などの機能を持っており、人間をその運命や性格の枠の外につれだすこともなければ、人間の全一性を破壊することもない。

(9) スキャンダル、エキセントリックなふるまい、場違いな言葉づかいやパフォーマンスといったシーンが特徴的。これらは、世界の叙事詩的・悲劇的全一性をこわし、人間の仕事や出来事の安定した正常な歩みに亀裂をうがち、人間の行動を、それをあらかじめ規定している規範や動機付けから解放する。

(10) 鋭いコントラストと撞着的な概念結合に満ちている。たとえば、貞淑な娼婦、賢者のまことの自由とその奴隷的状態、奴隷となる皇帝、精神の堕落と浄化、贅沢と極貧、高潔な盗賊、等々。メニッペアは、急激な移行や交替、上と下、上昇と下降、ばらばらにはなれたどうしの意外な接近、あらゆる類のちぐはぐな組み合わせを、もてあそぶことを好む。

(11) しばしばユートピア社会論の要素をふくむ。それは、夢とか未知の国への旅といったかたちで導入される。

(12) 珍しい話、手紙、演説、饗宴といった挿入的ジャンルを広範に利用する。散文体と韻文体の混用。これら挿入ジャンルと作者の最終的な立場とのあいだの距離はさまざまであり、したがってパロディー性や客体化の度合いもさまざまである。
(13) 挿入的ジャンルの存在によって、多文体性、多調性が強化される。
(14) 時局評論的な性格をもつ。

このように、あまりに多すぎはしないかと思われなくもない特徴の列挙であるが、「メニッペアおよびそれと関連した類縁ジャンルの特徴は、ドストエフスキイの創作のジャンル的特徴というべきものにきわめて近い」というバフチンの見解自体は、説得力がある。ただしバフチンによれば、ドストエフスキイの美点は、たんに〈メニッペア〉というジャンルの系譜上にあるというだけでなく、それを「更新」していることにある。

そもそもジャンルというものは、同一ジャンルの個々の作品が生まれるたびに、みずからも生まれ変わり更新されていくものなのであるという。

この〈メニッペア〉は、カーニヴァル文学のなかの〈真面目な笑い話〉という分野のひとつであるが、後者にふくまれるもうひとつの代表的なものが〈ソクラテスの対話〉である。

ソクラテスの対話

バフチンによれば、〈ソクラテスの対話〉は、弁論術の系譜に属するのではない。そうではなく、もともとは民衆的・カーニヴァル的な土壌に成長し、深くカーニヴァル的感覚につらぬかれていた。バフチンはつぎのように力説している。

死と生、闇と光、冬と夏等をめぐる民衆的・カーニヴァル的「議論」――思考が停止して一面的な生真面目さや悪しき明確さ・一義性のなかで凝固することを許さないような、交替と陽気な相対性の情熱につらぬかれた議論――が、このジャンルの原初の核の基礎となっていた。この点において〈ソクラテスの対話〉は、純粋に修辞学的な対話とも、悲劇的な対話とも異なっている。〔……〕思考と真理の対話的本質のソクラテス的な解明そのものが、対話にくわわった人びとどうしのカーニヴァル的な無遠慮な関係、人びとのあいだのあらゆる距離の廃棄を前提としており、さらには、いかに高尚で重要なものであれ思考対象そのもの、また真理そのものへの無遠慮な関係を前提としているのである。

こうした無遠慮な対話的関係では、真理そのものもまた無遠慮な対話的関係のなかでもとめられることになる。

真理探究のための対話的方法は、みずからが**出来合いの真理を所有していると自負する公的社会**のモノローグ主義と対立しており、また自分たちが何ごとかを知っている、つまり何がしかの真理を有していると考える人びとの素朴な自信とも対立していた。真理は、個々人の頭のなかに生まれたり、存在しているものではなく、ともに真理を探しもとめる**人びとのあいだ**、人びとの対話的交通の過程において生まれてくる。ソクラテスはみずからを「斡旋者」と呼んでいた。すなわち、ソクラテスは人びとを会わせ、議論のなかで衝突させ、そうした議論の結果、まさに真理が生まれてくるのであった。この生まれくる真理との関係において、ソクラテスはみずからを「産婆」と称していた。

こうしたデモクラティックな関係のなかで、真理がもとめられ、形成されていくのである。バフチンによれば、こうしたソクラテスが変質していった背景には、カーニヴァルとの結びつきの喪失があった。

のちになって、〈ソクラテスの対話〉というジャンルが、さまざまな哲学流派や宗教的教義の確立した教条主義的な世界観に仕えるものとなると、このジャンルは、カーニヴァル的な世界感覚との結びつきをすっかり失い、すでに見出された出来合いの神聖不可侵の真理を叙述するためのたんなる形式と化し、ついには新参者を教育するための問答形式（教理問答）に変質してしまった。

本来の〈ソクラテスの対話〉は、二つの基本的方法からなっていた。〈シンクリシス〉と〈アナクリシス〉である。

シンクリシスとは、一定の対象にたいするさまざまな観点を対比することを意味した。〔……〕アナクリシスとは、対話の相手の言葉を呼び起こしたり挑発し、自分の意見をいわせ、しかも最後までいいきらしてしまう方法を意味した。〔……〕シンクリシスとアナクリシスは、考えを対話化し、外部にひきだして、応答のやりとりに変え、人びとのあいだの対話的交通に参加させる。この手法はともに、〈ソクラテスの対話〉の基礎にある、真理というものは生来対話的であるとの考え方に端を発するものである。このカーニヴァル的ジャンルの土壌では、シンクリシスとアナクリシスには狭義の抽象的・弁論術的性格は見られない。

バフチンの見方では、こうした〈ソクラテスの対話〉もまた、カーニヴァル的世界感覚を一定程度保ちながら、ドストエフスキイに影響をおよぼしている。

グロテスク・リアリズム

さて、学位請求論文「リアリズム史上におけるフランソワ・ラブレー」の審査のさいのテーゼでも見たように、バフチンは〈ゴシック・リアリズム〉やフォークロアにおける「グロテスクな身体」の意義をも強調していた。

すでに『小説における時間とクロノトポスの形式』においても、「ラブレーは、人間の身体性（とこの身体性と接触のゾーンにある周囲の世界）を、中世の禁欲的な来世的イデオロギーだけでなく、中世の放埒で粗野な実践にも対立させているのである。ラブレーは身体性に、言葉と意味、古代の理想性をとりもどし、それと同時に言葉と意味にも現実性と物質性をとりもどそうとしているのである」と述べられていた。

身体性の有意味化をとおして、言葉と意味にも〈身体性〉をとりもどそうというわけである。ここにあるのは、近代的な心身二元論とまったく無縁の人間観である。

こうした身体観、すなわち『フランソワ・ラブレーの作品と中世・ルネサンスの民衆文化』

では〈グロテスク・リアリズム〉（あるいは〈民衆的グロテスク〉）と呼ばれるようになっている
この見解を、もう少しくわしく見ておこう。

グロテスク・リアリズム（つまり、民衆の笑いの文化のイメージ体系）における物質的・身体的原理は、全民衆的、祝祭的、ユートピア的様態のなかに姿をあらわす。宇宙的なもの、社会的なもの、身体的なものは、この場合、不可分の生ける全体として、引きはなしがたい統一体のなかにあらわれる。そしてこの〈全体〉は陽気で、喜ばしいものである。グロテスク・リアリズムにおいては、物質的身体的な力はきわめて肯定的な原理となる。この力があらわれるのはけっして個人的・エゴイスティックなかたちにおいてではなく、けっして生活の他の領域から切りはなされていない。物質的・身体的原理はこの場合、普遍的で民衆的なものとして受けとめられ、まさにそのために、世界の物質的・身体的根源から断ち切ってみずからのなかに孤立し閉じこもろうとする一切の態度に対立しており、ありとあらゆる抽象的な観念性、大地と身体から切りはなされた独立した価値を自負する一切に対立する。身体と身体的生活は、この場合、宇宙的で全民衆的な性格をおびている。

〈グロテスク・リアリズム〉は、こうした「物質・身体性」や「宇宙論的性格」とならんで、独特な「格下げ」をも特徴としている。

グロテスク・リアリズムの主要な特徴は、格下げ、つまり高尚で精神的、観念的、抽象的な一切を、物質的・身体的な次元、不可分の統一のなかにおいた大地と身体の次元へと移すことである。〔……〕高尚なるものの格下げ、引き落としは、グロテスク・リアリズムにおいてはけっして形式的、相対的な性格を持っていない。この場合、〈上〉と〈下〉は絶対的なものであり、厳密にトポグラフィカルな意味を持っている。上とは天であり、下とは大地である。大地とは、吸収してしまう原理（墓、胎内）であり、生みだし再生させる原理（母の懐）である。宇宙論的に見た上と下のトポグラフィカルな意味とはこのようなものである。

バフチンは、この〈グロテスク・リアリズム〉が、〈民衆の笑い〉の場合とまったくおなじように、アンビヴァレントであること、つまり否定すると同時に肯定もすることを強調している。

投げ落とすのは、たんに下方の無・絶対的な破壊に向かって落とすのではない。生殖力ある下層へと、受胎し新たに誕生し、豊かに成育する下層へと、投げおろすことにほかならぬ。これ以外の下層をグロテスク・リアリズムは知らない。この下層部分は生みだす大地であり、胎内である。下層はつねに**孕む**ものである。

こうした「リアリズム」観は、正統マルクス主義が非合理的なものを排除するきらいがあったことからすれば、きわめて特異なリアリズム論であったといえよう。ちなみに、二〇世紀における〈グロテスク・リアリズム〉の代表者として、バフチンは、トーマス・マン(一八七五―一九五五)、ベルトルト・ブレヒト、パヴロ・ネルーダ(一九〇四―七三)をあげている。

ゴシック・リアリズム

ところで、この〈グロテスク・リアリズム〉という用語は、「リアリズム史上におけるフランソワ・ラブレー」ではほとんど使われていない。当時は〈ゴシック・リアリズム〉という用語を使っている。

たとえば、三つ前の引用の第二パラグラフの出だし「グロテスク・リアリズムにおいては、物質的身体的な力はきわめて**肯定的**な原理となる」は、「ゴシック・リアリズムにおいてもフォークロアにおいても、物質的身体的な力はきわめて**肯定的**な原理となる」と書かれていた。

いずれにせよ、少なくとも「リアリズム」という言葉自体は、一九三四年に〈社会主義リアリズム〉が宣言されたソ連においては使わざるをえなかった、少なくとも使うに越したことはなかった。『教養小説とそれがリアリズム史上に持つ意義』という題の「リアリズム」も同様である。

〈社会主義リアリズム〉とは、「現実をその革命的発展において、真実に、歴史的具体性をもって描く」方法であり、そのさい、「現実の芸術的描写の真実さと歴史的具体性とは、勤労者を社会主義の精神において思想的に改造し教育する課題とむすびつかねば」ならなかった。そうしたなか、バフチンは、ラブレーの「リアリズム」の位置づけ、あるいは呼び名をめぐって試行錯誤をしている。

たとえば、一九三〇年代末の草稿では、〈カーニヴァル的リアリズム〉という用語を使っているが、さすがにこれは当時のリアリズム論争のなかで特異すぎると判断したのか、論考には活かしていない。

また、「「ラブレー」ノートへの補遺」（一九三八―三九）には、「ゴシック・リアリズムは、基本的にはグロテスクな（幻想的な）リアリズムである」とも記されている。「幻想的リアリズム」であれば、ほかの者たちも使っており、とりあえず問題はなかったであろうが、バフチンの重視していたのは「グロテスクな（幻想的な）」リアリズムであったためか、提出された論考「リアリズム史上におけるフランソワ・ラブレー」では、それももちいられず、〈ゴシック・リアリズム〉という用語が選ばれていた。ただし、まれに〈グロテスク・リアリズム〉ももちいている。

その後、一九四九―五〇年には、上級審議委員会の要求にそって、「ゴシック」を「グロテスク」にそっくり取り換えている。

ちなみに、「リアリズム史上におけるフランソワ・ラブレー」の冒頭近くでは数頁にわたって、ベルコフスキイ（一九〇一―七二）のいう〈市民リアリズム〉を、〈ゴシック・リアリズム〉を無視したために偏ったリアリズム観になっていると批判していた。

物質的・身体的原理を前面におしだすという意味でのリアリズムは、ブルジョア的な社会体制と同時に生まれるものではけっしてなく、その時点で新たな発展段階に移行したにすぎない。そのさい、ある種の危機にさらされ、つづく二世紀（一七世紀と一八世紀）に縮小し衰退していくことになったのである。もしベルコフスキイが、ラブレーにおける生理学的身体の誇張や自然主義、動物的要素に関する共通箇所の繰り返しに限定することなく、ラブレー的タイプのリアリズムとその淵源を真剣に分析していたならば、過ちをおかすことはなかったであろう。ベルコフスキイは、ラブレーやセルバンテスよりもすでにほぼ一

○世紀前のゴシック・リアリズムの文学のなかに、生の物質的内容、「生理学的誇張」、「法外な身体性」を「発見」することになったろうに。

そのほか、O・M・フレイデンベルグ（一八九〇―一九五五）のいう〈卑俗リアリズム〉や、ジェルジ・ルカーチ（一八八五―一九七一）などのいう〈幻想的リアリズム〉も批判されていた。「『ラブレー』ノートへの補遺」にはつぎのようにある。

卑俗リアリズムなる概念は不明瞭でもあり、完全にまちがってもいる、といわねばならない。美しいものに関する美学に対置しているのは、死んでおり限界のあるもの――「典型的なもの」、「ジャンル」――ではなくて、それどころか物質的生成、成長、生産性、未完成性なのである。

また、「リアリズム史上におけるフランソワ・ラブレー」にはつぎのような箇所がある。

わが国の文学研究においてはルネサンスのリアリズム（とくにセルバンテスとラブレーのリアリズム）に適用した場合に、〈幻想的リアリズム〉という用語が定着している〔……〕。

しかし、ルネサンス・リアリズムの特殊な幻想性こそ、〈ゴシック・リアリズム〉とフォークロアから受け継いでいるものなのである。これは、グロテスクと呼んでいるものにほかならない。わたしたちとしてはこの伝統的用語を守りたい。幻想の要素は、真の芸術的スタイルすべてに存するものであるが、この場合問題なのは、その点ではなく、物質的・身体的原理という特殊な考えなのである。

他方、「リアリズム史上におけるフランソワ・ラブレー」にはなかったが、『フランソワ・ラブレーの作品と中世・ルネサンスの民衆文化』で目を引くのは、この〈グロテスク・リアリズム〉の歴史、とりわけロマン主義以降のグロテスクとの対比である。

近代のグロテスク

たとえば二〇世紀におけるグロテスクを考えるさいにバフチンは、〈グロテスク・リアリズム〉と、「モダニズムのグロテスク（アルフレッド・ジャリ、シュルレアリスト、表現主義者、その他）」を区別している。

バフチンのいう〈グロテスク・リアリズム〉は、なによりもまず、〈時〉の奪還であり、生成状態にたちかえらせるものであると同時に、そのイメージは陽気でアンビヴァレントなものであった。この〈民衆的グロテスク〉は、民衆の広場に固有の文化との生きたつながりを失うにつれ、今日のように不気味で恐ろしいものに変質していく。〈民衆的グロテスク〉と近代のグロテスクのこうした相違はきわめて重要であり、たとえばカイザー（一九〇六―六〇）が『〈絵画と文学における〉グロテスクなもの』（一九五七）で展開しているグロテスク論は、ロマン派とモダニズムのグロテスクにしか当てはまらない、とバフチンは批判している。

ロマン派のグロテスクは**室内的**になっていく。それはいわば孤独のなかでみずからの孤立性を鋭く意識して体験されるカーニヴァルである。カーニヴァル的世界感覚が、いわば主観的、観念論的な哲学思考の言語に翻訳されている。〔……〕ロマン派のグロテスクにおいてもっとも本質的な改変を受けたのは、笑いの原理であった。むろん、笑いは残っている。なぜなら一枚岩的な厳粛さのなかでは――いかに臆病なものでも――いかなるグロテスクもありえないからである。だがロマン派のグロテスクにあっては笑いは弱められ、ユーモア、皮肉、あてこすりといった形式をとった。それは喜ばしき歓喜する笑いたることをやめる。笑いの原理の積極的な**再生的**契機は最小限にまで弱められている。

バフチンは、ロマン派に代表されがちな〈狂気〉、〈仮面〉、〈人形〉、〈悪魔〉といったイメージと〈民衆的グロテスク〉におけるそれらとの相違をあげている。たとえば〈狂気〉に関していうならば、公式的な知性や、公式の「真理」の一面的厳粛性にたいする陽気なパロディーであったものが、個人の孤立の陰鬱な悲劇的ニュアンスに転じていく。

また、〈仮面〉については、つぎのように述べている。

仮面は、交替や化身の喜び、陽気な相対性、同一性や一義性のやはり陽気な否定、自分自身との鈍感な合致の否定などとむすびついている。仮面は、移行、変容、自然の境界の破壊、嘲笑、(名の代わりの)あだ名とむすびついている。仮面には生活の遊びの原理が体現されており、その基礎には、古代の儀礼・見世物的形式に特徴的な、現実とイメージとのまったく特異な相互関係が横たわっている。〔……〕

ロマン派のグロテスクでは、仮面は民衆的・カーニヴァル的世界感覚の統一性から切りはなされ、貧しいものとなり、当初の本性とは無縁の一連の新たな意味を得る。仮面は、なにかを覆い隠し、秘密にし、あざむく等の役をする。

人形というモティーフも、「人びとをあやつり、マリオネットに変えてしまう、異質の非人間的な力という観念が前面におしだされる」ようになる。

悪魔は、以前は「非公式的な観点や裏返しにされた神聖観の陽気なアンビヴァレントな担い手であり、物質的・身体的下層の代表」であって、そこには「恐ろしいもの」はまったくなかったのだが、ロマン派にあっては、「恐ろしくて、メランコリックで、悲劇的な」性格をおびてくる。

総じてロマン派のグロテスクはコントラストがスタティックであり、生成、更新の契機が欠けている、とバフチンはいう。たとえば、ロマン派のグロテスクは〈夜〉を舞台とすることが多いのにたいして、〈民衆的グロテスク〉は春や朝のグロテスクである。というよりも、「闇から光へ、夜から朝へ、冬から春への交替の瞬間を反映している」。

ロシア・アヴァンギャルド

ちなみに、バフチンの〈グロテスク・リアリズム〉、〈民衆的グロテスク〉は、同時代の理論家たちよりも芸術――ロシア・アヴァンギャルドの絵画、詩、演劇、その他――のなかに似かよった現象が見られた。

たとえば、つねづねグロテスクを重視していた演出家メイエルホリド（一八七四―一九四〇）

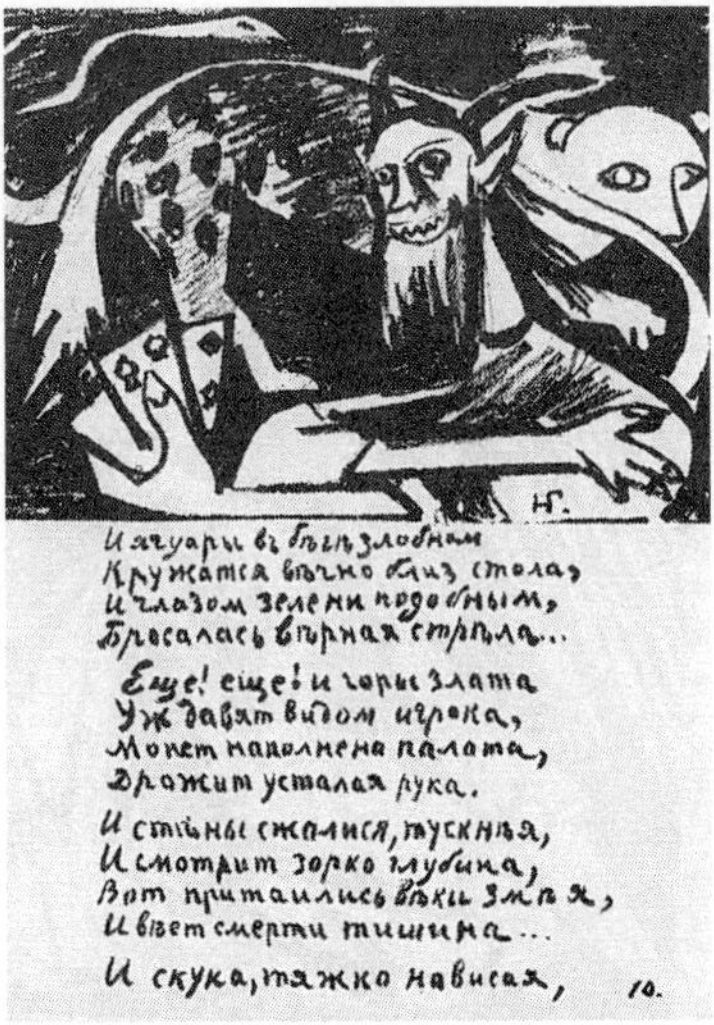

フレブニコフとクルチョヌイフの詩集『地獄の戯れ』（1910）のなかのゴンチャロヴァの絵

は、一九二二年のパンフレットで、「グロテスクは、自然の入念な誇張と再建（ねじり）であり、自然のなかでも日々の慣習のなかでも統一されていないところの対象を、統一させるものである」と記している。

　バフチンもまた、民衆的グロテスクとは、「自由な空想を祭りあげ、異様なものをむすびあわせ、かけはなれたものを近づけ、世界にたいする支配的な見地、あらゆる約束性、流布している真理、ふだんのなじみの広く認められているものからの解放を助け、世界を新しいかたちで見させ、存在するすべてのものの相対性と、まったく別の世界秩序の可能性を感じさせる」と述べていた。

　このように、日常生活の自明性に疑問を投げかける方法として〈民衆的グロテスク〉の伝統を活かそうとする点において、ロシア・アヴァンギャルドとバフチンは軌を一にしていた。世界はつねに変わりうるものとしてとらえられている。バフチンはつぎのように述べている。

グロテスクは、世界にたいする支配的な観念をつらぬいているあらゆる形式の非人間的必要性から解き放つ。グロテスクはこの必要性を相対的限界付きのものとして〈奪冠〉する。時代を支配しているどの世界像においても、必然性というものはつねに、一枚岩的に真面目で、無条件の、反論不可能なものとしてあらわれる。しかし歴史的には必然性の観念は、つねに相対的であり、可変的なものである。グロテスクの基礎にある笑いの原理とカーニヴァル的世界感覚は、視野の狭い生真面目さを破壊し、必然性に関する観念が時を越えて意義があり無条件のものであると自負するのを打ちくだき、人間の意識、思考、想像力を新しい可能性に向けて解放する。

もっとも、バフチン自身はロシア・アヴァンギャルドとカーニヴァルの関係については言及していない。どちらかといえば、ロシア・アヴァンギャルドにさきだつ象徴主義のほうに親近感をいだいていたようだ。

しかし、ロシア・アヴァンギャルドの特徴のひとつは、それが「広場の芸術」であったところにある。「フットライトの破壊」は理念であるにとどまらず、一時は現実とも化していた。革命直後に、教育人民委員ルナチャルスキイが、古代ギリシアやローマの祭、「カーニヴァル」

をロシアに移すのだと宣したのも、けっして夢想ではなく、それに近いまでの「生の演劇化」が実現していた。この〈経験〉がバフチンのカーニヴァル論にまったく作用していないとはいいきれない。いずれにせよ、その影響の有無にかかわらず、バフチンのカーニヴァル論が「アヴァンギャルドの記憶」たりえていることには変わりない。

また、〈民衆的グロテスク〉には、エイゼンシテイン（一八九八―一九四八）らのモンタージュをほうふつとさせるところもある。

バフチン自身は、モンタージュなる用語こそまったく使わないものの、たとえば、「事物や観念のあいだに、それらの現実の本性に適った新しい隣接関係を生みだし、偽って引きはなされ分かたれていたものどうしを相並べ、結合させ、偽って近づけられていたものを引きはなす必要がある。事物のこの新たな隣接をもとに、内的なリアルな必然性につらぬかれた新しい世界像が開かれるにちがいない。かくして、ラブレーにおいては、古い世界像の破壊と新しい世界像の肯定的な組立ては不可分に絡み合っている」と述べている。

ここから、エルンスト・ブロッホ（一八八五―一九七七）の『この時代の遺産』（一九三五）におけるモンタージュ論を想起される方もおられよう。

見方によっては、バフチンも一種の「表現主義論争」にくわわっていたのであり、〈グロテスク・リアリズム〉は「リアリズムとは何か」にたいするひとつの回答であったわけである。

その「隠れた論争」の相手は、いうまでもなく〈社会主義リアリズム〉であった。

この〈社会主義リアリズム〉にたいしては、メイエルホリドやエイゼンシテインのような芸術的実践による対抗者はわずかながらいたものの、思想家・理論家として〈論争〉しえた者となるとその名を浮かべることはむずかしい。それほどに圧倒的な暴力でもって抹殺されていたわけである。エイゼンシテインにしてもすでに三〇年代なかばに「表向き」は自己批判していたし、メイエルホリド劇場は三八年一月に閉鎖され、当人も三九年六月に逮捕、四〇年二月に粛清されている。

このような状況下で一九四〇年にバフチンが〈グロテスク・リアリズム〉を前面におしだした「リアリズム史上におけるフランソワ・ラブレー」を書きあげたことは、考えてみるに、まことに大胆きわまりない。

上級審議委員会

さて順当にいけば、バフチンはこのラブレー論でもって博士号を授与されるはずであった。だが、一九四七年一一月二〇日の『文化と生活』紙に、V・ニコラエフの記事「文学研究の焦眉の問題の検討における遅れを克服する」が掲載される。そこでは、「生活から切りはなされている」研究所として世界文学研究所が名指しされ、「研究所による学術委員会学位授与に関して、無責任で反国家的態度をしばしば示している」と批判されるとともに、例としてバフチンの論文が引かれていた。

一九四六年一一月に世界文学研究所の学術委員会は、方法論的に偽学問的でフロイト的な、「リアリズム史上におけるフランソワ・ラブレー」をテーマにしたバフチンの論文に、博士号を授与した。この「労作」では、ラブレーの作品における「グロテスクな身体イメージ」、「物質的・身体的下層」のイメージその他のような「問題」が真剣に検討されている。

とはいえ、翌四八年になされた検討会では、審査にあたったS・S・モクリスキイ(一八九六―一九六〇)も、M・P・アレクセーエフ(一八九六―一九八一)も、バフチンの論文はやはり博士号に値するとの評価をくだしている。

だが、それではことは片づかず、翌年二月二四日には西欧文献学専門家委員会が検討会を開き、「粗野な誤りや歪曲」を指摘している。たとえば、比較文学の先駆者ヴェセロフスキイ(一八三九―一九〇六)への依拠、ゴーゴリ(一八〇九―五二)にたいするラブレーの影響の重視、〈ゴシック・リアリズム〉という用語、内容と題名との不一致などが問題とされた。そして、

「修正のために論文を同志バフチンに返却し、そのあとで専門家委員会に提出するよう、上級審議委員会に依頼する」ことが決定された。

これを受け三月一五日に開かれた上級審議委員会幹部会では、「作品の内容を〔……〕人間の本性の卑しい面」に還元しているとか、「コスモポリタニズムとの関係」が批判されている。（コスモポリタニズムは、ソ連では独ソ戦期の極端な愛国的風潮のなかで、愛国心に欠け、真の国際主義とも相容れない思想として糾弾されるようになり、とくに一九四九年一月末『プラヴダ』紙の「コスモポリタン的演劇批評家」批判をきっかけに一大批判キャンペーンが繰り広げられた。比較文学者も「コスモポリタン」とみなされた。）

また、五月九日には、上級審議委員会の大学部門主任から幹部会会議で説明するようにとの手紙がバフチンに送られるが、そこには、「予備鑑定」の結果あきらかになった誤った命題として、「ラブレーを時代の人文主義的運動から切りはなして分析している」、「ラブレーの小説の思想面を無視したがために、論文に〈フォルマリズム的性格〉がともなっている」、「作家を中世に退却させている」、「ゴーゴリにラブレーが影響しているとしている」その他があげられていた。

五月二一日に開かれた幹部会会議に出席したバフチンは、自分としては論文の学問的側面にたいする批判を望んでいたにもかかわらず、その点についてはこれまでの審査や検討は肯定的なものであり「残念であった」と答える一方、イデオロギー面での批判に関しては、レーニン（一八七〇―一九二四）の名をあげて応えている。（題はあげていないが「民族問題における批判的覚書」［一九一三］を念頭においていた。そこでは、「デモクラティックな文化」と「支配的文化」という二つの文化について述べられている。）

また、ソ連に敵対している南アフリカ連邦ではラブレーの小説がポルノグラフィーだとして禁止されていることにも言及している。

拙論のあとでは、ラブレーの小説の粗野で生理学的なイメージなどもはや問題になりえないものと思っていました。わたしはこれらのイメージが持つ深い思想的意味を解明したからです。拙論はまさにこうしたことを扱っています。これが拙論の主意《パトス》なのです。にもかかわらずその後も、これらは「粗野で生理学的なイメージ」であるなどという者がいます。そのように考えているのは南アフリカ連邦です。この政府は、ラブレーの小説をポルノグラフィー的な作家の作品であるとして禁止しました。これらの「粗野で生理学的なイメージ」は、実際、ラブレーの本全体に満ちています。ラブレーについて書くということは、こうしたイメージについて書くということです。ただし、これは「粗野で生理学的な」イメージではありません。これは、民衆の笑い、民衆的批評という強力な武器なのです。

〔……〕公式的コンテクストの外部で民族文化を研究すること――これはわたしたちソヴィエトの文学研究の基本課題のひとつです。わたしたちは、各民族が持っている非公式文化についてレーニンからの引用をとてもひんぱんに唱え、例に引いています。しかし必要なのは、さらにさきに進むことです。この非公式文化を解明すべきなのです。

じつに皮肉っぽい反論である。審査側を南アフリカ連邦にたとえているわけである。結局、論文は七月二二日にバフチンに返されることになり、バフチンは一九四九―五〇年に修正をくわえて、五〇年四月一五日にふたたび上級審議委員会に提出した。

一九四九―五〇年の修正版

そこでは題も変わり、「フランソワ・ラブレーの作品と中世・ルネサンスの民衆文化の問題」となっている。

この日にバフチンが西欧文献学専門家委員会に送った説明メモには、「量的な面では改稿は以下のような数字になる。元の論文から約四〇頁が除かれ、約一二〇頁が新たに補足されている。約二〇〇頁は多少の差はあれ修正されている。結局、分量は八〇頁増えている」と記されている。

のちにバフチン自身、このときの補遺や変更を、「けがらわしい卑俗的表現を数多く持ちこんだ」と厳しく自己批判している。実際、変更の大部分は公式イデオロギーに妥協したものであった。

具体例をあげれば、「レーニンの学説に照らして、研究の基本問題を」解明し、序にはレーニンの「民族問題における批判的覚書」からの題辞「現代の各民族のうちには二つの民族がある。……おのおのの民族文化のうちには二つの民族文化がある」を添え、本文でも引用した。そうすることによって、「正当に」持論の〈公式文化〉と〈非公式文化〉の対置へとつないでいる。

また、「ブルジョア・ラブレー学」にたいする批判を強化し、「コスモポリタン」ヴェセロフスキイをいくつかの点で批判、さらにはマルクス、エンゲルス、レーニン、スターリンに何度も言及している。また、第八章の題を「ラブレーの小説におけるイメージと言葉」から「第七章　ラブレーのイメージと同時代の現実」と改題した。

ただし、こうした補遺・変更が強制されたものであるがゆえに、マイナス面しかなかったかというと、かならずしもそうとはいえない。実際、このときの変更であっても、「リアリズム史上におけるフランソワ・ラブレー」よりも改善されたと思われる点は、一九六五年の『フランソワ・ラブレーの作品と中世・ルネサンスの民衆文化』にも活かされている。

たとえば、書名を変更しただけでなく、〈ゴシック・リアリズム〉を〈グロテスク・リアリズム〉に代え、また「民衆の笑いの歴史」の基本的諸段階と「笑いの歴史におけるラブレーの役割」を整理しなおしている。

また、イヴァン雷帝（一五三〇―八四）とピョートル一世（一六七二―一七二五）の時代におけるカーニヴァル的笑いに言及したり、あるいはまた称賛と嘲罵の融合のような「言葉のトーンの二重性」の例としてセルバンテス（一五四七―一六一六）、ゲーテ、アリストパネス（紀元前四四六―紀元前三八五頃）などをあげ、論の展開に広がりを持たせている。

この章で論じた称賛と嘲罵の融合という現象は、重要な理論的意義、文学史的意義を持っている。〔……〕古代の二重のトーンの言葉は、古代の二身体的イメージが文体面に反映したものである。このイメージの解体の過程において、文学史や演劇史のなかに、対になったイメージという興味深い現象が登場している。このイメージは、上と下、前と後、生と死を、完全には分離しきっていない存在でもって具現化している。このような対のイメージの古典的な見本は、ドン・キホーテとサンチョである。同様のイメージはいまでも、サーカスや見世物小屋、その他の喜劇形式のなかではありふれたものとなっている。興味深いのは、この対になった人間どうしの対話である。このような対話は、完全には分解しきっていない段階にある二トーンの言葉である。実際には、これは顔と尻、上層と下層、誕生と死の対話である。〔……〕このような口論は、交替と改新にむすびついた民衆的・祝祭的形式からなる体系の有機的一部である（ゲーテも、ローマの謝肉祭の描写のときに、この種の口論に言及している）。〔……〕アリストパネスのアゴーンも同様である。

他方、どちらかといえば補論的な色合いの濃い、ラブレーとゴーゴリを扱った頁は、この時点で外している。

さらに、序では、民衆の非公式な文化という問題がいっそう鮮明にうちだされている。さきにも見たように、この点は「リアリズム史上におけるフランソワ・ラブレー」にはなかったものであり、これによって『フランソワ・ラブレーの作品と中世・ルネサンスの民衆文化』がより魅力的なものになったことはいうまでもない。

こうしたなか、一九五〇年五月一一日に開かれた上級審議委員会の西欧文献学専門家委員会は、修正された論文をR・M・サマリン（一九一一―七四）の評価にゆだねることを決定した。九カ月後の一九五一年二月二二日、おなじ決定が今度は上級審議委員会の文学研究専門家委員会によってもくだされている。

そのサマリンの評価には、いろいろな欠点の列挙とともに、最後あたりでつぎのように記されていた。

これを文学博士たる称号を与えるに値するような論文であるとみなすことはできない。なぜなら、ここには方法論的に深刻な欠点や誤りが見られるからである。いちばんの理由は、バフチンがラブレーの創作方法の問題にフォルマリズム的にアプローチし、創作方法の展開の具体的な歴史的条件——一六世紀フランスにおける民衆解放運動の条件、フランス民族の形成の条件、ラブレーも参加していた（文学もふくめた）イデオロギー上の闘いの条件——を無視している点にある。

とくに指摘したいのは、論文の叙述の許しがたいスタイルである。バフチンの論文の一連の箇所は根本的に変更すべきであると指摘せざるをえない。

その後もいくつかの段階を経るものの、結局、博士号授与は認められなかった。そして翌五二年五月三一日には、上級審議委員会はバフチンに準博士号を授与することを決めている。八月二五日に論文はバフチンに返されたが、一九六〇年代初頭までバフチン自身はラブレー論のテクストにもどろうとはしなかった。

一九六〇年代のラブレー論

もはや、ラブレー論が日の目を見る機会は永遠に失われたかに思われていた。

ところが、状況は一九六〇年一一月一二日にV・V・コージノフ（一九三〇―二〇〇一）がバフチン宛てにだした手紙から変わりはじめる。連名でだされたこの手紙には、世界文学研究所のアーカイヴに保存されていたラブレー論への言及があった。

共同研究と友情でむすばれた若手の文学研究者たちのグループを代表し、お手紙をさしあげております。わたくしどもは、御著『ドストエフスキイ論（二九年）』が刊行された年ないしその一、二年後に生まれました。まだまだ駆け出しの身ではありますが、わたくしどもは、文学に関するロシアの学問における先生の世代の仕事を、みずからの研究のなかで継承していこうとしております。〔……〕

これにおとらず興味深いのは、最近わたくしどもが「世界文学研究所内で」「発見した」もうひとつの著作「リアリズム史上におけるフランソワ・ラブレー」です。いまわたくしどもは、この大作の研究に心ときめかしながら取り組んでいるところであります。

すでに死亡したかの噂もあったバフチンの健在を知ったコージノフら若き文学研究者たちは、

この年、研究所に『ドストエフスキイ論（二九年）』の再刊を要請していたが、その過程で「リアリズム史上におけるフランソワ・ラブレー」を発見したのであった。コージノフらはこのラブレー論の出版もめざすことになる。

その後の委細ははぶくが、かくして（一九六三年の『ドストエフスキイの詩学の問題』につづいて）一九六五年一二月八日に『フランソワ・ラブレーの作品と中世・ルネサンスの民衆文化』はようやく出版の運びとあいなったのであった。

この二著が紹介、翻訳されていくなかで世界各地にもたらした多大な影響については、もはやくりかえさない。

大きな時間

このあと、一九六六年あたりからバフチンは、残る片足もほとんど動かなくなり、そのうえ夫婦ともども病院で何度か発作におそわれるなど、危機的状態に陥っている。かくして六九年に治療のためモスクワに移ることになった。

七一年末には、バフチンを心身ともに支えつづけた妻を亡くしている。バフチンの落胆ぶりにはたいへんなものがあったとのことであるが、それでも、一九七五年に死去するまでの間、以前に書いていた未完の草稿をいくつか整理し、論集『文学と美学の問題』として公刊にこぎ

バフチンとトゥルビン（サランスク、1964年秋）

サランスク、1959－69年に住んでいたアパート

つけたほか、一九七三年にはドゥヴァーキン（一九〇九―八二）から何回かインタヴューを受けて人生を回顧している。

一九六〇年代後半以降に新たに書かれたエッセイで興味深いのは、『ノーヴィ・ミール』誌一九七〇年一一号に掲載された「より大胆に可能性を利用せよ」である。

ここではバフチンは、文学研究というものをその時代の文化全体と切りはなしてはならないとする一方、文学現象を同時代に閉じこめることにも警鐘を鳴らしている。〈大きな時間〉で評価することが重要なのであるという。

作品というものは、その根源を遠い過去にさかのぼっている。偉大な文学作品は幾世紀もかけて準備されており、それらがもはや創造された時代には、長きにわたる複雑な成熟過程の熟した果実のみが収穫されているのである。作品をその時代の諸条件からのみ、あるいはひじょうに近い時代からのみ理解し説明しようとするならば、わたしたちはその作品の意味の深層まではけっして洞察できないであろう。時代のなかに閉じこめては、後続の時代における作品の未来の生も理解できなくなる。この生はなにかパラドックスめいている。作品というものは、自分の時代の境界をうちやぶり、数世紀のなかに、つまり**大きな時間**のなかに生きているのであり、しかも往々にして（偉大な作品の場合は、つねに）自分の同時代におけるよりも力強く十全な生活を送っている。

文学を文化全体との関係でとらえるとともに、ジャンルの歴史をも重視してきたバフチンならではの見解である。こうした〈大きな時間〉の重視は、文学にかぎらず、文化そのものに関してもつらぬかれている。

過去のどの文化のなかにも、その文化が生きてきた全歴史においてあきらかにされず意識されず利用されないままにとどまっている、意味の巨大な可能性が眠っている。古典古代そのものは、わたしたちがいま知っているような古典古代を知らなかった。つぎのような学校ジョークがあった。すなわち、古代ギリシア人は自分自身に関するいちばん重要なことを知らなかった、かれらは自分たちが**古代**ギリシア人であることを知らずにいて、みずからを一度もそのように呼ばなかった、というのである。とはいえ、実際には、ギリシア人を**古代**ギリシア人に変えたその時間的距離は、巨大な革新的意義を持っていたのである。

文化の対話

また、「より大胆に可能性を利用せよ」では、第一章でも触れたが、〈外在性〉の意義が強調されていた。

他者の文化をよりよく理解するためにはいわばその文化のなかに移り住み、世界を他者の文化の眼で眺める必要があるといった、きわめて根強いものの一面的で、それゆえにまちがっている考えが存在している。このような考えは、すでに述べたように、一面的である。もちろん、他者の文化のなかへ生をある程度移入すること、世界を他者の眼で眺められることは、理解の過程で不可欠な契機である。だが、もしも理解がこうした契機に尽きるならば、それはたんなる物真似となり、新しいものや豊かにしうるものを何ひとつもたらすことはないであろう。**創造的理解**というものは、自分自身や、時間上の自分の場、自分の文化を放棄せず、何ひとつ忘れはしない。

「創造的理解」のためには、「外部に位置していること」、「他者であること」の特権が有意義に活かされるべきであるというのであった。バフチンの「最後のメッセージ」ともいえるこの「より大胆に可能性を利用せよ」には、バフチンのこうした対話主義が凝縮されている。

ひとつの意味は、もうひとつの、「他者の」意味と出会い、触れあうことにより、みずからの深みをあきらかにする。両者のあいだにいわば**対話**がはじまるのであり、対話がこれらの意味、これらの文化の閉鎖性と一面性を克服するのである。わたしたちは、他者の文化にたいして、それがみずからは立てていなかった新たな問いを立て、他者の文化のなかにわたしたちのこれらの問いにたいする答えを求めるのであり、他者の文化はわたしたちに答え、わたしたちのまえにみずからの新たな側面、新たな深い意味をあきらかにする。みずからの問いかけ（ただし真剣でほんものの問いかけ）なしには、別のものや他者をなにひとつ創造的に理解することはできない。二つの文化のこのような対話的出会いにさいしては、両者は溶け合うこともなければ混じり合うこともなく、それぞれがみずからの統一性と開かれた全一性を保っているのだが、たがいに豊饒化する。

ここでも「創造的」、つまり両者のあいだに新たな意味が生まれるような対話的関係が強調されている。これは、バフチン自身の生き方でもあったろうし、わたしたちにたいするメッセージでもあったろう。

その顕著な活動ぶりからすればアカデミー会員になってもいっこうに不思議でないにもかかわらず、ほぼ一貫して「はぐれ者」のような人生を送ったバフチンが、最晩年にもこのようなメッセージを送っていることの意味は、計り知れなく深い。

一九七五年三月七日、バフチンはこの世を去った。享年七九であった。

＊

バフチンの読者がいだいているバフチン像はかなり多様である。どの著作を最初に読んだかということも、けっこう影響しているようだ。

となると、数ある著作のなかから一冊を選ぶなどというのは避けるべきかもしれないが、わたしとしてはやはり『フランソワ・ラブレーの作品と中世・ルネサンスの民衆文化』を最初に

ドゥヴァーキンのインタヴューを受けるバフチン（1973年）

愛猫とバフチン、1973年。バフチンは大の猫好きであり、1973年のインタヴューの記録にも猫の鳴き声が入っているが、「猫と犬は、まったく異なる生き物である。猫は秘密をかかえているが、犬にはそれがない」と述べている

読むべき著書としてあげておきたい。

この本はバフチンの著作のなかでも図抜けて浩瀚なものではあるが、他の著作にくらべて格段に読みやすい。そこで展開されているカーニヴァル論、民衆の笑い論、グロテスク・リアリズム論はきわめて斬新であるものの、興味深い具体例が相次ぐせいか、まさに「祝祭」的な感覚で勢いよく読み進んでいける。

カーニヴァルは、「現存の体制を神聖化し、強化していく」公式の祝祭とは異なり、「支配している真理や現存の社会体制から一時的に解放」する「生成と交替と更新の祝祭」であった。そのような意味でのカーニヴァルは、もはやわたしたちのまわりには存在しえないのかもしれない。しかし、「あらゆる恒久化、完成、終結に敵対していた」カーニヴァルの精神自体は、けっして死に絶えてはいないであろう。そうした精神を具体化するためのモデルのひとつが、バフチンのいうグロテスク・リアリズムではあるまいか。

おわりに

バフチンについて書かれた本はすでに世界各国で何十点もでており、日本語訳もいくつかある。わたし自身もバフチンに限定したものを一点書いているほか、主としてバフチンを扱ったものを何点かだしている。また、外国では「入門」と銘打ったものも何種類かでている。しかしそれらもふくめて、いずれもかなりの分量のものである。

これにたいして本書は、バフチンの全体像をできるかぎり簡潔に紹介することをめざした。基本的には、バフチンの著作をまったく読まれていない方々、あるいはバフチンの著作にさほど接していない方々を念頭においている。本書との出会いを機会にバフチンの著作そのものに親しんでいただければ、筆者としてこれ以上の望みはない。

もっとも、「全体像」の紹介といっても、優先順位からして、ほとんど触れずにきたものもある。

たとえば、わたし自身がすでに書いてきている「バフチンとスターリン（主義）」のようなテーマもそのひとつであるが、それ以上に多くの頁をとられそうなのは、バフチンに影響を与えた可能性のある人物との関係である。この点に関する研究はますます進展してきており、数えあげればキェルケゴール、新カント学派、ジンメル（一八五八―一九一八）、ニーチェ、ベルクソン、フッサール、フォスラー、シュピッツァー（一八八七―一九六〇）、ブーバー（一八七八―一九六五）、ロシアのシペート（一八七九―一九三七）やヴィゴツキイ、宗教哲学者たち等々、枚挙にいとまがない。カッシーラー（一八七四―一九四五）、シェーラーとの関係については日本語訳論文もある。

また、バフチンの思想を同時代や後世の思想家たちのそれと比較対照する試みも多様化してきている。

だが、こうした影響関係や比較対照は、本書では原則として扱わず、関心のある方には巻末にあげた文献を参照していただくことにした。

とはいえ、バフチンに関する文献をすべて挙げるのは不可能である。いまではそれは数千点にのぼる。巻末の主要参考文献では、『ミハイル・バフチンの時空』（せりか書房）、阿部軍治（編著）『バフチンを読む』（ＮＨＫブックス）、北岡誠司『バフチン――対話とカーニヴァル』（講談社）などに添えられている文献リストにふくまれているものは省き、時代的にはおもに一九九八年以降に刊行されたもの、それも著書にほぼ限定している。

こうした点とは別に、もうひとつ厄介なのは、「バフチン・サークル」のほかのメンバーたちの名ででている著作の扱いである。いまなお「著作権」を主張する立場もあり、おそらく今後も決着を見ないであろうこの問題を考慮すると、「バフチン」個人ではなく「バフチン・サークル」というタイトルで論じるのも選択肢のひとつであろう。

この点に関しては、本書は折衷的であり、問題の著作を基本的にはバフチンのものとみなす一方で、バフチン当人名の著作をできるかぎり中心にすえつつ論じてきた。他方、メドヴェジェフ、ヴォロシノフなどの当人名で発表されている著作であっても、バフチンが関与していないと思われる著作は（『フォルマリズムとフォルマリスト』を除き）、とりあげていない。

また、筆者としては、バフチンの全体像をできるかぎり平易に描いたつもりだが、その一方、バフチン研究者のあいだで理解が異なる問題がいくつもあることも事実である。ただ、本書の目的からして、そうした問題にはほとんど触れなかった。

そのうちのひとつだけとりあげるとすれば、『ドストエフスキイ論（六三年）』で新たにカーニヴァル論がくわえられたことにたいする評価の相違ということになろうか。このことがポリフォニー論を補強したとする者もいれば、ポリフォニー論と矛盾するとみなす者もいる。わたし自身としては、バフチンが、カーニヴァル的世界感覚もポリフォニー（あるいは対話）と同様、最終的なピリオッドをうとうとしないのであって、いかなる結末も新たな始まりにすぎない、と述べている点を重視している。いや、共感しているといったほうがいいのかもしれない。

しめくくりに、『ドストエフスキイ論（六三年）』からの一節を引用しておこう。

世界では最終的なことはまだ何ひとつ起こっておらず、世界の最後の言葉、世界についての最後の言葉はいまだ語られていない。世界は開かれていて自由である。いっさいはまだこれからであり、つねに前方にある。

*

最後に、平凡社新書でバフチンについて書くという貴重な機会を提供していただいた松井純さんと、編集を担当していただいた水野良美さんに、心から感謝いたします。

二〇一一年一一月

桑野隆

平凡社ライブラリー版 あとがき

平凡社新書『バフチン――カーニヴァル・対話・笑い』が刊行されたのは二〇一一年一二月であるが、このたび平凡社ライブラリーから増補版が刊行されることとなった。

増補は、独立した論考を新たに添えるのではなく、全篇にわたり大幅に書きくわえるかたちでおこなった。

じつは、新書の「おわりに」では、「本書は、バフチンの全体像をできるかぎり簡潔に紹介することをめざした。基本的には、バフチンの著作をまったく読まれていない方々、あるいはバフチンの著作にさほど接していない方々を念頭においている」と書いておいた。ところが、刊行後にいろいろな方から読後感をうかがってみると、バフチンの著作に親しまれていない方にとっては不親切なところが少なくないことがわかった。

このたびの増補ではその点をいちばんに考慮し、まずは「簡潔」すぎると思われる箇所に説明を追加した。また、バフチン像をより鮮明にするため、自身の発言や回想などを長めに引くようにした。

また、「名とあだ名」、「ドストエフスキイにおけるカーニヴァル化」、「ソクラテスの対話」という項を新たにくわえるとともに、新書では「より大胆に可能性を利用せよ」と題していた項を、「大きな時間」と「文化の対話」の二項に分けるとともに、記述内容をふやした。

他方、バフチン理解あるいはバフチン研究という面では、新たに付けくわえたり、変更した点はない。

なお、新書執筆の時点では、ロシアで刊行中の『バフチン著作集・全七巻』のうち、第三巻『小説の理論（一九三〇―一九六一年）』のみ未刊であり、二〇一二年に出版された。もっとも、この巻を読了後も、バフチンの理論や思想に関するわたしの理解が変わることはなかった。ただし、構成面を中心に手短かに紹介はしておきたい。

この巻には、『小説のなかの言葉』、『教養小説とそれがリアリズム史上に持つ意義』、『小説における時間とクロノトポスの形式』のほか、論考「小説の言葉の前史より」、「叙事詩と小説」という、いずれも既刊で、日本語訳でも読める著作が収録されている。

それと同時に、これらそれぞれに関する草稿等との異同もあげられており、また執筆・発表の経過・背景についても詳細に記されている。また、一九七〇年代に公刊されたさいにはバフチン当人ないし編者の考えで削除されていた箇所も、収められている。執筆当時の風潮にあわせた「建前の」部分である。こうした事実をあらためて確認できる点では貴重といえよう。本書でも触れているように、バフチンも、当時の慣習にならい、序文やあとがきでマルクスやレーニンを援用していたのである。

とはいえ、この第三巻から知られる事実でもっとも興味深いのは、バフチンが、流刑地クスタナイに出発するわずか数日前（一九三〇年三月二五日）に、『ドストエフスキイの創作の問題』につづく著書（タイトルは『小説の文体論の問題』）の趣意書を提出していたことであろう。目次は以下のとおりである。

1 描写（《Darstellung》）――a ドラマ化された描写（小説の対話） b 叙事詩的描写（本来の叙述） 2 報告（《Bericht》） 3 直接的な作者の表出

Ⅳ 小説の個々の文体上の統一性――作者、語り手、主人公

1 作者のことばとその下位分類 2 語り手、雑報記者、等々のことば 3 主人公たちのことば 4 個々の文体面での統一性（〈声〉、〈ことばの主体〉）の多様さと、小説全体の文体上の統一性へのその従属

Ⅴ 小説のテーマ・文体上の統一性

1 基礎にある文学外ジャンルの問題 2 自伝的ジャンル（告白、日記、等々） 3 伝記 4 書簡 5 記述的ジャンル 6 雄弁的ジャンル 7 小説全体の統一性へのテーマ・文体上の統一性の従属の問題

Ⅵ 現代小説の文体の類型学の試み

1 フランス小説の文体面での主要な流派 2 ドイツ小説 3 ロシア小説 4 小説の文体の社会学の問題

結局、この『小説の文体論の問題』は実現を見なかったわけであるが、目次から判断するに、『ドストエフスキイの創作の問題』で試みていた持論を、さらに対象を広げることにより一般

化しようとしていたものと思われる。完成していれば、三〇年代前半に書いたとされている『小説のなかの言葉』との中間的な位置を占めるものとなっていたであろう。

第三巻から得られる情報としてもうひとつとりあげておきたいのは、『教養小説とそれがリアリズム史上に持つ意義』に関係するものである。これは断片が一九七〇年代に公刊され、日本語にも訳されているのだが、第三巻には、未公開だったノートや目次が収録されている。まず、目次を訳しておこう。これによってはじめて、全体の構成がわかる。

Ⅳ　ゲーテと教養小説

1　ゲーテの作品における人間像の創造の特徴　2『詩と真実』　3『ヴィルヘルム・マイスターの修行時代』　4『ヴィルヘルム・マイスターの遍歴時代』

Ⅴ　ゲーテ後の教養小説の展開

1　一九世紀と二〇世紀初頭の教養小説　2　ロシアの教養小説　3　ゴーリキイと教養小説　4　社会主義リアリズムと教養小説

この目次と、前記の『小説の文体論の問題』の目次を対照すれば、ある程度まで推されるように、バフチンの小説論は、(『ドストエフスキイの創作の問題』もふくめ) 文体論中心からはなれて、小説の主題や、さらには小説の哲学ともいうべきものに移っている。その辺の関心の移動は、この第三巻に収められている二種類の長めのノート「教養小説によせて」、「小説の理論の問題によせて」にも示されている。

そのほか、これらのノートからは、『小説のなかの言葉』と『教養小説とそれがリアリズム史上に持つ意義』と『小説における時間とクロノトポスの形式』の三点のあいだに画然たる区別がないこと、つまりどのようなかたちで著書として出版が可能なのかを試行錯誤していたこと、またそれらの過程には「リアリズム史上におけるフランソワ・ラブレー」までも同時にふくまれていたことがわかる。これら全体は、あるいは、まったく別の数冊の本としてでていたかもしれない。とはいえ実際には、どれひとつとして当時日の目を見ることはなかったのだが。このように第三巻からは、バフチンが小説の理論の完成にどのように格闘していたかが、これまで以上につぶさに見てとれる。この点では貴重なのだが、さきにも述べたように、わたしたちにバフチンの理論や思想の再検討をうながすような点は見られない。

さて、本書巻末の「主要参考文献」には新たな資料を付けくわえておいたが、新書刊行後八年近くの間にバフチンはどのように研究され、紹介されてきたのであろうか。

ロシアでは、新たに伝記(コロヴァシコ『ミハイル・バフチン』二〇一七)がでた。ただ残念ながら、目新しい情報はふくまれていない。また、ヴォロシノフやメドヴェジェフの名で発表されていた著作が、その名のとおり当人たちの著作であることを裏づけようとする試みも、新たに登場した。それでもやはり、バフチンとの関係には不明な点が残ったままであるといわざるをえない。

バフチンの理論や思想をめぐる研究に関していえば、ロシアでは一時ほどの活気はない。バフチン研究の第一人者ともいえるボネツカヤの論集が公刊されたものの(『形而上学者の眼から見たバフチン』二〇一六)、論考のほぼすべては一九九〇年代に発表されたものであり、却って、当時の活況を際立たせている。

このように、ロシアでは（個々の論文はさておき）バフチン関連の著書があまり出版されなくなってきたのにたいして、英語文献の出版はさほど勢いを失っていない。入門書に近い書籍もいまなお公刊されている一方、演劇や映画、美術等の分析にバフチンを活かした著書が相次いでいる。

また全体としては、日本語文献でもそうだが、積極的にバフチンの理論や思想を「現場」で実践していこうとする動きが目立ってきている。芸術以外にも、教育、精神治療（とりわけ「オープンダイアローグ」）、介護、異文化コミュニケーション、第二言語習得、メディア、その他の関係の文献において、バフチンが引用されているケースが少なくない。

バフチンの理論や思想そのものの研究はひとつの段階を超えたといえる一方で、このような具体的な実践のなかにバフチンが活かされてきていることは、おおいに着目に値する。一九八〇年代あたりまでは、ポリフォニー論やカーニヴァル論が文学や文化の解読装置として活発に適用されていたのにたいして、昨今では、ポリフォニーをもふくめた対話原理が再評価され、活かされてきている。それも、作品解読のためではなく、現場での応用のためである。

こうした動きは、バフチン自身も歓迎するところであろう。

そもそもバフチンは、デビュー作ともいえる短いエッセイ「芸術と責任」において、「芸術と生活は同一のものではないが、わたしのなか、わたしの責任という統一性のなかで、ひとつにならねばならない」と説き、「ひとが芸術のなかにあるときは生活のなかになく、逆に生活のなかにあるときは芸術のなかにない」ことを批判していた。ここでいう「芸術」は、のちにバフチンが取り組むことになるさまざまな学問的営為に置き換えることも可能であろう。バフチンにとって理論は、実践のなかで活かされてはじめて有意味なものとなるのであり、つねに「出来事」のなかの「行為」であることが重要であった。

二〇二〇年一月二八日

桑野隆

バフチン　略年譜

一八九五年	一一月一六日（旧暦一一月四日）、オリョールで生まれる。
一九〇五年	家族でヴィリノ（現リトアニアのヴィリニュス）に移住。ヴィリノ第一ギムナジウムに入学。
一九一一年	家族で（兄ニコライ以外）オデッサに移住。
一九一三―一六年	ノヴォロシア（現オデッサ）大学の文学部の講義に出席。
一九一六年	ペトログラードに移住。一八年までペトログラード（現サンクト・ペテルブルグ）大学古典文献学・哲学部の授業に（おそらく聴講生として）出席。
	ペテルブルグ宗教・哲学教会を訪れ、メイエルと知り合う。
一九一八年	初夏にネーヴェリに移住。ネーヴェリ統一労働者学校で歴史、社会学、ロシア語を教える。サークル「カント・セミナー」を結成。サークルは一九年夏にかけてもっとも活発に活動した。
一九一九年	九月一三日、ネーヴェリの日刊紙『芸術の日』に「芸術と責任」を寄稿。
一九二〇年	秋、ヴィテプスクに移住。
	二四年にかけて、「行為の哲学によせて」（一八年に執筆開始との説もあり）と「美的活動における作者と主人公」、さらには「道徳の主体と法の主体」やドストエフスキイ論にも取り組む。
一九二一年	二月、骨髄炎が悪化し入院。
	七月一六日、結婚。
一九二四年	五月、夫婦でレニングラードに移住。
	「言語作品の美学の方法論の問題によせて1　言語芸術作品における形式・内容・素材の問題」を執筆するが、掲載予定の雑誌が廃刊になる。

一九二五年	二五年にかけて、宗教哲学や人文科学の問題を論議する小規模な哲学サークルで活動。「芸術作品における主人公と作者」という連続講義もおこなっている。また、二八年にかけては、哲学や文学をテーマとした報告や講義をいくつかの個人宅でおこなう。これが二八年の逮捕の理由となる。
一九二八年	三一年にかけて、仲間の名で『フロイト主義』、『文学研究における形式的方法』、『マルクス主義と言語哲学』といった著書やいくつかの論文が公刊される。
一九二九年	一二月二四日、反ソヴィエト的活動のかどで逮捕される。序文を書いた『トルストイ全集』の一一巻と一三巻が出版される。一月五日、病気を理由に釈放され、自宅軟禁となる。六月初頭に『ドストエフスキイの創作の問題』が出版される。七月一七日から一二月二三日まで治療のためレニングラード市内の病院に入院。七月二二日にソロフキ強制収容所へ五年間流刑の判決が下される。
一九三〇年	二月二三日、カザフスタン共和国のクスタナイ市への流刑が決まる。三月二九日、クスタナイに出発。三六年にかけて、『小説のなかの言葉』に取り組む。
一九三一年	四月二三日、クスタナイ市地域消費者組合に会計・経理係として就職。
一九三四年	三月、論文「コルホーズ員たちの需要の研究の試み」が『ソヴィエト商業』誌（一九三四年、三号）に掲載される。七月、流刑期間終了。
一九三六年	九月九日、モルドヴィア教育大学の文学講座の教員となる。三八年にかけて、『教養小説とそれがリアリズム史上に持つ意義』を執筆（ただし「ソヴィエト作家」出版所に提出されていたタイプ原稿は戦争中に消滅）。

一九三七年	六月三日、「ブルジョア的客観主義」との理由で大学を解雇される。 七月一日、解雇理由が「当人の自由意志」に変更される。
一九三八年	秋、一時的にモスクワに移り、妹ナターリヤ夫妻の家で暮らす。 翌三八年にかけての冬、サヴョロヴォに腰をすえる。モスクワにひんぱんに通いながら、一九四五年九月まで暮らす。 二月、右足を手術で切断。 「リアリズム史上におけるフランソワ・ラブレー」に取り組み、四〇年末に完成。
一九四〇年	四月、モスクワの中央文学者会館で開かれたシェイクスピア作品会議に参加。 一〇月一四日、モスクワの世界文学研究所文学理論部門で「小説のなかの言葉」という題で報告。 一〇月から一二月にかけて、『文学百科』第一〇巻のなかの「諷刺」の項を執筆するが、この巻自体が刊行されず。 この頃から四三年あたりにかけて、「人文科学の哲学的基礎によせて」に取り組んでいたものと推定される。
一九四一年	三月二四日、世界文学研究所で「文学のジャンルとしての小説」という題で報告。 秋、カリーニン(現トヴェリ)州キムルイ区イリインスコエ村の中学校教師となる。 一二月一五日、キムルイ市ヤロスラヴリ鉄道第三九中学校に、ロシア語、ロシア文学、ドイツ語の教師として採用される。
一九四二年	一月一八日、キムルイ市第一四中学の教師となる。
一九四四年	六月、「ラブレー論の増補・改訂」を執筆。 サヴョロヴォ期の著作としては、「叙事詩の歴史における『イーゴリ遠征譚』」、「小説の理論の問題によせて」、「笑いの理論の問題によせて」、「修辞学は虚偽の度合いに応じて」、「鏡の前の人間」、「自己意識と自己評価の問題によせて」、「フローベールについて」、「中学校でのロシア語の

授業における「文体論の問題」がある。

一九四五年　八月一八日、モルドヴィア教育大学の世界文学准教授に任命される。
九月、大学のあるサランスクに移住。

一九四六年　一〇月一日、世界文学講座の主任となる。
四月一〇—一一日、モルドヴィア教育大学教員研修会の総会で「中世・ルネサンスの民衆文化の問題」という題で報告。

一九四七年　一一月一五日、「リアリズム史上におけるフランソワ・ラブレー」の審査。

一九四八年　一月一五—一六日、モルドヴィア教育大学教員研修会で「リアリズム史上におけるフランソワ・ラブレー」という題で報告。
二月一一日、モルドヴィア教育大学教員研修会で「小説の文体論の基本的問題」という題で報告。
九月一五日、講座会議で「西洋諸国の文学にロシア文学が及ぼした影響の問題を世界文学講義で解明することについて」という題で報告。
一〇月六日、講座会議で自己の研究テーマ「ルネサンス期のブルジョア的概念」の進行状況を報告。

一九四九年　三月一日、反愛国主義的な劇評家グループに関する、新聞『プラヴダ』と『文化と生活』の記事を審議する諸講座合同会議に参加。
一〇月一一日、講座会議で、年報『文学モルドヴィア』にプーシキンの散文をめぐる論考を執筆する役目を引き受ける。

一九五〇年　三月三一日、講座の近代中国文学研究サークルにおいて、「中国文学の特徴と、古代から現在までの概観」という題で報告。
九月二八日、共和国青年作家会議において、「文学の類と種」という題で講義。
一〇月一八日、「言語学に関するスターリンの天才的著作」の審議にあてられたロシア文学講座・外国文学講座合同会議で、「言語をめぐるスターリンの学説を文学研究の問題に応用する」という題で報告。

一九五一年　六月九日、審査委員会はラブレー論を博士号に値せずと判定。

九月二六日、ロシア文学講座・外国文学講座合同会議で、「ソヴィエトの文学研究の発達の基本的方途」という題で報告。

一九五二年　二月六日、同志スターリンの誕生日を記念した理論会議の演説で「数多くの観念論的語句」を使い、「芸術に誤った定義づけを与え」、「社会的発展を伝統の力でもって説明しようとした」として、モルドヴィア教育大学教授会で非難を受ける。

六月二日、上級審議委員会が準博士号を授与。

この日、バフチンはモスクワのグネーシン研究所でユージナの生徒たちのために「バラードとその特性」という題で講義。

一九五三年　「ことばのジャンルの問題」に取り組む。

二月二五日、諸講座合同会議で、「ソヴィエト文学における典型的なるものの問題とモルドヴィア教育大学における文学教育の課題」という題で報告。

一一月一八日、別の諸講座合同会議で、「ソ連邦共産党中央委員会七月総会の決議とソ連邦共産党中央委員会テーゼ〈ソヴィエト連邦共産党五〇周年〉に照らしての社会科学教育の課題」という題で報告。

一九五四年　一二月一二日、モルドヴィアドラマ劇場の「マリー・チュードル」の劇評を執筆。

一九五六年　四月一一日、講座の公開会議で、「典型的なるものの問題とその意義」という題で報告。

一九五七年　論考「美的カテゴリーの問題」に取り組む。

一九五八年　三月、モルドヴィア大学（モルドヴィア教育大学が一九五七年に改称）文学部ロシア文学・外国文学講座の主任となる。

一九五九年	五月一七日、モルドヴィアドラマ劇場で上演されたメルクシキン作「夜明けにて」の劇評を執筆。
一九六〇年	一一月、コージノフら四名の若き文学研究者たちから手紙を受けとる。
一九六一年	六月二〇日、コージノフらがサランスクを訪れる。 八月一日、大学を辞し、年金生活に入る。 後半から六二年前半にかけて、ドストエフスキイ論の改訂に取り組む。
一九六三年	九月、『ドストエフスキイの詩学の問題』が公刊される。
一九六五年	『フランソワ・ラブレーの作品と中世・ルネサンスの民衆文化』が公刊される。
一九六七年	レニングラード市裁判所最高会議はバフチンの名誉回復を決議。
一九六九年	モスクワ市クンツェヴォのクレムリン病院で治療を受けるため、妻とともにサランスクをあとにする。
一九七〇年	ソ連邦作家同盟に加入。
一九七一年	一二月三〇日、妻死去。
一九七二年	七月三一日、モスクワでの居住証明書を受けとる。
一九七三年	七四年にかけて、『文学と美学の問題』の出版を準備。この本に入れるために、教養小説をめぐる著書（一九三六―三八、ただし保存されていない）の準備稿からなる大部の断片を「小説における時間とクロノトポスの形式」に改稿。
一九七五年	三月七日、死去。

日本語に訳されたバフチン関係文献

Tzvetan Todorov, *Mikhaïl Bakhtine Le Principe dialogique*, Éditions du Seuil, 1981.（ツヴェタン・トドロフ『ミハイル・バフチン 対話の原理』大谷尚文訳、法政大学出版局、2001年）

Katerina Clark and Michael Holquist, *Mikhail Bakhtin*, Harvard University Press, 1984.（クラーク／ホルクイスト『ミハイール・バフチーンの世界』川端香男里・鈴木晶訳、せりか書房、1990年）

Robert Stam, *Subversive Pleasures: Bakhtin, Cultural Criticism, and Film*, Baltimore, Maryland, The Johns Hopkins University Press, 1989（ロバート・スタム『転倒させる快楽――バフチン、文化批評、映画』浅野敏夫訳、法政大学出版局、2002年）

David Lodge, *After Bakhtin: Essays on Fiction and Criticism*, Routledge, 1990.（ロッジ『バフチン以後――〈ポリフォニー〉としての小説』伊藤誓訳、法政大学出版局、1992年）

Michael Holquist, *Dialogism: Bakhtin and his World*, Routledge, 1990.（ホルクウィスト『ダイアローグの思想――ミハイル・バフチンの可能性』伊藤誓訳、法政大学出版局、1994年）

James V. Wertsch, *Voices of the Mind: A Sociocultural Approach to Mediated Action*, Harvard University Press, 1991.（ジェームス・V．ワーチ『心の声――媒介された行為への社会文化的アプローチ』田島信元・佐藤公治・茂呂雄二・上村佳世子訳、福村出版、1995年）

Bakhtin and Cultural Theory, revised and expanded second edition, edited by Ken Hirschkop and David Shepherd, Manchester University Press, 2001（ケン・ハーシュコップ／デイヴィッド・シェパード編著『バフチンと文化理論』宍戸通庸訳、松柏社、2005年）

Maurizio Lazzarato, *La politica dell'evento*, Rubbettino Editore, 2004.（マウリツィオ・ラッツァラート『出来事のポリティクス――知‐政治と新たな協働』村澤真保呂・中倉智徳訳、洛北出版、2008年）

Jaakko Seikkula and Tom Erik Arnkil, *Dialogical Meetings in Social Networks*, Karnac Books Ltd., 2006.（ヤーコ・セイックラ／トム・エーリク・アーンキル『オープンダイアローグ』高木俊介・岡田愛訳、日本評論社、2016年）

Maurizio Lazzarato, *Signs and Machines: Capitalism and the Production of Subjectivity*, Semiotext(e), 2014.（マウリツィオ・ラッツァラート『記号と機械：反資本主義論』杉村昌昭・松田正貴訳、共和国、2015年）

2017.
Inspired by Bakhtin: Dialogic Methods in the Humanities, Edited by Matthias Freise, Academic Studies Press, 2018.
Mikhail Bakhtin's Heritage in Literature, Art, and Psychology: Art and Answerability, Edited by Slav N. Gratchev and Howard Mancing, Lexington Books, 2018.
Eugene Matusov, Ana Marjanovic-Shane, Mikhail Gradovski, *Dialogic Pedagogy and Polyphonic Research Art: Bakhtin by and for Educators*, Palgrave Macmillan, 2019.

日本語で書かれたバフチン関係文献（著書）

桑野隆『バフチン――〈対話〉そして〈解放の笑い〉』岩波書店、1987年
桑野隆『未完のポリフォニー――バフチンとロシア・アヴァンギャルド』未來社、1990年
『現代思想〈特集バフチン〉』青土社、1990年２月号
阿部軍治（編著）『バフチンを読む』NHK ブックス、1997年
『ミハイル・バフチンの時空』せりか書房、1997年
北岡誠司『バフチン――対話とカーニヴァル』講談社、1998年
桑野隆『バフチン 新版――〈対話〉そして〈解放の笑い〉』岩波書店、2002年
『思想（バフチン再考）』岩波書店、2002年８号
桑野隆『バフチンと全体主義――20世紀ロシアの文化と権力』東京大学出版会、2003年
貝澤哉『引き裂かれた祝祭――バフチン・ナボコフ・ロシア文化』論創社、2008年
桑野隆『危機の時代のポリフォニー――ベンヤミン、バフチン、メイエルホリド』水声社、2009年
田島充士『「わかったつもり」のしくみを探る：バフチンおよびヴィゴツキー理論の観点から』ナカニシヤ出版、2010年
一柳智紀『授業における児童の聴くという行為に関する研究：バフチンの対話論に基づく検討』風間書房、2012年
小坂貴志『異文化対話論入門：多声性とメディアのコミュニケーション』研究社、2012年
西口光一『第二言語教育におけるバフチン的視点：第二言語教育学の基盤として』くろしお出版、2013年
西口光一『対話原理と第二言語の習得と教育：第二言語教育におけるバフチン的アプローチ』くろしお出版、2015年
田島充士（編著）『ダイアローグのことばとモノローグのことば：ヤクビンスキー論から読み解くバフチンの対話理論』福村出版、2019年

для теории литературы, Москва, ИМЛИ РАН, 2009.

Bakhtin's Theory of the Literary Chronotope: Reflections, Applications, Perspectives, edited by Nele Bemong and others, Gent, Academia Press, 2010.

Густав Шпет и его философское наследие: У истоков семиотики и структурализма, Москва, РОССПЭН, 2010.

Неокантианство немецкое и русское: между теорией познания и критикой культуры, под ред. И. Н. Гривцовой, Н. А. Дмитриевой, Москва, РОССПЭН, 2010.

Философия России второй половины XX века. Михаил Михайлович Бахтин, Под ред. В. Л. Махлина. Москва, РОССПЭН, 2010.

Leslie A. Baxter, *Voicing Relationships: A Dialogic Perspective*, SAGE Publications, 2011.

Bakhtinian Pedagogy: Opportunities and Challenges for Research, Policy and Practice in Education Across the Globe, Edited by E. Jane White, Michael A. Peters, Peter Lang, 2111.

Gulnara Karimova, *Bakhtin and 'Interactive' Advertising: A Conceptual Investigation of Advertising Communication*, Academica Press, 2012.

Deborah J. Haynes, *Bakhtin Reframed*, I. B. Tauris, 2013.

Bakhtin and Others: (Inter) subjectivity, Chronotope, Dialogism, Edited by Liisa Steinby and Tintti Klapuri, Anthem Press, 2013.

Daphna Erdinast-Bulcan, *Between Philosophy and Literature: Bakhtin and the Question of the Subject*, Stanford University Press, 2013.

Alastair Renfrew, *Mikhail Bakhtin*, Routledge, 2015.

Dick McCaw, *Bakhtin and Theatre: Dialogues with Stanislavsky, Meyerhold and Grotowski*, Routledge, 2016.

Lakshmi Bandlamudi, *Difference, Dialogue, and Development: A Bakhtinian World*, Routledge, 2016.

Don Bialostosky, *Mikhail Bakhtin: Rhetoric, Poetics, Dialogics, Rhetoricality*, Parlor Press, 2016.

Alina Wyman, *The Gift of Active Empathy: Scheler, Bakhtin, and Dostoevsky*, Northwestern University Press, 2016.

Nigar Sen Shakirov, *The Bakhtinian Carnival Spirit in Shakespeare's Three Comedies*, Lap Lambert Academic Publishing, 2016.

Н. К. Бонецкая, *Бахтин глазами метафизика*, Москва, Санкт-Петербург, Центр гуманитарных инициатив, 2016.

К. А. Степанян, *Шекспир, Бахтин и Достоквский: герои и авторы в большом времени*, Москва, Языки славянских культур, 2016.

Karette Stensaeth, *Responsiveness in Music Therapy Improvisation: A Perspective Inspired by Mikahil Bakhtin*, Barcelona Publishers, 2017.

Keith Harrison, *Shakespeare, Bakhtin, and Film: A Dialogic Lens*, Palgrave,

Erlbaum Associates, 2005.

В. М. Алпатов, *Волошинов, Бахтин и лингвистика*, Москва, Языки славянских культур, 2005.

Филологический журнал, 2005. № 1, Москва, Издательство Ипполитова, 2005.

Alastair Renfrew, *Towards a New Material Aesthetics: Bakhtin, Genre and the Fates of Literary Theory*, Modern Humanities Research Association and Maney Publishing, Legenda, 2006.

Karine Zbinden, *Bakhtin between East and West*, Modern Humanities Research Association and Maney Publishing, Legenda, 2006.

Новое литературное обозрение, № 79, 2006.

Tim Beasley-Murray, *Mikhail Bakhtin and Walter Benjamin: Experience and Form*, Palgrave Macmillan, 2007.

Graham Pechey, *Mikhail Bakhtin: The Word in the World*, London and New York, Routledge, 2007.

Carolyn M. Shields, *Bakhtin: Primer*, New York and others, Peter Lang Publishing, 2007.

Александр Калыгин, *Ранний Бахтин: Эстетика как преодоление этики. Эго-персонализм, лирический герой и единство эстетических теорий*, Москва, РГО, 2007.

André LaCocque, *Esther Regina: A Bakhtinian Reading*, Evanston, Illinois, Northwestern University Press, 2008.

Esther Peeren, *Intersubjectivities and Popular Culture: Bakhtin and Beyond*, Stanford University Press, 2008.

Rachel Pollard, *Dialogue and Desire: Mikhail Bakhtin and the Linguistic Turn in Psychotherapy*, Routledge, 2008.

Ли Мун Ён, *Между жизнью и культурой: Философско-эстетический проект М. М. Бахтина*, Санкт-Петербург, Издательство Европейского университета, 2008.

Martin Flanagan, *Bakhtin and the Movies: New Ways of Understanding Hollywood Film*, Palgrave Macmillan, 2009.

E. San Juan, Jr., *Critique and Social Transformation: Lessons from Antonio Gramsci, Mikhail Bakhtin, and Raymond Williams*, Lewiston, Queenston, Lampeter, The Edwin Mellen Press, 2009.

Wolff-Michael Roth, *Dialogism: A Bakhtinian Perspective on Science and Learning*, Rotterdam, Boston, Taipei, Sense Publishers, 2009.

Наталия Автономова, *Открытая структура: Якобсон-Бахтин-Лотман-Гаспаров*, Москва, РОССПЭН, 2009.

Вяч. Вс. Иванов, *Избранные труды по семиотике и истории культуры*, Том 6, Москва, Знак, 2009.

И. Л. Попова, *Книга М. М. Бахтина о Франсуа Рабле и ее значение*

2001.
Jeffrey Johnson, *Bakhtinian Theory in Japanese Studies*, Lewiston, Queenston, Lampeter, The Edwin Mellen Press, 2001.
The Novelness of Bakhtin: Perspectives and Possibilities, edited by Jørgen Bruhn and Jan Lundquist, Museum Tusculanum Press, University of Copenhagen, 2001.
М. М. Бахтин: pro et contra, 1. Санкт-Петербург, Издательство Русского Христианского гуманитарного института, 2001.
Н. Д. Тамарченко, *Эстетика словесного творчества Бахтина и русская религиозная философия*, Москва, РГГУ, 2001.
Bakhtin and the Classics, edited. R. Bracht Branham, Evanston, Illinois, Northwestern University Press, 2002.
Craig Brandist, *The Bakhtin Circle, Philosophy, Culture and Politics*, London, Sterling, Virginia, Pluto Press, 2002.
Greg M. Nielsen, *The Norms of Answerability: Social Theory between Bakhtin and Habermas*, State University of New York Press, 2002.
М. М. Бахтин: pro et contra, 2. Санкт-Петербург, Издательство Русского Христианского гуманитарного института, 2002.
Т. В. Щитцова, *Событие в философии Бахтина*, Минск, И. П. Логинов, 2002.
The Bakhtin Circle in the Master's Absence, edited by Craig Brandist, David Shepherd and Galin Tihanov, Manchester and New York, Manchester University Press, 2004.
Bakhtin: Ethics and Mechanics, edited by Valerie Z. Nollan, Evanston, Illinois, Northwestern University Press, 2004.
Bakhtinian Perspectives on Language and Culture: Meaning in Language, Art and New Media, edited by Finn Bostad, Craig Brandist, Lars Sigfred Evensten and Hege Charlotte Faber, Palgrave Macmillan, 2004.
Peter Ives, *Gramsci's Politics of Language: engaging in the Bakhtin Circle and the Frankfurt School*, Toronto, University of Toronto Press, 2004.
James P. Zappen, *The Rebirth of Dialogue: Bakhtin, Socrates, and the Rhetorical Tradition*, State University of New York Press, 2004.
Бахтинский сборник, Вып. V, Под ред. В. Л. Махлина. Москва, Языки славянской культуры, 2004.
«Литературоведение как литература»: Сборник в честь С. Г. Бочарова, Ответственный редактор И. Л. Попова, Москва, Языки славянской культуры, 2004.
Dialogue with Bakhtin on Second and Foreign Language Learning: New Perspectives, edited by Joan Kelly Hall, Gergana Vitanova, and Ludmila Marchenkova, Mahwah, N. J. and London, Lawrence

Academic Press, 1997.
Alexander Mihailovic, *Corporeal Words: Mikhail Bakhtin's Theology of Discourse*, Evanston, Illinois, Northwestern University Press, 1997.
Bakhtin and the Human Sciences:No Last Words, edited. by Michael Mayerfeld Bell and Michael Gardiner, London, Thousand Oaks, New Delhi, SAGE Publications, 1998.
Bakhtin «Bakhtin»: Studies in the Archives and Beyond, The South Atlantic Quarterly. Vol. 97. No. 3/4. 1998 (Summer/Fall).
Бахтинские чтения-II, Сборник материалов Международной научной конференции, Витебск, Издательство Витебскского университета, 1998.
Бахтинские чтения-III, Сборник материалов Международной научной конференции, Витебск, Издательство Витебскского университета, 1998.
Dialogism: An International Journal of Bakhtin Studies, 1-4, Sheffield Academic Press, 1998-2000.
Kay Halasek, *A Pedagogy of Possibility: Bakhtinian Perspectives on Composition Studies*, Carbondale and Edwardsville, Southern Illinois University Press, 1999.
Ken Hirschkop, *Mikhail Bakhtin: An Aesthetic for Democracy*, Oxford University Press, 1999.
Т. В. Щитцова, *К истокам экзистенциональной онтологии: Паскаль, Киркегор, Бахтин*, Минск, Пропилей, 1999.
Carol Adlam and David Shepherd, *The Annotated Bakhtin Bibliography*, Maney Publishing for the Modern Humanities Research Association, 2000.
Bakhtin and the Nation, edited by the San Diego Bakhtin Circle, London and Toronto, Bucknell University Press, 2000.
Michael Eskin, *Ethics and Dialogue in the Works of Levinas, Bakhtin, Mandel'shtam, and Celan*, Oxford University Press, 2000.
Materializing Bakhtin: The Bakhtin Circle and Social Theory, edited. by Craig Brandist and Galin Tihanov, Macmillan Press Ltd, 2000.
Augusto Ponzio and Susan Petrilli, *Philosophy of Language, Art and Answerability in Mikhail Bakhtin*, Canada, LEGAS, 2000.
Galin Tihanov, *The Master and the Slave: Lukács, Bakhtin, and the Ideas of their Time*, Oxford, Clarendon Press, 2000.
Bakhtin and Religion: A Feeling for Faith, edited. by Susan M. Felch and Paul J. Contino, Evanston, Illinois, Northwestern University Press, 2001.
Carnivalizing Difference: Bakhtin and the Other, edited by Peter I. Barta, Paul Allen Miller, Charles Platter, and David Shepherd, Routledge,

ミハイル・バフチン「修辞学が、その偽りの程度に応じて……」、「鏡の前の人間」、「笑いの精神からの小説の誕生」、「六〇—七〇年代初期の作業ノート［抜粋］」貝澤哉訳（『ゲンロン』9、2018年）

バフチンの伝記的事実に関する文献

С. С. Конкин, Л. С. Конкина, *Михаил Бахтин (Страницы жизни и творчества)*, Саранск, Мордовское книжное искусство, 1993.
В. Н. Волошинов, *Философия и социология гуманитарных наук*, Санкт-Петербург, Издательство ACTA-PRESS LTD, 1995.
Невельский сборник, Вып.1. Санкт-Петербург, 1996.
Невельский сборник, Вып.2. Санкт-Петербург, 1997.
Л. В. Пумпянский, *Классическая традиция: Собрание трудов по истории русской литературы*, Москва, Языки русской культуры, 2000.
А. С. Шатских, *Витебск. Жизнь искусства 1917–1922*, Москва, Языки русской культуры, 2001.
М. М. Бахтин: Беседы с В. Д. Дувакиным, Москва, Согласие, 2002.
М. И. Каган, *О ходе истории*, Москва, Языки славянской культуры, 2004.
М. В. Юдина, *«Вы спасаетесь через музыку». Литературное наследие*, Москва, Классика XX1, 2005.
Ю. П. Медведев, Д. А. Медведева, "Труды и дни Круга М. М. Бахтина," *Звезда*, №. 7, 2008.
И. В. Клюева, Л. М. Лисунова, *М. М. Бахтин – мыслитель, педагог, человек*, Саранск, 2010.
Н. А. Паньков, *Вопросы библиографии и научного творчества М. М. Бахтина*, Москва, Издательство Московского университета, 2010.
Н. Л. Васильев, *Михаил Михайлович Бахтин и феномен «Круга Бахтина» : В поисках утраченного времени. Реконструкции и деконструкции. Квадратура круга*. Москва. Книжный дом «ЛИБРОКОМ», 2013.
А. В. Коровашко, *Михаил Бахтин,* Москва, Молодая гвардия, 2017.
Mikhail Bakhtin: The Duvakin Interviews, 1973, Edited by Slav N. Gratchev and Margarita Marinova, Translated by Margarita Marinova, Bucknell University Press, 2019.

モノグラフ、研究

（1997年までの主要文献は、『ミハイル・バフチンの時空』／阿部軍治（編著）『バフチンを読む』／北岡誠司『バフチン——対話とカーニヴァル』に挙げられているリストに委ねることにし、基本的には1998年以降の文献、それも著書に限定する。）

Диалог. Карнавал. Хронотоп, 1-41. Москва, 1992-2009.
Face to Face: Bakhtin in Russia and the West, edited. by Carol Adlam, Rachel Falconer, Vitalii Makhlin and Alastair Renfrew, Sheffield

ンスの民衆文化』川端香男里訳、せりか書房、1973年
V. N. ヴォロシノフ、M. M. バフチーン『マルクス主義と言語哲学――言語学における社会学的方法の基本的諸問題』桑野隆訳、未來社、1976年
ミハイル・バフチン著作集1『フロイト主義／生活の言葉と詩の言葉』磯谷孝・斎藤俊雄訳、新時代社、1979年
ミハイル・バフチン著作集5『小説の言葉』伊東一郎訳、新時代社、1979年
ミハイル・バフチン著作集4『言語と文化の記号論――マルクス主義と言語の哲学』北岡誠司訳、新時代社、1980年
ミハイル・バフチン著作集7『叙事詩と小説』川端香男里・伊東一郎・佐々木寛訳、新時代社、1982年
ミハイル・バフチン著作集2『作者と主人公』斎藤俊雄・佐々木寛訳、新時代社、1984年
ミハイル・バフチン著作集3『文芸学の形式的方法』桑野隆・佐々木寛訳、新時代社、1986年
ミハイル・バフチン著作集6『小説の時空間』北岡誠司訳、新時代社、1987年
ミハイル・バフチン著作集8『ことば 対話 テキスト』新谷敬三郎・伊東一郎・佐々木寛訳、新時代社、1988年
ミハイル・バフチン『マルクス主義と言語哲学――言語学における社会学的方法の基本的問題〔改訳版〕』桑野隆訳、未來社、1989年
ミハイル・バフチン『ドストエフスキーの詩学』望月哲男・鈴木淳一訳、ちくま学芸文庫、1995年
ミハイル・バフチン『小説の言葉』伊東一郎訳、平凡社ライブラリー、1996年
ミハイル・バフチン全著作1『「行為の哲学によせて」「美的活動における作者と主人公」他――1920年代前半の哲学・美学関係の著作』伊東一郎・佐々木寛訳、水声社、1999年
ミハイル・バフチン全著作5『「小説における時間と時空間の諸形式」他――1930年代以降の小説ジャンル論』伊東一郎・北岡誠司・佐々木寛・杉里直人・塚本善也訳、水声社、2001年
ミハイル・バフチン『バフチン言語論入門』桑野隆・小林潔編訳、せりか書房、2002年
ミハイル・バフチン全著作2『「フロイト主義」「文芸学の形式的方法」――1920年代後半のバフチン・サークルの著作1』磯谷孝・佐々木寛訳、水声社、2005年
ミハイル・バフチン全著作7『「フランソワ・ラブレーの作品と中世・ルネサンスの民衆文化」他』杉里直人訳、水声社、2007年
ミハイル・バフチン『ドストエフスキーの創作の問題　付：より大胆に可能性を利用せよ』桑野隆、平凡社ライブラリー、平凡社、2013年

Собрание сочинений. Т. 4 (первый полутом): Франсуа Рабле в истории реализма (1940); Материалы к книге о Рабле (1930-1950-е гг), Москва, Языки славянской культуры, 2008.
Собрание сочинений. Т. 4 (второй полутом): Творчество Франсуа Рабле и народная культура средневековья и Ренессанса (1965). Рабле и Гоголь (1940, 1970-е гг), Москва, Языки славянской культуры, 2010.
Собрание сочинений. Т. 3: Теория романа (1930-1961 гг.), Москва, Языки славянской культуры, 2012.
П. Н. Медведев, "Ученый сальеризм: О формальном (морфологическом) методе," *Звезда*, 3, 1925.
В. Н. Волошинов, "По ту сторону социального: О фрейдизме," *Звезда*, 5, 1925.
П. Н. Медведев, "Социологизм без социологии: О методологических работах П. Н. Сакулина," *Звезда*, 2, 1926.
В. Н. Волошинов,"Слово в жизни и слово в поэзии: К вопросам социологической поэтики," *Звезда*, 6, 1926.
И. И. Канаев, "Современный витализм," *Человек и природа*, 1, 2, 1926.
В. Н. Волошинов, *Фрейдизм: Критический очерк*, Ленинград, ГИЗ, 1927.
П. Н. Медведев, *Формальный метод в литературоведении: Критическое введение в социологическую поэтику*, Ленинград, Прибой, 1928.
В. Н. Волошинов, "Новейшие течения лингвистической мысли на Западе," *Литература и марксизм*, 5, 1928.
В. Н. Волошинов, *Марксизм и философия языка: Основные проблемы социологического метода в науке о языке*, Ленинград, Прибой, 1929.
В. Н. Волошинов, "О границах поэтики и лингвистики," *В борьбе за марксизм в литературной науке*, Ленинград, Прибой, 1930.
В. Н. Волошинов, "Стилистика художественной речи. 1. Что такое язык?," *Литературная учеба*, 2, 1930.
В. Н. Волошинов, "Стилистика художественной речи. 2. Конструкция высказывания," *Там же*, 3, 1930.
В. Н. Волошинов, "Стилистика художественной речи. 3. Слово и его социальная функция," *Там же*, 5, 1930.
П. Н. Медведев, *Формализм и формалисты*, Ленинград. Издательство писателей, 1934.
П. Н. Медведев, *Собрание сочинений в 2-х томах*, Санкт-Петербург, Росток, 2018.

バフチン(およびバフチン・サークル)の著作——日本語訳

M. バフチン『ドストエフスキイ論——創作方法の諸問題』新谷敬三郎訳、冬樹社、1968年
ミハイール・バフチーン『フランソワ・ラブレーの作品と中世・ルネッサ

主要参考文献

バフチン（およびバフチン・サークル）の著作——原文

Проблемы творчества Достоевского, Ленинград, Прибой, 1929.

"Предисловие к т. *XI Полного собрания художественных произведений Л. Н. Толстого (Драматические произведения)*, " Москва-Ленинград, 1929.

"Предисловие к т. *XIII Полного собрания художественных произведений Л. Н. Толстого («Воскресение»)*, " Москва-Ленинград, 1929.

Проблемы поэтики Достоевского, Москва, Советский писатель, 1963.

Творчество Франсуа Рабле и народная культура средневековья и Ренессанса, Москва, Художественная литература, 1965.

Вопросы литературы и эстетики, Москва, Художественная литература, 1975.

Эстетика словесного творчества, Москва, Искусство, 1979.

"К философии поступка," *Философия и социология науки и техники,* Москва, Наука, 1986.

Литературно-критические статьи, Москва, Советский писатель, 1986.

Бахтин под маской. Маска пятая (первая полумаска), Москва, Лабиринт, 1996.

Собрание сочинений. Т. 5: Работы 1940-х -начала 1960-х годов, Москва, Русские словари, 1996.

Лекции по истории зарубежной литературы. Античность. Средние века (в записи В. А. Мирской), Саранск, Издательство Мордовского университета, 1999.

М. М. Бахтин (под маской), Под ред. И. В. Пешкова. Москва, Лабиринт, 2000.

Собрание сочинений. Т. 2: Проблемы творчества Достоевского (1929); статьи о Л. Толстом (1929); Записи лекций по истории русской литературы (1922-1927), Москва, Русские словари, 2002.

Собрание сочинений. Т. 6: Проблемы поэтики Достоевского (1963); работы 1960-1970-х гг., Москва, Русские словари, Языки славянской культуры, 2002.

Собрание сочинений. Т. 1: К философии поступка (1921/22); Автор и герой в эстетической деятельности (1922-1924); К вопросам методологии эстетики словесного творчества: I. Проблема формы, содержания и материала в словесном художественном творчестве; лекции и выступления в записи Л. В. Пумпянского (1924/25), Москва, Русские словари, Языки славянской культуры, 2004.

[著者]
桑野隆（くわの たかし）
1947年、徳島県生まれ。元早稲田大学教授。専攻はロシア文化・思想。著書に、『危機の時代のポリフォニー——ベンヤミン、バフチン、メイエルホリド』(水声社)、『バフチンと全体主義——20世紀ロシアの文化と権力』(東京大学出版会)、『未完のポリフォニー——バフチンとロシア・アヴァンギャルド』(未來社)、『20世紀ロシア思想史——宗教・革命・言語』(岩波書店)、訳書に、ミハイル・バフチン『マルクス主義と言語哲学——言語学における社会学的方法の基本的問題〔改訳版〕』(未來社)、オリガ・ブレニナ＝ペトロヴァ『文化空間のなかのサーカス——パフォーマンスとアトラクションの人類学』(白水社)など多数。

平凡社ライブラリー 896
増補《ぞうほ》 バフチン　カーニヴァル・対話《たいわ》・笑《わら》い

発行日…………2020年3月10日　初版第1刷

著者……………桑野隆
発行者…………下中美都
発行所…………株式会社平凡社
〒101-0051　東京都千代田区神田神保町3-29
電話　(03)3230-6579［編集］
(03)3230-6573［営業］
振替　00180-0-29639
印刷・製本……藤原印刷株式会社
ＤＴＰ…………平凡社制作
装幀……………中垣信夫

ISBN978-4-582-76896-1
NDC分類番号138　B6変型判(16.0cm)　総ページ336

平凡社ホームページ https://www.heibonsha.co.jp/

落丁・乱丁本のお取り替えは小社読者サービス係まで直接お送りください（送料、小社負担）。